SLAVENKA DRAKULIĆ

DORA UND DER MINOTAURUS

atb aufbau taschenbuch

Slavenka Drakulić, geboren 1949 in Kroatien, ist eine der bekanntesten Schriftstellerinnen ihres Landes. Sie lebt in Kroatien, Stockholm und Wien. 2005 erhielt sie für »Keiner war dabei« den Leipziger Buchpreis zur Europäischen Verständigung. 2007 erschien der Roman »Frida« über Frida Kahlo. 2008 folgte »Leben spenden«. Slavenka Drakulić schreibt u. a. für die Süddeutsche Zeitung, die Neue Zürcher Zeitung und ZEIT Online.

Im Aufbau Verlag ist ihr Roman »Mileva Einstein oder die Theorie der Einsamkeit« lieferbar, im Aufbau Taschenbuch ihr Roman »Als gäbe es mich nicht«.

»Eine der wichtigsten literarischen Stimmen Koratiens.« Cicero

Mehr Informationen zur Autorin unter
www.slavenkadrakulic.com

Picassos Bild »Dora und der Minotaurus«, das ein Ungeheuer mit Menschenleib und Stierkopf beim Liebesakt zeigt, verkörpert die Bestialität des Menschen und die tödlichen Wunden, die die Liebe verursacht. Im wahren Leben ist Picasso selbst das Ungeheuer, das die Frauen zerstört und in den Wahnsinn treibt.

Dora Maar, geboren 1907 in Paris und aufgewachsen in Buenos Aires, war mehr als nur eine von vielen Geliebten des genialen Picasso. Schon vor ihrer Beziehung zu ihm war sie eine erfolgreiche Fotografin und gehörte zu den schillerndsten Figuren der Pariser Avantgarde um André Breton, Brassaï und Man Ray. Während ihrer langjährigen Liaison hielt Picasso ihre rätselhafte Ausstrahlung in einer Reihe von Porträts fest.

In ihrem neuen Roman lässt Slavenka Drakulić diese ungewöhnliche Frau selbst zu Wort kommen. Sie verleiht derjenigen eine Stimme, die sich selbst entschlossen hatte, zu schweigen. Die ihre Karriere für einen Mann aufgab, der sie bis an ihr Lebensende nicht loslassen sollte. Dabei wird wie nebenbei die ganze Welt der Kunst im Paris der 1930er Jahre wieder lebendig.

SLAVENKA
DRAKULIĆ

DORA UND DER MINOTAURUS

Roman

Aus dem Kroatischen
von Katharina Wolf-Grießhaber

atb aufbau taschenbuch

Die Originalausgabe mit dem Titel
Dora i Minotaur
erschien 2015 bei Fraktura, Zaprešić.

MIX
Papier aus verantwortungsvollen Quellen
FSC® C083411
FSC
www.fsc.org

ISBN 978-3-7466-3400-5

Aufbau ist eine Marke der Aufbau Verlag GmbH & Co. KG

1. Auflage 2018

Die deutsche Erstausgabe erschien 2016 bei Aufbau,
einer Marke der Aufbau Verlag GmbH & Co. KG

Umschlaggestaltung www.buerosued.de, München
unter Verwendung eines Bildes von © plainpicture/Sally Mundy
Satz LVD GmbH, Berlin
Druck und Binden CPI books GmbH, Leck, Germany
Printed in Germany

www.aufbau-verlag.de

Kunst ist eine Lüge, die uns die Wahrheit erkennen lässt.

Pablo Picasso

VORWORT

Die bekannte französische surrealistische Fotografin und Malerin Dora Maar oder Henriette Theodora Markovitch, wie ihr richtiger Name lautet, starb 1997 in ihrem neunzigsten Lebensjahr in Paris. In ihrer Wohnung in der Rue de Savoie wurde unter zahlreichen Papieren, Dokumenten und Heften, vollgeschrieben auf Französisch, auch ein schwarzes Notizbuch mit Aufzeichnungen in kroatischer Sprache gefunden. Es war die Sprache ihres Vaters Joseph Markovitch (Josip Marković, Sisak 1874–Paris 1973). Sie sprach sie fließend, gebrauchte sie aber selten, nur wenn sie sich mit ihrem Vater unterhielt, im Unterschied zur französischen Sprache ihrer Mutter Louise Julie Voisin (Cognac 1877–Paris 1942), die sie täglich verwendete. Sehr wahrscheinlich waren die kroatischen Aufzeichnungen besonders wertvoll für sie, weil diese Sprache Gefühle in ihr hervorrief, die sie mit ihrem Vater verband und nicht mit der Mutter.

Dora ist nicht nur als Fotografin, sondern auch als Muse von Pablo Picasso (Málaga 1881 – Mougins 1973) bekannt. Im Mittelpunkt ihrer Aufzeichnungen stehen erwartungsgemäß die Begegnung mit Picasso, die Beziehung zweier kreativer Persönlichkeiten, von denen eine außergewöhnlich dominant ist, die Trennung und die traumatischen Folgen für Dora sowie die Zeit nach ihrer intensiven Beziehung. Obwohl die Aufzeichnungen in dem schwarzen Notizbuch nicht mit Überschriften versehen sind, scheint es angemessen, dieses Buch nach einer der bekanntesten Zeichnungen von Picasso, *Dora und der Minotaurus*, aus dem Jahr 1936 zu benennen. Diese Zeichnung symbolisiert die Natur ihrer Beziehung vielleicht am stärksten.

Nach einigen Angaben zu urteilen, ist der größte Teil der undatierten Aufzeichnungen – teilweise inspiriert durch die Erinnerung an Gespräche mit dem Psychoanalytiker Dr. Jacques Lacan, die in ihrem Tagebuch mit dem Buchstaben A (Analyse) gekennzeichnet sind – in den Jahren 1958 und 1959 verfasst worden. Sie sind handgeschrieben, mit lila Tinte, in einer gleichmäßigen Schrift. In diesen Jahren hat sich Dora Maar aus dem öffentlichen Leben zurückgezogen und die folgenden vier Jahrzehnte bis zu ihrem Tod in Einsamkeit gelebt. Das Manuskript mutet an wie Material für eine künftige Autobiographie, von der die Künstlerin später abgesehen hat oder die schlicht nicht entdeckt worden ist.

Besagtes Notizbuch – möglicherweise handelt es sich um das berühmte »Notizbuch aus Ménerbes«, welches James Taylor, Alicia Dujovne Ortiz und einige andere Autoren in ihren Büchern erwähnen – wurde 1999 auf der Nachlassauktion mit dem Titel *Letzte Erinnerungsstücke der Dora Maar* verkauft. Nach dem Tod des anonymen Besitzers gelangte es in die Heimat von Doras Vater. Das Notizbuch befindet sich nun in den Händen einer Person in Rijeka, die nicht nur Doras Arbeit, sondern auch Dora selbst kennt. Der neue Besitzer kontaktierte die Herausgeberin, unter der Bedingung, dass auch sein Name nicht in der Öffentlichkeit genannt wird.

Ungeachtet der Tatsache, dass es sich um einen fragmentarischen und wahrscheinlich unvollendeten Text handelt, bietet er einen wertvollen Einblick in die schöpferischen Persönlichkeiten sowohl von Dora Maar als auch von Picasso und verdient auf jeden Fall, veröffentlicht zu werden. Wir geben ihn heraus, versehen mit Korrekturen des Lektorats und redaktionellen Anmerkungen.

S. D.

Unlängst, als ich eine Zeitschrift suchte, fand ich unter Papieren ein altes Notizbuch. Ich dachte, es sei leer, aber auf der ersten Seite fand ich eine Aufzeichnung vom Juni 1945:

Gestern ging ich so gut gelaunt von Jacques weg! Ich fühle mich nun schon besser.

Nach den Elektroschocks und dem Liegen im Krankenhaus taten mir noch tagelang die Beine weh, ich ging steif, wie auf Krücken. Eigentlich tat mir der ganze Körper weh. Ich schleppte mich durch einen Gang, der auf einen Hof hinausblickte, wusste aber nicht, ob ich noch im Krankenhaus oder in meiner Wohnung war. Die grüne Farbe der Büsche im Hof mischte sich mit dem Weiß und dem Grau der Wände ringsum, als hätte man mir einen Schleier vor die Augen gezogen. Mir war, als schwämme ich in trübem Wasser. Mein Gehirn genas langsam. Jacques holte mich aus Sainte-Anne heraus, wo sie mich beinahe umgebracht hatten. Sie binden dich ans Bett, stopfen dir einen Leinenknebel in den Mund, und dann lassen sie Strom durch deinen Körper fließen. Eigentlich weiß ich gar nicht, wie oft ich diese »Behandlung«, wie sie es im Krankenhaus nennen, durchgemacht habe. Ich habe auch nicht gefragt.

Eine Mode, sagte Jacques bei unserem ersten Treffen nach

Verlassen des Krankenhauses, eine ganz gewöhnliche dumme Mode. Mit der Medizin verhält es sich genauso wie mit Hüten oder Schuhen.

Aber diese Mode ist der Grund, warum mein Körper immer noch zerschlagen ist!

Vergiss die Elektroschocks, du wirst wieder gesund, du bist ja noch nicht mal vierzig Jahre alt. Du kommst hierher, zu mir, und wir reden dann. Mehr nicht. Du brauchst weder eine Behandlung noch Medikamente, du brauchst keine Angst mehr zu haben.

Ich möchte nicht übers Krankenhaus sprechen, ich habe mit Mühe und Not überlebt …

Brauchst du auch nicht, du entscheidest, worüber wir sprechen.

Wohl darüber, warum ich überhaupt im Krankenhaus und jetzt bei dir in der Psychotherapie gelandet bin. Angeblich habe ich einen Nervenzusammenbruch gehabt. Picasso hat sich um meine psychische Gesundheit geängstigt und dich zu Hilfe gerufen. Eigentlich glaube ich nicht, dass er sich wirklich Sorgen gemacht hat, das kann nur denken, wer ihn nicht kennt. Ich glaube, er hat mich einfach ins Irrenhaus gesteckt, um mich loszuwerden …

Dann erzähl, was denkt, wer ihn kennt.

Ich winkte unbestimmt ab. In seinem Therapieraum warf die Nachmittagssonne ihr Licht auf Bücherregale, einen massiven Tisch aus Nussbaum und eine magere Gestalt mit Schlappohren in einer dunkelblauen Weste. Es roch nach Büchern und Zigarren.

Auf dem Heimweg kaufte ich in einem Schreibwarengeschäft ein liniertes Notizbuch mit festem Einband. In der Schule hatte ich solche Hefte gehasst, weil ich sehr ordentlich war und mir die Buchstaben weder unter noch über die Linie gerutscht waren. Doch nun hatte ich das Gefühl, dass ich sie unbedingt brauchte, dass es mir mit so einem wirren Kopf schwerfiel, gleichmäßige Buchstaben zu schreiben. Dazu kaufte ich ein Fässchen lila Tinte. Ich kann versuchen, ein paar Dinge zu Papier zu bringen, dachte ich, als ich das Notizbuch in der Tasche verstaute. Im Übrigen brauche ich es keinem zu zeigen, nicht einmal Jacques.

Ich beschloss sogar, die Aufzeichnungen in kroatischer Sprache zu verfassen und sie so noch besser vor neugierigen Augen zu schützen, da ich hier außer Vater niemanden kenne, der diese Sprache versteht. Das Schreiben wird mir, glaube ich, helfen, mein inneres Gleichgewicht wiederzufinden. Ich muss selbst etwas versuchen, darf mich Jacques nicht ganz ergeben. Ich kenne ihn von früher, und zwar nicht über Picasso, sondern über seine Frau Sylvia, mit der ich schon befreundet war, als sie noch mit Georges Bataille verheiratet war. Ich habe das Gefühl, die Bekanntschaft mit ihnen allen hemmt mich irgendwie in unserer neuen Arzt-Patienten-Beziehung. Deshalb glaube ich, dass ich, wenn ich mir einige Ereignisse aus meiner Vergangenheit vergegenwärtige, wenn ich sie aufschreibe, vielleicht auch selbst besser verstehen werde, warum ich in eine psychische Krise geraten und im Krankenhaus gelandet bin. Ich muss mich lediglich konzentrieren, geradeso als machte ich mich erneut bereit, mich vor die Kamera zu stellen und hineinzusehen – hinein in mich. Mir scheint, ich kann das jetzt mit Hilfe von Jacques und diesem Notizbuch. Es ist das gleiche Verfahren wie in meinem Beruf: Wenn ich fotografiere oder male, wähle ich, wen ich aufnehmen will und wie, herrsche ich über die Wirklichkeit und gestalte sie. Ich entscheide, und das werde ich auch jetzt tun. Du entscheidest, hat er es nicht genau so gesagt?

Ich fühlte mich besser, weil er das gesagt hatte, weil er mich unterstützte und zum Reden ermunterte, anstatt mich mit Medikamenten vollzustopfen und am Bett zu fixieren. Noch immer habe ich den schrecklichen Apparat mit den Drähten vor Augen, spüre ich die Berührung der kalten Elektroden an den Schläfen und den Wachsgeschmack des Knebels im Mund.

Aber wann habe ich denn in letzter Zeit irgendeine Entscheidung getroffen außer beim Fotografieren, was ich schon seit Jahren nicht mehr mache? War es in den fernen Jahren, als ich mich für das Studium der Fotografie entschied, und alles, was mir danach passierte, war eine Folge fremder Entscheidungen? An den Wunsch zu fotografieren und an das frühere Gefühl der Kontrolle, Freiheit und des Vertrauens in mich und meine Entscheidungen kann ich mich kaum erinnern. Wann ist das alles verschwunden und warum? Wie konnte ich mir erlauben, in der Klinik zu landen? Das ist es, worüber ich schreiben möchte.

***

Das war alles, was in dem gefundenen Notizbuch stand. Irgendwie trafen mich die vergessenen Worte, die ich vor über einem Jahrzehnt aufgeschrieben hatte, besonders der Satz: *Ich kann das.* Er klang, als versuchte ich mich selbst davon zu überzeugen. Doch meine Absicht schlug offensichtlich fehl. Mich störten die leeren Seiten, die danach kamen. Warum habe ich nicht weitergeschrieben? Wovor habe ich Angst gehabt? Was hat mich daran gehindert?

Vor meinen Augen sah ich erneut das Gesicht meines Bekannten und Psychiaters, das Schaufenster des Schreibwarengeschäfts, mein Spiegelbild darin. Vor allem das kurze, aber klare Aufflackern eines Hoffnungsfunkens nach meinem ersten Besuch war mir in Erinnerung geblieben. Als ich aus Jacques' Haus trat, hob ich den Kopf zu einem hellblauen Himmel ohne Wölkchen. Mir fiel der Titel von Georges Batailles Buch *Das Blau des Himmels* ein, nicht so sehr wegen seines Inhalts und der Dinge, die er darin angeblich über mich schreibt, als vielmehr wegen des Titels als solchem. Hatte er genau so ein Blau im Sinn gehabt? Der Wind fuhr mit seinen Fingern durch mein aufgelöstes Haar, ich atmete tief ein und überließ mich ihm, als wäre ich ein Segel. Eine Zeitlang schweifte ich umher und genoss das Gefühl der Leichtigkeit und Heiterkeit. Nachdem ich Wochen in einem mehr oder weniger unbewussten Zustand zugebracht hatte, treibend zwischen Licht und Dunkel, als hätte mich jemand in einen tiefen Brunnen geworfen, in dem ich dazu verurteilt war, auf das Ende zu warten, glaubte ich an diesem Tag zum ersten Mal, ich sei nicht verloren, nicht ganz verlassen.

Ich las noch einmal den ersten Satz – *Gestern ging ich so gut gelaunt von Jacques weg.* An die Stelle der Heiterkeit und des Optimismus traten nach nur ein paar Seiten Text eine lange Stille und – leere Seiten. Damals wusste ich noch nicht, und niemand hatte mir gesagt, was ich später über die Folgen von Elektroschocks las: dass man nach einer unangenehmen und schmerzhaften Behandlung in Euphorie verfällt. Meine Gefühle in diesen Tagen waren die Folge einer chemischen Reaktion im Gehirn! Mein anfängliches Entzücken an Jacques ebenso wie später die düstere Stimmung und die unendliche Müdigkeit, die mich daran hinderte, die Feder in die Hand zu nehmen. Vielleicht war auch meine Unfähigkeit, mich zu konzentrieren, eine Folge der Behandlung? Wie der vorübergehende Gedächtnisverlust? Jacques sagte mir, dass die Erinnerung des Patienten manchmal versagen könne, aber gewöhnlich zurückkomme. Ich fürchte, man wusste damals noch zu wenig über die Wirkung von Elektroschocks, und ich war nur ein gewöhnliches Versuchskaninchen bei dieser Neuerung …

Inwiefern hat mir die Psychotherapie geholfen? War sie zu kurz, als dass ich wirklich hätte gesund werden können?

Jetzt halten meine Hände – dieselben Hände, die Picasso so oft gemalt hat, die Haut noch immer glatt, die Nägel noch immer lang und lackiert – dieses Notizbuch. Es ist großformatig, die Ecken sind leicht abgewetzt, als hätte ich es überall mit mir herumgeschleppt und unschlüssig in den Händen herumgedreht. Am meisten erstaunt mich, wie dick es ist. Hatte ich denn tatsächlich die Absicht, es vollzuschreiben? Diese wenigen vor langer Zeit notierten Worte sind ein pathetisches Zeugnis meiner Ohnmacht. Aber was ich damals nicht die Kraft oder den Wunsch gehabt habe aufzuschreiben, werde ich jetzt aufschreiben. Jacques, der inzwischen der bekannte Dr. Lacan und nicht mehr mein Arzt, sondern nur ein alter Bekannter ist, hat sich in einer Sache doch getäuscht. Ich denke, erst jetzt bin wirklich fähig, Entscheidungen zu treffen, lange nachdem ich die Therapie bei ihm beendet, richtiger gesagt, abgebrochen habe.

Ja, ich brauchte länger als ich nach unserem ersten Gespräch gedacht hatte.

Und eigentlich kehren erst jetzt, nach so vielen Jahren, ein paar unserer Themen und seine Fragen in meine Erinnerung zurück. Erst jetzt öffnet sich langsam die Tür, hinter der ich mein Leben vielleicht aus einer anderen Perspektive, aus einer emotionalen und zeitlichen Distanz betrachten kann. Ich werde versuchen, die hochkommenden Erinnerungen in dieses Notizbuch zu schreiben. Und ich weiß, dass ich irgendwo auch die lila Tinte habe!

***

Sag mir, was du siehst, wenn du die Augen zumachst?, bat mich Jacques an jenem ersten Tag.

Eine Gardine. Ich sehe eine weiße Gardine in einem Lüftchen wehen, antwortete ich und schwieg. Ich fühlte, wie sich mir die Kehle zuschnürte und Tränen aus den Augen quollen.

Die Gardine ist an der Glastür meines Zimmers in Buenos Aires angebracht, an der, die mein Kinderzimmer von dem meiner Eltern trennt. Dieses Bild kommt in diesen Tagen zu mir zurück – die Glastür, das Zimmer, die Kindheit. Ich muss nur die Augen schließen, und schon bin ich wieder dort. Ich bin vier, vielleicht fünf Jahre alt und liege in meinem Bett. Ich sehe eine fast durchsichtige Gardine an der Tür, das einzige Hindernis zwischen mir und meinen Eltern. Es ist Morgen, durch die Gardine erkenne ich die Umrisse des Ehebetts und höre Vaters gedämpfte, drohende Stimme. Ich kenne diesen besonderen Tonfall, mit dem er sich nur an Maman wendet, und zwar, seit wir hierhergezogen sind. Danach sagt Maman zu mir: Papa hatte wieder einen Anfall. Sie nennt es Anfall, *attaque*. Als wäre Marko, wie Julie ihn nennt, ein Verrückter und nicht nur ein Choleriker, dem das mürrische Gesicht seiner Frau schon am frühen Morgen den Tag verdirbt. Ich ahne, höre es aus seiner Stimme heraus, Vater würde diese Heulsuse, die neben ihm im Bett liegt, am liebsten anschreien, wagt es aber meinetwegen nicht. Deshalb nehmen die höheren Töne einen zischenden Klang an, als hätte er sich in eine große laute Schlange verwandelt, die sie würgt und drückt, ihr aber genug Luft in der Lunge lässt, dass sie still weinen kann.

Selbstverständlich hätte ich nichts von ihren Streitereien hören sollen. Aber ich schlief im Zimmer nebenan. Die Zimmer waren nur durch eine Schiebetür getrennt, verhangen mit einem dünnen Stoff, der kaum die Sicht verbarg und den Ton keineswegs dämpfte. Vater sprach mit Julie Französisch, in ihrer Sprache, die wir zu Hause redeten. Aber ich verstand auch seine Sprache, Kroatisch, die in meinen Kinderohren einen lieben, warmen, besonderen Klang hatte. Es ist eine zärtliche Sprache. *Mila moja, Dorice** – ich erinnere mich, wie Vater zärtlich zu mir sprach, wenn er sich vorbeugte, um mich auf die Wange zu küssen. Nur war sein Kuss immer irgendwie feucht, und deswegen grauste ich mich unwillkürlich vor der Berührung seiner Lippen.

Auch die anderen Töne aus ihrem Zimmer hätte ich nicht hören sollen. Mitten in der Nacht weckten mich regelmäßig Seufzer, leise, und dann immer lautere. Mamans Stimme steigerte sich zu einem Schluchzen. Ich erinnere mich, dass mir, klein, wie ich war, schien, Maman würde jeden Moment zu weinen beginnen, und ich war nahe daran, aufzustehen und die Glastür zu öffnen. Ich stieg aus dem Bett und suchte im Dunkeln meine Hausschuhe. Noch immer höre ich, wie der Holzboden knarrte, während ich kroch und mich mit der Hand vortastete. Warum suchte ich überhaupt meine Hausschuhe? Das Parkett

* Dorica – Koseform von Dora. Meine liebe, Dorica. (A. d. Ü.)

fühlte sich angenehm an, und es war mir nicht kalt. Gerade wenn ich aufstand und beschloss, barfuß zur Tür zu gehen, trat auf der anderen Seite Stille ein, und ich schlich mich leise ins Bett zurück. Wahrscheinlich hatten meine Eltern meine Schritte gehört und waren verstummt.

Aber einmal öffnete ich die Tür doch. Ich sah Vater über Mutter. Seine Silhouette, die sich im vom Fenster hereindringenden Licht abzeichnete, wirkte bedrohlich, so schwarz und gekrümmt, wie sie war. Würde er sie erwürgen? Maman gab einen schwächlichen Ton, etwas zwischen Wimmern und Seufzen, von sich. Papi, flüsterte ich, geht es Mami gut? Vater richtete sich im Bett auf: Dorica, alles ist in Ordnung, geh zurück in dein Bett. Maman hat nur schlecht geträumt, aber jetzt geht es ihr gut.

Ich glaubte ihm, was blieb mir anderes übrig? Maman gab manchmal entsetzliche Töne von sich – Seufzer, Stöhnen, gedämpfte Schreie. Aber Vaters Worte beruhigten mich. Wahrscheinlich war er überrascht, dass ich wach war. Meine Eltern dachten nicht daran, dass auch ich sie beaufsichtigte, dass ich sie unter dem Zwang der Verhältnisse belauschte, dass ich viel mehr über sie wusste als sie wollten – ich war doch noch ein Kind. Sie dachten nicht daran, dass das Kind wuchs und ihre chiffrierte Sprache zu verstehen begann, in der sie – erst jetzt verstehe ich es – Leidenschaft, Ablehnung und Gleichgültigkeit miteinander austauschten.

Ich frage mich, warum sie mir dieses durchsichtige Zimmer zugeteilt haben. War ich als ihr einziges Kind wirklich ein zartes Pflänzchen, das man in ein Glashaus setzen und Tag und Nacht schützen und beaufsichtigen musste? Aber meine Eltern sahen in der Glastür offensichtlich große Vorteile.

Tatsächlich konnten sie nachts meinen ruhigen Atem hören und selbst friedlich in den Schlaf sinken. Morgens zog Vater zuerst die Gardine zurück und lugte in mein Zimmer, um zu sehen, ob ich wach war. Wenn ich die Augen öffnete, leuchtete ein Lächeln in seinem Gesicht auf, er kam herein und übersäte meinen verschwitzten dunklen Lockenkopf mit Küssen. Wenn ich mich schlafend stellte, besonders wenn er *l'attaque* gehabt hatte, streichelte er mich nur. Er verließ das Haus nicht, ohne vorher in das Zimmer von »Papas Mädchen«, wie er mich nannte, zu gehen.

Sie müssen sich aus Angst um mich so entschieden haben, und es war wohl eine der seltenen Entscheidungen, die sie gemeinsam gefällt haben. Maman war dreißig Jahre alt, als sie mich gebar, sie hatte bereits die Hoffnung aufgegeben, überhaupt ein Kind zu bekommen, und jedem, der ihr zuhören wollte, erzählte sie, die Hebamme im Kreißsaal hätte ihr vorgeworfen, mit dem Kind bis dahin gewartet zu haben. Vater war damals dreiunddreißig. Auch er galt nicht mehr als jung. Ihre kinderlose Ehe hatte keine Chance, aber mit mir wurde ihnen zumindest ein bestimmter Rahmen aufgezwungen, Verpflichtungen, die sie aneinander banden, wie ich bald begriff. Mit meiner Geburt wendete sich Vaters ganze Zärtlichkeit von Mutter ab und mir zu, und Julie erhielt den Status einer Kinderfrau, solange er auf der Arbeit war. Julie, wie geht's der Kleinen?, waren seine ersten Worte, wenn er gegen Abend an der Wohnungstür erschien.

Maman lag nach seinen Anfällen gewöhnlich noch lange im Bett, zufrieden, dass ich sie nicht störte. Sie war böse auf Vater. Nicht nur weil er sie schon früh morgens mit seiner bedrohlichen Stimme anfuhr – würdest du wenigstens wie ein richtiger Mann schreien, pflegte sie ihm boshaft zuzuwerfen –, sondern auch weil sie wegen seiner Arbeit gezwungen worden war, von Paris nach Buenos Aires zu ziehen, in diese schreckliche Stadt, zu Wilden, wie sie sagte. Alles in Buenos Aires stieß sie ab – die Straßen, der Staub, die Männer, welche die Frauen wie ausgehungert anstarrten, der Markt, auf dem die Bauern ihre Waren auf der Erde ausbreiteten, die Damen in Kleidern aus dem letzten Jahrhundert ... Der einzige Grund, warum Julie eingewilligt hatte, Paris zu verlassen, waren Vaters Arbeit und sein Versprechen, reich zu werden. Nach Argentinien gehen die Leute, um reich zu werden, sagte er. Ja, Vater konnte charmant und überzeugend sein, wenn er wollte, das musste sie ihm lassen. Doch als die Zeit verging und vom versprochenen Reichtum keine Spur zu sehen war, nahmen ihre Unzufriedenheit wie auch ihre täglichen Vorhaltungen gegenüber Vater zu. All das musste ich mir durch die Glaswand anhören, genauso wie ihre Seufzer und ihr Weinen. Und immer seltener das Knarren des Ehebetts in der Nacht.

Mein Gott, wie grob hier alles ist, alles ist so primitiv, sagte Maman zu Madame Dupont, mit der sie nur Umgang pflegte, weil sie auch eine Französin war. Sie bildete sich ein, in diesen Jahren in Buenos Aires eine Französin zu sein, sei sehr fein, wurde aber bald eines Besseren belehrt. Unser Dienstmädchen Juana, die Maman Jeanne nannte, erklärte ihr, es gebe hier viele arme Französinnen, die der Prostitution nachgingen, und deswegen nenne man eine Prostituierte *Francesa*.

***

Glas ist ein Schutz, aber nicht nur das. Ich erinnere mich an das Gefühl, Blicken ausgesetzt zu sein. Ich fühlte mich wie in einem Schaufenster oder einem Aquarium. Wenn Vater weggegangen war, spürte ich noch lange seinen Blick auf mir. Ich wusste, wenn ich nicht aufstand, würde auch Maman irgendwann nach mir sehen, um sich zu vergewissern, dass ich lebte, dass ich atmete. Sie war immer, bis zu ihrem Tod, besorgt um mich. Sie benahm sich, als wäre ich nicht imstande, mich um mich zu kümmern, damals und auch später, in Paris, als ich bereits erwachsen war. Arme Julie, vielleicht hatte sie ja recht! Mir ging ihre Sorge auf die Nerven, weil sie mich einschränkte, ihr Blick schien mir anders als der von Papa. Müde, ohne jenen Funken von Wärme und Erwartung, dass ich aufwachen würde, ohne Lächeln und Kuss beim Aufbruch. Ich lernte auch, dass Maman Wichtigeres zu tun hatte, als sich mir am frühen Morgen zu widmen. Ich wusste, dass sie sich für die nächste Stunde im Bad einschließen würde, um mit kalten Umschlägen die Spuren ihrer Tränen zu mildern, und ich in dieser Zeit mir selbst überlassen wäre, befreit von ihrer Kontrolle.

Warum kehrt das Zimmer aus meiner Kindheit gerade jetzt in meine Erinnerung zurück? Ich weiß, ich sehe es immer, wenn ich mich zeitweise wieder wie ein Kind fühle. Wenn ich flüchten, in die Vergangenheit zurückkehren möchte. Wenn ich ungeschützt bin. Zwischen mir und der Wirklichkeit gibt es niemanden, nichts. Und meine Kamera habe ich für immer weggelegt. Jetzt sind meine Hände leer.

Obwohl ich mein Zimmer nicht mochte, war es mein einziger Zufluchtsort. Aber mit dem Heranwachsen fühlte ich mich immer stärker ausgeliefert. Ich erinnere mich gut an dieses Gefühl, gleichzeitig geschützt und ausgeliefert zu sein, an diesen Glaskäfig, aus dem ich nicht hinaus- und in dem ich mich nicht vor Blicken verstecken konnte. Deshalb empfand ich schon als Kind ein Unbehagen, das ich viele Jahre später als Folge von so etwas wie elterlicher Gewalt gegenüber dem Kind identifizierte: Ein Unbehagen, weil ich unerwünschten Blicken ausgesetzt war, weshalb ich begann, mich hinter das Objektiv meiner geliebten Kamera zurückzuziehen. Die Kamera diente mir lange als Schutzschild vor den Menschen. Ich zog mich hinter sie zurück, versteckte mich hinter ihr. Doch gleichzeitig diente sie mir als Kommunikationsmittel, aber nach den Regeln, die ich selbst bestimmte. Die Fotokamera war mein ureigener Zauber, mit dem ich alles, was vor sie geriet, zähmte.

Ich musste einen Weg finden, mich gegen dieses Gefühl des Ausgeliefertseins zu wehren. Ich tat dies mit einem Spiel: In meiner Erinnerung bin ich sieben oder acht Jahre alt und spiele gern mit dem Licht. Die Glastür ist offen, und Lichtstrahlen dringen an mein Bettchen. Ich möchte allein, unbeaufsichtigt sein, öffne und schließe die Augen, und die durchsichtig rote Farbe unter den Lidern wechselt sich mit dem blendenden Glanz der Sonnenstrahlen ab. Ich hebe meine Hand zum Fenster. Starkes Licht dringt durch meine Haut, und ich sehe die dunkleren Teile – sind das die Knochen?, frage ich mich – und das dünne Netz der Blutgefäße. Meine Hand sieht wie etwas ganz anderes aus, wie ein durchsichtiges Tierchen, vielleicht wie die Meduse, die ich einmal im Aquarium gesehen habe. Auf jeden Fall wie ein völlig fremdes, von mir losgelöstes Ding. Danach gehe ich mit diesem Ding ins Dunkle unter das Laken, und es ist wieder meine normale Hand, die ich nach dem »Zauber« ungläubig betrachte. Die Metamorphose von Teilen meines eigenen Körpers fasziniert mich.

Alles kann sich, abhängig vom Licht, in etwas anderes verwandeln. Ich bin eine Zauberin, erzähle ich Maman später, ich verwandle Bekanntes in Unbekanntes, schau her! Damals kenne ich das Wort »Künstlerin« oder »Künstler« noch nicht. Maman sagt, ich soll kein dummes Zeug reden, sie sehe nichts, auch nicht, wenn ich ihr zeige, wie leicht ich die Hand nur mit Hilfe starken Sonnenlichts in eine Meduse verwandle. Und sie sagt noch, eine Hand sei keineswegs ein Ding, als wüsste ich das nicht. Ich sehe, dass sie weder den Zauber, den das Licht treibt, noch meine Leidenschaft für das Spiel der Verwandlung versteht. Aber das betrübt mich nicht, weil ich etwas habe, was meins ist, nur meins – mein Geheimnis.

Mir gefiel, erzählte ich Jacques, wenn mich Maman in Buenos Aires auf einen Spaziergang in den Park mitnahm. Und manchmal auf den Spielplatz, damit ich mit anderen Mädchen zusammen sein konnte. Die Mädchen sprachen Spanisch, die Sprache der Dienstmädchen, Seeleute, Hafenarbeiter und Viehtreiber. Ich merkte mir, dass sie sagte, es sei eine nützliche, aber schmutzige Sprache, genauso schmutzig wie die Leute um uns herum. Maman und ich waren Vater nach Buenos Aires gefolgt, als ich drei Jahre alt war. Schon damals, als kleines Mädchen, fühlte ich mich zerrissen zwischen Mutter und Vater, zwischen der französischen und kroatischen und der neuen, spanischen Sprache, die Vater schon gut beherrschte, während wir kein Wort konnten. Zwischen Mamans Kleidung, die nach Parfüm duftete, und dem weiten Rock von Juana, in dem sich Hunderte unbekannte Gerüche verbargen. Als hätte auch ich selbst aus alten und neuen, aus sauberen und schmutzigen Teilen bestanden. Es gab keinen Tag, an dem ich mich nicht so gefühlt hätte. Und jetzt auch?, fragte mich Jacques. Ja. In mir mischen sich Theodora, Dora, Dorica, Dorita, Adora, Dorissima. Mir schien, meine Antwort weckte seine Neugier besonders, er schrieb etwas in sein Notizbuch, fragte mich aber nicht weiter danach.

***

In Buenos Aires besuchten Maman und ich Vater manchmal in seinem Architekturbüro in der Calle Reconquista. Er gab mir Bleistift und Papier, und ich zeichnete lange an seinem Tisch oder schrieb Buchstaben, weil ich schon zur Schule ging und üben musste. Mein Vater zeichnete viel, hauptsächlich Häuser, und danach wurden sie von anderen gebaut. So erklärte er mir seine Arbeit als Architekt. Und wenn wir spazieren gingen, zeigte er mir die Gebäude, die er entworfen hatte, zum Beispiel das auf der Plaza de Mayo oder in der Calle Sarmiento, mit Balkonen, von denen einer von einem furchteinflößenden Steinkopf gestützt wurde. Obwohl ich meinen Blick davon abwandte, kehrte ich doch immer wieder zu ihm zurück.

Sooft er Zeit hatte, erteilte mir Vater Zeichenunterricht. Er zeichnete nicht nur Häuser, sondern auch Schiffe, Porträts und Straßen, und zu meinem Vergnügen zeichnete er auch gern Tiere. Dann forderte er mich auf, das Gleiche zu zeichnen. Er sagte, ich hätte Talent, ein gutes Auge, müsse aber üben. Beharrliches Üben ist alles, Dorica.

Während ich zeichnete, hörte ich zu, wie meine Eltern diskutierten … So erfuhr ich, dass Maman beabsichtigte, ein

Hutgeschäft zu eröffnen. Ihr sei langweilig, als Modistin könnte sie etwas verdienen. Das Geschäft würde *Boutique Française* heißen – wie sonst? Wo ist denn im Übrigen dein Reichtum, dessentwegen wir hierhergekommen sind?, führte sie als Argument für ihren Plan an. Dabei sprach sie *hierher* aus, als hätte sie etwas im Mund, was sie ausspucken wollte. Sie sah Vater nicht an. Sie sah durchs Fenster, in die Ferne, übers Meer. Vater, ahnte ich, war nicht begeistert von dieser neuesten Idee, in die er, vor allem, würde Geld hineinstecken müssen. Maman schnaubte verächtlich und winkte ab, als er das Geld erwähnte. Als handelte es sich um etwas, womit sie sich nicht aufreiben wollte, sollen sich die Männer damit beschäftigen. Aber wenn sie nicht dazu imstande sein sollten, dann … Ihr Satz blieb in der Luft hängen. Ich erinnere mich, dass mein Vater mir leid tat.

Schließlich gab er nach, lich sich Geld von seinem Arbeitgeber, Herrn Mihanovich, einem reichen Reeder kroatischer Herkunft wie er selbst, für den er eine Villa gebaut hatte. Und diese Tatsache sowie alles andere, worüber die Erwachsenen redeten, hörte ich in meinem Glaskäfig und tat danach, als hätte ich nichts gehört. Ich kenne Herrn Mihanovich und seine dicke Frau, weil wir gegenüber ihrer Villa wohnen und ich oft mit ihren Kindern spiele. Sie haben zwölf Stück, wie die Orgelpfeifen, sagt Maman. Wenn sie »Stück« sagt, verdreht sie die Augen, als wäre das bei Leuten mit ihrem Status und Vermögen völlig unvorstellbar. Hinter dem Glas höre ich später im Zusammenhang mit Mihanovich noch das Wort »vermehren«, aber Vater ist wütend. Pass auf, was du redest und kümmere dich um deine eigenen Angelegenheiten, sagt er streng zu ihr.

Ich trage gern Hüte. Ungewöhnliche, originelle. Auch den, den ich jetzt am häufigsten trage, den kleinen schwarzen, mit der großen Organdy-Schleife, hat Maman gemacht. Meine Vorliebe für Hüte habe ich bestimmt von ihr geerbt. Ich erinnere mich gut an einen, den sie lange im Schaufester ihres Ladens ausgestellt hat. Ich habe ihn mir gern im Schaufenster der *Boutique Française* angesehen. Vielleicht war ich zehn Jahre alt, aber noch immer kann ich mir jedes Detail dieses Hutes ins Gedächtnis zurückrufen. Er war wundervoll, hellblau, verziert mit Miniaturvögeln aus verschiedenfarbiger Seide, die wie lebendig wirkten und hinter grünen Blättchen hervorlugten. Ich erinnere mich, dass auch Passanten häufig stehenblieben und ihn voller Bewunderung betrachteten.

Als Maman mir erlaubte, ihn aufzuprobieren, beschloss ich, vor dem Spiegel stehend, genau solche Hüte zu tragen, wenn ich erwachsen wäre. Und noch verrücktere! Vielleicht war es das einzige Mal, dass ich stolz auf sie war. Denn es war Vater, den ich bewunderte. Julie verachtete ich in diesen Jahren hauptsächlich. Später bemitleidete ich sie und hatte ihr gegenüber meist Schuldgefühle.

Julie eröffnete also schließlich ihre *Boutique*, die man nicht als Laden beziehungsweise Geschäft bezeichnen durfte, weil das banal klang. Vater nannte Maman *kitničarka*, was ein altes kroatisches Wort für Modistin ist. In ihrer *Boutique* verkaufte sie Knöpfe, Krägen, etwas Stoff als Meterware, verschiedene Bänder aus Baumwolle, Seide, Rips – kurzum Posamenterien und natürlich Hüte, die sie selbst machte. Ich erinnere mich an den Duft ihres Pariser Parfüms, vermischt mit dem exotischen Duft der feinen Seide, die aus dem fernen China kam. Original aus China, betonte sie zufrieden und prahlte ein wenig mit ihren guten Beziehungen zu Reedern und Händlern, die ihr ermöglichten, exklusive Ware günstig zu beschaffen.

Seit sie die *Boutique* hat, ist Maman fröhlicher, manchmal lacht sie sogar. Mit ihren Händen bringt sie allerhand zustande, sie ist geschickt. Sie haben goldene Hände, schmeicheln ihr die Kundinnen, Damen mit erlesenem Geschmack, und nicht solche, die Gummi- und Zierbänder meterweise kaufen oder schwarze dramatische Spitze von der Rolle, die damals in Mode ist und die sie an ihre Taftkleider nähen, um ihr Dekolleté hervorzuheben. Es gibt Frauen, die nur vorbeikommen, um Französisch zu sprechen oder die Modezeitschriften aus Paris durchzublättern, die Maman sichtbar auf dem Ladentisch liegen hat, damit man weiß, dass sie auf dem Laufenden ist. In Paris sind die Röcke nicht mehr weit, wie man sie noch in Buenos Aires trägt. Sie werden allmählich kürzer und enger, die Frauen kürzen auch ihre Haare, tragen einen Pony wie Jungen. Ich beschließe, mir ebenfalls die Haare schneiden zu lassen, wenn ich alt genug bin, obwohl Maman von einer Änderung der Frisur nichts hören will, weil diese Mode ›vulgär‹ ist. Und vulgär ist alles, wovor sie Angst hat.

In die *Boutique* kommen die Frauen nur, um ihre so *originellen* Hüte aufzuprobieren. Das ist, wie ich schnell begreife, ein Wort für etwas Seltsames und Unbekanntes, für etwas Ungewöhnliches, Verwirrendes und leicht Komisches, was man lediglich anschaut und vielleicht aufprobiert, aber nicht kauft, um Gottes willen nein! Vielleicht trägt man ja in Paris solche Kunstwerke, Madame Markovitch, aber hier tragen wir normale Strohhüte mit breiter Krempe, wegen der Sonne. So bäuerliche, fügt Maman hinzu, und dann kichern sie zusammen. Sie selbst trägt ein selbstgemachtes Hütchen mit Rosen aus Filz und Früchten, minutiös hergestellt aus Watte, die mit farbigem Papier überzogen und mit glänzendem Lack bemalt ist. Als belustigte es sie, zu provozieren oder Aufmerksamkeit zu erregen, wagt sie es, mit dieser ganzen Exotik auf dem Kopf durch die Stadt zu spazieren. Sie ist ja aus Paris, und dort ist das in Mode. Ich muss doch Reklame für meine *Boutique* machen, sagt die Modistin Julie kokett.

Vater stört sich nicht an ihrer Überspanntheit. Wenn er gut gelaunt ist, nennt er sie auf Kroatisch *šašavica**, was sie komisch zu *sa-sa-vi-ka* verzerrt, nur damit wir beide lachen. Sie trägt auch sonntags einen Hut, wenn wir zur Messe gehen. Und nach der Messe zu Tee und Kuchen in das Jugendstilcafé *Tortoni* in der Avenida de Mayo, benannt nach dem Pariser Café auf dem Boulevard des Italiens. Ich schreite dann zufrieden zwischen den beiden. Wir begegnen meinen Schulfreundinnen mit ihren Eltern, grüßen uns. Ich sehe, dass alle Blicke an Mamans Hut hängen bleiben, und das gefällt mir, weil ich denke, dass sie doch mutig ist, obgleich sich ihr Wille und ihr Mut darin erschöpfen.

***

Da sind wir, es ist, als betrachtete ich uns jetzt beim Sonntagsspaziergang. Ich betrachte meine Eltern. Vater trägt einen eleganten dunklen Anzug, hat glänzendes, mit Brillantine zurückgekämmtes schwarzes Haar und einen sorgfältig gepflegten Schnurrbart. Er ist in Begleitung einer ernsten Dame in einem Kleid nach der aktuellsten Pariser Mode und mit einem interessanten Hut auf dem Kopf.

* Überspannte weibliche Person. Ausgesprochen: schaschawiza. (A.d.Ü.)

Ich sehe auch mich, ein kleines Mädchen mit durchsichtig grünen Augen und breitem Gesicht wie dem von Vater, eingerahmt von dichtem schwarzem Haar. Solange sie im Café sitzen, reden sie nicht besonders viel, als hätten sie einander nichts zu sagen. Sie sind hier, um – wie es Brauch ist – einmal in der Woche zu zeigen, dass sie zur Mittelklasse von Buenos Aires gehören, zu den gebildeten und eleganten Bürgern wie es Ärzte, Rechtsanwälte, Reeder und Architekten sind – wie mein Vater einer ist.

Vater holt eine Zigarre heraus, zündet sie an, lehnt sich dann zurück und beobachtet leicht abwesend die Leute um sich herum, manche von ihnen grüßt er. Ich bin ganz ruhig und ernst, obwohl ich nicht älter als acht oder neun sein kann, vielleicht nicht einmal so alt. Neugierig blicke ich um mich, während ich eine Schokoladenschnitte esse. Julie trinkt Tee und Vater Kaffee, dessen betäubender Duft sich mit dem Duft des Tabakqualms vermischt. Ich sitze da, am Tisch mit meinen Eltern, aber zugleich auch irgendwo in einer Ecke des Saals, von wo aus ich eine gute Sicht auf alle Gäste habe. Die Möglichkeit, gleichzeitig anwesend und abwesend zu sein, bereitet mir Vergnügen. Während ich so dasitze, schweift mein Blick von Gesicht zu Gesicht, als wäre ich ein kleiner Voyeur, der versteckt hinter einem Vorhang hervorlugt. Auf dem Gesicht einer Frau am Nachbartisch nehme ich Müdigkeit und Nervosität wahr. Auf dem Schoß hat sie einen kleinen Jungen, der sich unaufhörlich hin und her bewegt, tausend Fragen stellt, mit einem Löffelchen gegen eine Teetasse aus feinem Porzellan schlägt, und ein wenig verzweifelt übergibt sie das Kind dem Vater, der nicht weiß, was er mit ihm anfangen soll. Zwei ältere Damen mit grauen Knoten tuscheln boshaft über ihre Kuchenteller hinweg. Eine Männergruppe steht neben dem Klavier und diskutiert laut. Aber was mich am meisten anzieht, ist eine junge Frau, die allein an einem Tisch sitzt, raucht und Zeitung liest, ohne die erstaunten Blicke zu beachten.

***

Auf den Fotos aus dieser Zeit sehe ich ein bisschen traurig aus. Die Kinder in der Schule nennen mich, weil ich so ernst bin, spöttisch *la santa*, die Heilige. Warum habe ich schon damals kein Lächeln im Gesicht? Vielleicht weil Maman mir unentwegt einschärft: Lächle keine Männer an, hier ist das gefährlich. Dort, in Frankreich, kannst du dich ungezwungen benehmen, du kannst anlächeln, wen du willst und verrückte Hüte tragen und ohne männliche Begleitung auf die Straße gehen. Merk dir, eine Französin zu sein und zu lächeln, bedeutet hier nur eins – *Francesa*.

Ihre Worte verfehlten nicht ihre Wirkung auf mich. Ich weiß, Maman hatte Angst um mich, sie verabscheute die Blicke der Männer, der Zugewanderten und Junggesellen, die hungrig nach Frauen waren, und davor wollte sie mich bewahren. Die Männer darf man nicht provozieren. Auf der Straße muss man mit ernstem Gesicht, ohne Lächeln und mit gesenktem Blick gehen, besonders wenn du ein schönes Mädchen von dreizehn Jahren bist, unter dessen Sommerkleid sich die Brüste erst andeuten.

Männer sind gefährlich, sagt Maman zu mir. Alle Männer?, frage ich, Ja, nickt sie, ja, ja alle. Trotzdem traue ich mich nicht zu fragen, ob das auch für Vater gilt.

Was meinen Sie mit gefährlich?, frage ich sie.

Sie sind gefährlich wie das Tangofieber. Wie der Tango, sagt sie.

Das sagt sie absichtlich, weil sie weiß, dass ich den Tango

liebe. Ich habe ihn schon als Kind tanzen gelernt. In Buenos Aires waren in meiner Kindheit alle verrückt nach dieser melancholischen Musik voll düsterer Sehnsucht. Ich erinnere mich an die Erregung und Trauer, die mich überkamen, wenn ich Tangomusik hörte. Die Tänzer berühren sich mit dem ganzen Körper, ihre Bewegungen sind abrupt, rhythmisch und unwahrscheinlich harmonisch. Sonntagnachmittags tanzte Jung und Alt auf den Plätzen und Straßen zum Spiel eines improvisierten Orchesters oder zur Musik aus dem Radio. Ich erinnere mich gut, wie ich mich spontan dem Rhythmus, den Farben, der Fröhlichkeit der Menschen um mich herum überließ, gerade weil mir das später nie wieder passiert ist.

Auf unseren Festen und Vergnügungen wurde allerdings ein Salontango, elegant und weniger leidenschaftlich, getanzt. In der Schule übten wir Mädchen miteinander die Schritte. Am meisten faszinierte mich die Haltung der professionellen Tänzerinnen. Beim Tango musste die Frau gleichzeitig Stolz und Fügsamkeit zeigen, aufreizend, aber auch unerreichbar sein. Der Mann machte unbedingt einen *Cabeceo*, eine leichte, kaum merkliche Verbeugung, vor seiner Auserwählten und sah ihr direkt in die Augen. Und dann begann der dramatische Tanz der Eroberung und Hingabe.

Ich weiß, dass der Tango mit jenen Blicken der Männer auf der Straße und mit einem Verbot verbunden ist, vielleicht weil die Körper der tanzenden Paare aneinandergeschmiegt sind, als machten sie Liebe. Vom Liebemachen habe ich mit dreizehn Jahren nur sehr vage Vorstellungen, aber dennoch weiß ich mittlerweile, dass meine Eltern es manchmal tun, tief in der Nacht, wenn sie denken, ich schlafe. Aber ich höre sie und schäme mich. Wenn Vater morgens die Tür öffnet und sich über mich beugt, um mich zu küssen, wende ich absichtlich meinen Kopf ab. Weiß er, dass ich es weiß?

Ich erinnere mich an eine Geburtstagsfeier bei den Mihanovichs. Mit einem unbekannten Jungen, etwas älter als ich, tanze ich Tango. Es gibt so viele Arten, Liebe zu machen, und doch erinnere ich mich, selbst zwei Jahrzehnte danach, an dieses Gefühl, an die sich beim Tanz berührenden Körper, an den Rhythmus, der sie führt. Und an etwas Neues, das mich erfasst, während ich schnell den Schritten des Partners folge, während meine Brust die seine berührt und sein Schenkel sich zwischen meine Beine schiebt. Und ich biege mich nach hinten zu einer graziösen Figur, während unsere Beine über das Parkett gleiten. Die Melodie dringt in mich ein, und die Bewegungen rufen eine unbekannte Art der Erregung hervor, wie Fieber. In der Schule nennen wir Mädchen es halblaut ›Tangofieber‹ und glauben, dass es ansteckend ist.

Ich weiß nicht, wer der Junge ist, und der Gedanke, dass das Fieber meinen Körper schüttelt, obwohl ich ihn nicht kenne, erregt mich noch mehr. Vor meinen Augen sehe ich nur seine blitzenden schwarzen Augen und seine schweißbedeckte Stirn, die er nicht abwischen kann, weil er mich nicht aus der Umarmung lassen darf. Einer Umarmung, die uns verboten ist, das wissen wir, und deswegen genießen wir beide den Tanz noch mehr.

War mein Tangofieber der Anlass, dass Maman und ich eines Nachts überraschend an Bord eines Überseeschiffes gingen? Vielleicht. Vielleicht hatte Maman gesehen, dass ich mit dem Jungen geschmeidig und leidenschaftlich wie eine richtige *Francesa* getanzt hatte. Vielleicht hatte sie begriffen, dass keine Zeit mehr war, dass sie mich aus der gefährlichen Umgebung herausholen, mich in eine französische Schule stecken musste, die mich zivilisieren, ein richtiges Fräulein, anständig, zurückhaltend, aus mir machen würde. Oder sehnte sie sich selbst so sehr nach Frankreich, dass sie ihren Laden schloss, unsere Sachen packte, mich aus dem Glaskäfig herausriss – wie oft hatte ich mir das gewünscht, aber nicht in dem Augenblick, als wir auf das Schiff gingen! – und in eine Schiffskabine steckte. Warum gehen wir, Maman? Warum ausgerechnet jetzt, heulte ich, ausgerechnet jetzt, wo ich endlich Freunde gefunden habe, wo ich den ersten Tango getanzt habe? Ihr unerbittlicher Blick peitschte mich …

Ich weiß nicht, ob sie sich vielleicht sogar von Vater scheiden lassen wollte. Wahrscheinlich diente ihr meine Schulausbildung nur als Rechtfertigung, nach Frankreich zurückzukehren und Marko wenigstens vorübergehend zu verlassen. Sie glaubte seine Versprechungen nicht mehr, an Buenos Aires hatte sie sich nie gewöhnt. Jemand von uns muss sich für Doras Zukunft opfern, sagte sie. Jemand muss eine Entscheidung treffen. Dora ist kein Kind mehr, wir müssen an das denken, was gut für sie ist, sagte sie ihm vor dem Einschlafen im Bett. Vater war merkwürdig still. Vielleicht hatte sie ihm auch etwas gesagt, was ich nicht hören konnte, oder ihm vertraulich etwas zugeflüstert, was ich nicht hören sollte, weil ich zu jung war, um es zu verstehen. Ich weiß nicht. Vater ergriff nach langem Schweigen das Wort. Woher weißt du, was gut für sie ist?, fragte er. Ich bin eine Frau, Marko, ich bin ihre Mutter. Ich weiß es am besten, sagte Julie, und ich hörte Trauer aus ihrer Stimme heraus.

Von der Reise erinnere ich mich nur an die Nächte, das Schimmern des Wassers, die riesige Silhouette des Schiffs. Ich entsinne mich an das Motorengeräusch, wie wir uns vom Ufer entfernen und das Gefühl, den Boden unter den Füßen zu verlieren, von dem mir schwindlig wird. Dann an das sanfte Schaukeln der Kabine, nicht an das einschläfernde, sondern an ein beunruhigendes Schaukeln. In den ersten Tagen bin ich seekrank. Ich schlafe oder schaue an die Kabinendecke und versuche, in eine andere Wirklichkeit, die nur mir gehört, zu fliehen. Maman tröstet mich und sagt, die Übelkeit werde vergehen. Paris wartet auf uns, Dora, Paris! Als handelte es sich um ein wunderschönes Geschenk. Ich teile ihre Aufregung nicht. Man hat mich aus dem Haus, aus der Schule, aus einer meiner Sprachen herausgerissen – wie kann ich mich über den Umzug freuen?

Hat Maman recht? Bin ich doch eine *Francesa*? Oder haben alle Frauen etwas davon in sich? Während wir übers Meer fahren, quäle ich mich, in der Kabine eingeschlossen, mit Fragen, auf die ich damals noch keine Antwort habe.

Heute und nach meiner Erfahrung, die ich mit Männern, aber auch Frauen gemacht habe, sind mir die Antworten auf diese damaligen Fragen schon eingebrannt. Vielleicht sähe man, wenn ich die Bluse auszöge, wirklich all die Stiche und Schnitte, die Spuren der Peitschen und die Spuren der Schläge, die Blutergüsse, Verbrennungen, Bisse … Die schlimmsten Schläge sind jedoch unsichtbar geblieben, außer vielleicht für Spezialisten. Wie Dr. Lacan, deren Fachgebiet innere Narben, besonders in der Frauenpsyche, sind. Und obwohl Körper und Psyche miteinander verbunden sind, habe ich lieber die Schläge des geliebten Mannes hingenommen als einen einzigen verächtlichen Blick von ihm. Weil Demütigung weit mehr schmerzt.

Halt, sage ich zu mir, halt an. Wohin eilst du? All das kommt noch an die Reihe.

Heute, an diesem ruhigen Septembersonntag, habe ich alles gelesen, was ich bisher geschrieben habe. Ich bin zufrieden, dass die Geschichte über meine argentinische Kindheit glatt dahinfließt, ohne zu stocken. Die panische Angst vor der leeren Seite, die ich früher verspürt habe, wenn ich das Notizbuch öffnete, ist verflogen. Ich hoffe, ich halte durch, breche nicht wieder ab. Obwohl mir das, worüber ich erst noch schreiben muss, ein bisschen Angst macht.

***

Mein erster Eindruck von Paris war der Geruch des Bahnhofs. Maman und ich trafen frühmorgens mit dem Zug ein. Die Straßen waren nass vom Regen, und der Geruch von Rauch und Feuchte sowie der spezielle Gestank von Ruß und rostigem Eisen, der sich auf jedem Bahnhof festzusetzen scheint, schlug mir entgegen, sobald ich den Bahnsteig betrat. Paris war mir zwar unbekannt, aber auch vertraut, denn sobald wir auf den Bürgersteig traten, um ein Taxi anzuhalten, tauchte ich in meine Muttersprache ein wie in eine Wanne voll warmen Wassers. Es war ein verwirrendes Gefühl. Wenn du in eine neue Umgebung kommst und dich von einer bekannten Sprache umgeben fühlst wie von einem warmen Mantel, gibt dir das ein Gefühl der Sicherheit, des Schutzes. Als hätte mich Paris in die Arme geschlossen. Mein Spanisch, abgedrängt in einen Winkel der Erinnerung, schlummerte plötzlich ein. Mit ihm schien sich auch meine argentinische Identität aufzulösen, und in den ersten Wochen fühlte ich mich unter dem Mantel der Sprache nackt.

In unseren ersten Pariser Jahren schien Julie zufrieden, fast würde ich sagen, wie neu geboren. Vater schickte regelmäßig Geld aus Buenos Aires, bis auch er nach Paris zog. Ich besuchte das Lycée *Molière*. Maman konnte etwas aufatmen. Ihre Tochter war ja der unmittelbaren Gefahr entronnen, in die sie ihre Liebe zum Tango gebracht hatte, und eine Zeitlang schien alles in Ordnung. Auch ich war zufrieden, weil ich endlich ein richtiges Zimmer mit Holztür bekam. Aus meinem Leben verschwanden die Glastür und die weiße Gardine, die Schranken, die keine Schranken sind, das Lauschen … Für immer, glaubte ich.

Mindestens einmal im Jahr fuhr ich mit dem Schiff zu Vater. Die Reisen waren lang und manchmal beschwerlich, aber Vater fehlte mir wirklich, seine Wärme und sein täglicher Beistand, sein Vertrauen, dass ich Hürden überwinden kann. Ich schrieb ihm lange Briefe auf Kroatisch und Spanisch und verschönerte sie mit Zeichnungen. Ich war nicht mehr sein kleines Mädchen – oder ich dachte es zumindest –, aber meine Briefe waren in gewisser Weise noch immer kindlich.

Und noch etwas fehlte mir, seit wir nach Paris gezogen waren – ein Zugehörigkeitsgefühl. Das war merkwürdig, da ich mich auch in Argentinien nicht verwurzelt gefühlt hatte. Dort gab es viele Ausländer. Wie viele andere Emigranten aus Europa waren wir mit einer Einwanderungswelle hingekommen, verhielten uns aber, als wären wir deshalb privilegiert. In Paris war es kein Privileg, Ausländer zu sein, das bekam ich zu spüren, sobald ich in die Schule ging. Obwohl ich gebürtige Französin bin und

Französisch meine Muttersprache ist, war ich anders, ich war auf einem anderen Kontinent aufgewachsen, neben Französisch sprach ich Spanisch, aber auch noch das exotischere Kroatisch, ich war über den Ozean gereist … Meine Mitschüler und mich trennte nicht nur meine Herkunft, sondern auch meine Erfahrung. Ich war erwachsener als die Mädchen in meiner Klasse, die Pariserinnen waren und nur Paris kannten und mich daher für eingebildet hielten. Doch mein Status in der neuen Schule besserte sich, als ich begann, ihnen Tango, spanische Flüche und das Rauchen beizubringen!

Am Anfang verunsicherte mich diese Vielfältigkeit der Identität, die zu meinen schon vorhandenen hinzukam. Ich brauchte nicht lange, um zu begreifen, dass aus dem fernen Argentinien zu kommen, hier in Frankreich keinerlei Vorteil bedeutete, schon gar nicht, wenn dein Vater aus einem unbekannten kleinen Land stammt. In der Pariser Gesellschaft, in der Julie und ich uns damals bewegten, waren Ausländer Menschen aus einem anderen gesellschaftlichen Milieu. Maman, die hier als einzige in unserer Familie keine Ausländerin war, setzte alles daran, dass ich diese Kluft überwand, aber seltsamerweise fühlte ich mich nur während meiner Besuche bei Vater in Buenos Aires als echte Französin. Dort wurde ich ein anderer Mensch, lebhaft und gesprächig, wenn ich meinen Bekannten begeistert von der französischen Mode und Malerei erzählte – genauso wie Vater manchmal über Architektur sprach.

Verunsichert war ich nicht nur wegen der Sprache, der Staatsangehörigkeit, der Herkunft, sondern auch wegen meines sich ändernden Aussehens. Maman war eine Frau mit feinen, wenn auch nicht besonders eindrucksvollen

Gesichtszügen, eine Person, die überaus großen Wert auf Eleganz legte. Während ich mit dem Erwachsenwerden Vater immer ähnlicher wurde. Ich war groß und kräftig, hatte seine Gesichtszüge. Julie sah in mir etwas, was mich als Ausländerin verriet, etwas erkennbar Anderes, Slawisches. Und zwar nicht nur in meinem schwierigen Charakter und in meiner Starrköpfigkeit, sondern auch in meinem Körper. Meinem harmonisch, aber fest gebauten Körper fehlte die französische Grazilität. Manchmal konnte sie ironisch sein: Ja, dein Gesicht ist so gleichmäßig wie seins, aber dieses vorstehende Kinn, das auf Trotz hindeutet, diese aufrechte, leicht hochmütige Haltung ... Wo habt ihr das nur her? Dabei ist dein Vater, der feine Herr, doch das uneheliche Kind einer gewöhnlichen Dienstmagd. Aber nach eurer Haltung könnte man meinen, er sei ein Prinz und du eine Königin!

Maman fand stets Mittel, wegen Vater gegen mich zu sticheln. Angeblich hatte man ihre Angehörigen nicht zur Hochzeit nach Rijeka eingeladen, damit sie nicht sähen, was in seiner Geburtsurkunde unter der Rubrik »Vater« verzeichnet war. Dort stand: Vater unbekannt. Tatsächlich erwähnte er nie seine Mutter. Ich wusste, dass sie Barbara heißt, mehr nicht. Und Julie selbst verbot mir, ihn nach seinen Angehörigen zu fragen, weil das einen Wutanfall bei ihm hervorrufen würde. Stets hatte ich den Eindruck, dass Vater vor etwas in seiner Vergangenheit flüchtete, aber auch Maman war nicht gewillt, darüber zu sprechen. Ich hasste es, wenn Julie so von Vater sprach, weil auch ich, genau wie er, meine Familie in der neuen Umgebung verschwieg. Nicht so sehr wegen des unbekannten Großvaters, sondern um die Herkunft meines Nachnamens nicht erklären zu müssen. Mir passierte das

Gleiche wie ihm: Der ungewöhnliche Nachname klang in der neuen Umgebung – jüdisch. Und während ihn eine derartige Frage kränkte und er hinterher zu Hause wütend sagte: Finden die Leute denn, dass ich wie ein Jude aussehe?, schützte ich mich vor Fragen nach meiner Herkunft schon damals – geradeso wie er! – durch ein geheimnisvolles Auftreten.

***

Die ersten Fotos machte ich mit zwölf oder dreizehn, noch in Buenos Aires. Ich ging mit Vater zum Hafen und fotografierte Schiffe, Seeleute, Stapel, Decks. Im Übrigen war er es auch, der mir meinen ersten Fotoapparat geschenkt hatte. Wenn ich heute diese Fotografien anschaue, bin ich zufrieden, weil nichts an ihnen darauf hindeutet, dass ein Mädchen sie gemacht hat. Auf ihnen dominieren das Verhältnis von Licht und Schatten, reine Flächen und Formen, während das Objekt selbst offensichtlich keine besondere Bedeutung hat. Unbewusst begriff ich schon damals das Wesen der Fotografie, ich hatte ein Auge dafür. Ich frage mich, ob ich überhaupt jemals einen unschuldigen Kinderblick gehabt habe. Oder schließt der Sinn für die Fotografie Unschuld bereits aus, selbst bei einem Kind?

Bald begann ich die Fotografie ernsthaft zu betreiben. Vielleicht weil ich mich in der Anfangszeit von meinen neuen Pariser Bekannten vernachlässigt fühlte. Wenn sie es auch nicht absichtlich taten, mein Name, meine Sprache, meine Interessen, sogar mein Aussehen, all das isolierte mich irgendwie von ihnen und vermittelte mir das Gefühl, nicht dazuzugehören. Ich war neu, eine Ausländerin und daher überempfindlich. Mir blieb nichts anderes übrig, als wieder einen Zufluchtsort zu suchen. Und den fand ich. Ich fand Schutz hinter dem Kameraauge. Beim Betrachten der Menschen durch das Objektiv, vielleicht nur damit auf dem Foto auch ihr verborgenes, nur für mich sichtbares Gesicht zum Vorschein käme.

Kannst du es beschreiben?, erinnere ich mich, hat Jacques gefragt, als ich es ihm gegenüber erwähnt habe. Aber ich überging die Frage. Was hätte ich ihm sagen können? Dass das verborgene Gesicht des Menschen nur auf dem Foto zu sehen ist und nur wenn du den Moment erwischst, in dem es sich offenbart.

Ich weiß nicht, ob Vater mein Bedürfnis, mich hinter dem Fotoapparat zu verstecken, verstand, aber er unterstützte mich in meiner Wahl, als ich mich nach dem Gymnasium trotz Julies Einwand an der Schule für Dekorative Kunst einschrieb. Als gute Bürgerin verabscheute sie die Boheme, zu der eine solche Schule führte. Maman verstand mein Interesse für Kunst und meine Beschäftigung mit Kunst natürlich als Eintrittskarte in die schlechte Gesellschaft von Säufern, Nichtstuern und zwielichtigen Gestalten, tröstete sich aber damit, dass ein solcher Ausflug nicht lange dauern konnte. Du kommst immerhin aus einer soliden Familie, versicherte sie eher sich als mir. Meine Gründe interessierten sie nicht, und mein unvernünftiges Verhalten war für sie Ausdruck meines offensichtlichen Starrsinns. Sie dachte an meine Unbezähmbarkeit, die arme Julie, die zahme und gehorsame Anhängerin der gesellschaftlichen Konventionen. Sie lebte zerrissen zwischen ihren kleinbürgerlichen Werten, Vaters grandiosen Ideen, die fast nie die erwarteten Ergebnisse zeitigten, und meinem Hang zum Leben der Boheme. Verstehen konnte sie uns nicht, und das machte sie traurig und einsam. Trost fand sie allein im Gebet und in langen Gesprächen mit dem Geistlichen Pater Jean, dessentwegen sie ans andere Ende der Stadt ging.

Neben dem Unterricht nahm ich Malstunden bei André Lothe, dem besten Lehrer dieser Jahre, und dann besuchte ich auch die Schule für Fotografie. Fast genauso wichtig waren mir die Kaffeestuben, in denen sich in den Dreißigerjahren eine interessante Gesellschaft versammelte, Henri Cartier-Bresson, Brassaï und Pierre Kefer, mit dem ich bald darauf ein Fotoatelier eröffnete. Ganz zu schweigen von dem Drehbuchautor und Schnittmeister Louis Chavance, der in Filme verliebt war, aber auch in mich. Mit ihm war ich nur ganz kurz zusammen. Schon damals hatte ich beschlossen, mich an niemanden zu binden. Ich assistierte dem Modefotografen Ossip Meerson, reiste nach Barcelona und London. Pressefotos zogen mich genauso in ihren Bann wie Mode- und Kunstfotografien. Als ich damals mit meiner Rolleiflex um den Hals herumrannte, interessierte mich mein Fotoapparat mehr als die Männer. Der Apparat war ein Teil von mir, Verlängerung meines Auges und meiner Hand. Männer waren Freunde, unterhaltsam oder langweilig, und der Umgang mit ihnen so etwas wie ein Debattierklub und ein Trinkgelage.

Fotoausrüstungen waren damals noch schwer, und es gab nicht viele Frauen, die sie mit sich herumschleppen wollten. Aber die Rolleiflex, die mir Vater gekauft hatte, war klein und angenehm zu tragen. Seltsamerweise musste ich damals, ich war ja noch ein Kind, nicht lange betteln. Ich glaube, er erkannte in mir die schöpferische Leidenschaft wieder, die er selbst besaß, sah, wie meine Augen leuchteten, wenn ich vom Fotografieren sprach. Nie äußerte er mir gegenüber direkt die Erwartung, dass ich einen »normalen« bürgerlichen Beruf ausübe. Nur einmal unterbrach er mich mitten im Satz und bemerkte sanft, seine Hand über meine gelegt, mit einer weichen, seinem Liebling vorbehaltenen Stimme: Aber Dora, du zeichnest wunderbar, hast eine große Beobachtungsgabe, du könntest als Architektin arbeiten, könntest vieles tun. Warum ausgerechnet Fotografie? Ich schüttelte den Kopf. Glaub mir, ich weiß, was ich will. Die Fotografie ist meine Berufung. Weil mir der Fotoapparat die Möglichkeit gibt zu entscheiden. Verstehst du denn nicht, dass es mir wichtig ist, diejenige zu sein, die andere studiert, und nicht diejenige, die andere studieren? Die Fotografie ermöglicht mir nicht nur, die Wirklichkeit zu sehen, wie ich will, sondern auch eine neue zu kreieren. Es ist mir wichtig, schöpferisch tätig zu sein, Papa.

Ich erinnere mich, an diesem Tag saßen wir in seinem Lieblingscafé in Buenos Aires, demselben, in das wir gegangen waren, als wir alle drei dort gelebt hatten, und Vater starrte irgendwo in die Ferne und schwieg. Ich war kein Kind mehr, nicht mehr seine Dorica hinter der Glastür, seine morgendliche Freude. Und doch verband uns unser ähnlicher Charakter, vielleicht mehr als die Tatsache, dass wir Vater und Tochter waren. Jetzt scheint mir, ich kann seine Gedanken rekonstruieren. Auch er hatte sich als junger Student in Zagreb und Wien seiner Arbeit intensiv gewidmet, war begabt, voller Energie und Pläne gewesen – wie hätte er sonst diese großen Aufträge bekommen. Er hatte genau gewusst, was er wollte, so wie ich, wie jeder, der eine Berufung in sich fühlt, der er nicht widerstehen kann.

Mein Vater dachte damals, als er auf den imaginären Punkt starrte, vielleicht schon weiter. Er wusste, dass Wunsch und Überzeugung allein für einen Erfolg nicht ausreichen, dass dich der Alltag zermürbt, wenn du nicht grausam gegen andere, wenn du dir nicht am wichtigsten bist. Ihm war bewusst, dass es für Frauen besonders schwer ist, sich im Beruf zu behaupten, vor allem in einem künstlerischen, mögen sie auch noch so begabt und zielstrebig sein. Er sah, dass ich Talent hatte, aber er wusste nicht, ob ich genügend Ausdauer bei der Umsetzung meiner Vision haben und ob ich mich ändern würde, wenn mir Mann, Ehe, Kind dazwischenkämen, was aber, so glaubte er, ganz gewiss geschehen würde. Wie es auch ihm geschehen war. An diesem Tag stellte ich ihn vor die Wahl. Entweder würde er mir helfen oder ich würde alleine kämpfen. Er konnte mich mit den hohen Hürden, die mich auf meinem Weg erwarteten, nicht alleinlassen.

***

Mit der Kamera in der Hand fühlte ich mich endlich wohl. Die Kamera vermittelte mir ein Gefühl der Sicherheit und der Freude. Oder vielleicht der Macht. Freude an der Macht, warum nicht, hätte Jacques wahrscheinlich gesagt. Es bereitete mir Vergnügen zu fotografieren, die Modelle, den Raum und das Licht zu wählen, das alles zu arrangieren, um den gewünschten Effekt zu erzielen, die Kommandos zu rufen. Wie Vater, wenn er den Arbeitern hoch oben auf den Baugerüsten seine Anweisungen zurief. Als hätte er aus mir gesprochen. Als hätte er meine Hand gelenkt und mich zu Disziplin, Arbeit, Hingabe und der Leidenschaft angehalten, die ihn hinaus in die Welt geführt hatte, weit weg von der armen Mutter und dem armen Land. Ja, heute bin ich mir ganz sicher: Zur Fotografie zog mich die Möglichkeit zu entscheiden. Aber wenn das stimmt, wie kommt es dann, dass ich sie bei der ersten Gelegenheit aus der Hand gegeben habe? Warum habe ich sie aufgegeben?

Ich muss zu diesem Thema zurückkehren, es eingehend behandeln. Allerdings erinnere ich mich, dass mir Jacques einmal gesagt hat, ich solle mir keine Sorgen machen, wenn etwas wichtig sei, werde es an die Oberfläche kommen.

Im Unterschied zum Umgang mit Männern war die Fotografie eine ernste Angelegenheit für mich. In Gesellschaft meiner Kamera war es mir nie langweilig. Beim Aufnehmen einer Szene konnte ich selbst eine Geschichte kreieren. Bald fotografierte ich auch auf Bestellung. Am Anfang waren es Modefotos. Ich mochte diese Arbeit, wahrscheinlich wegen Maman, die Mode über alles liebte. Und ja, ich begann Hüte zu tragen, genau solche, wie sie Maman in Buenos Aires nicht hatte verkaufen können, weil sie merkwürdig waren. Mit Straußenfedern und Velours- und Tüllschleifen verziert oder kleine schwarze Toques aus Spitze, wie sie Witwen tragen, kokette Witwen freilich. Auf den Fotos für die Modezeitschriften wollte ich reine, fast geometrische Linien erreichen. Ich bemühte mich, einen Kontrast zwischen Licht und Schatten, Schwarz und Weiß herzustellen. So aufgenommen, sahen die Modelle auf den Fotos streng, kalt und elegant aus. Wie Objekte, irgendwie geheimnisvoll und unerreichbar, wie ich selbst sein wollte.

Auch der nackte Körper reizte mich. Mein Lieblingsmodell damals hieß Assia. Wenn sie die Kleidung ablegte, sah man einen perfekten weiblichen Körper. Ihre Haut war glatt wie eine ruhige Wasseroberfläche, und ihren Körper verwandelte ich auf dem Foto mit Hilfe des Lichts in eine Marmorstatue. Aber auf der Straße hätten Sie sie nicht wiedererkannt. Sie sah gewöhnlich aus, wie eine beliebige junge Frau, die sich durch nichts hervorhebt.

Der Anblick war bezaubernd, und ich verwandelte mich in ein Auge. Aber ich machte nicht nur elegante glamouröse Fotos im Studio. Genauso interessierten mich Reportagen. In London waren es Bettler und Sonderlinge, in Barcelona Blinde, in Paris Kinder, Greise, Straßenmusikanten, arme Leute. Das Elend traf mich, und ich wollte mittels meiner Fotos auch die Betrachter berühren, damit sie es wirklich sahen. Nichts war mir zu umständlich, um eine gute Reportage zu machen. Einmal, ich denke, es war Anfang der Dreißigerjahre, bestieg ich mit zwei Fotografen die Grandes Rousses, um zu streikenden Bergarbeitern zu gelangen. Der Aufstieg war sehr steil und ich im Klettern völlig ungeübt. Ich erinnere mich gut, dass ich wieder und wieder hinfiel. Aber nichts konnte mich vom Ziel, von meiner Reportage, von der Möglichkeit, an interessante Fotos zu kommen, abhalten. Obwohl ich nur langsam vorwärtskam, fast auf allen vieren kriechend, meine schweißnasse Kleidung an der Haut klebte und mein Atem gefror, dachte ich gar nicht daran, unverrichteter Dinge umzukehren. Als unsere kleine Gruppe schließlich den Gipfel erreichte, schauten mich die finsteren Bergleute an, als wäre ich ein Gespenst. Was macht eine Frau in dieser Wildnis? Und dazu noch eine Fotografin? In ihren rußigen Gesichtern blitzten nur die Augen, in denen ich mit dem Objektiv außer Ärger auch etwas von ihrer Bestürzung einfing. Vielleicht sogar Bewunderung.

Es war mir einerlei, ob ich Mode-, Werbe-, Erotik- oder

Reportagefotos aufnahm, das Gefühl war das Gleiche: Wenn ich arbeitete, war ich voll und ganz dabei. Bald wurde ich Dora Maar. Mit der Namensänderung änderte sich auch meine Identität. Ich war nicht mehr Theodora Markovitch, das schweigsame Mädchen, dessen Heranwachsen die elterlichen Schatten hinter der Gardine verfolgten. Auch nicht mehr nur eine Exotin mit schwarzem kurzgeschnittenem Haar, die den Kopf eine Idee zu hoch trägt, um als Verführerin durchzugehen, aber deshalb eingebildet aussieht.

Diese Veränderung war das Verdienst meines Freundes Man Ray oder Emmanuel Radnitzky, der mich dazu überredete, den Namen zu ändern, wie er es selbst getan hatte. In Amerika war das üblich, den Amerikanern fiel es schwer, seinen russisch-jüdischen Namen auszusprechen, und er wollte sich außerdem von seiner Familie distanzieren. Auf dem Montparnasse, im Café *La Rotonde*, wo wir uns täglich trafen, erzählte man ohnehin, ich sei Peruanerin. Später nannte mich Max Jacob Etruskerin. Vor meinem exotischen Aussehen und Nachnamen konnte ich nicht ganz flüchten, aber ich konnte meine geheimnisvolle Herkunft noch stärker betonen, indem ich mich wie die ägyptische Sphinx verhielt. So beschloss ich, über meine Familie zu schweigen, sollten sie doch denken, was sie wollten. Denn ich hätte wirklich alles Mögliche sein können, wenn sie mich schon nicht sein ließen, was ich war.

Schnell begriff ich, dass das Vorteile hatte. Eine Frau aus einem fernen Land war etwas Besonderes, und ihre Exotik an sich schon interessant. Vielleicht sieht man das am besten auf dem Foto von Man Ray, auf dem er mich als indianische Prinzessin festgehalten hat, mit Federschmuck, geheimnisvollen Augen, perfekt manikürten Fingernägeln. Meine Hand im Vordergrund, die an einen verführerischen Tanz denken lässt. Dieses Foto bestimmte mein Leben: Als sich Picasso in es verliebte, verliebte er sich in die indianische Prinzessin. In das Modell, nicht in mich.

***

Ich fühlte mich wohl in meiner neuen Haut als Dora Maar, denn Dora war eine Persönlichkeit nach meinem Maß. Ich selbst hatte sie zugeschnitten. Mir schien, ich hätte, anstatt zu sein, was mir durch Geburt vorgegeben war, mich schließlich selbst so geschaffen, wie ich sein wollte. Ich war von Menschen umgeben, mit denen ich verkehrte und arbeitete und die mich schätzten. In diesen Jahren begann ich auch Geld zu verdienen. Es war nicht viel, aber wir lebten damals einfach. Auch für Zigaretten und Rotwein brauchte man nicht viel, und die Restaurants, in denen wir uns trafen, waren billig. Gewöhnlich drängten wir uns abends zu zehnt um einen Tisch in der *La Rotonde.* Mein bester Freund, der sehr gesittete Paul Éluard, seine Frau Nusch, André Breton und meine gute Freundin, seine Frau Jacqueline Lamba, dann die Schauspielerin Sylvia, Michel Leiris, die Brüder Prévert ... Am schönsten war es, wenn wir uns zusammen verrückte Texte ausdachten und lachten. Oder wenn wir über Politik redeten. Wir waren auch in den Gruppen *Octobre, Masses* und *Contre-Attaque* organisiert. Politik interessierte mich sehr beziehungsweise interessierte mich, wie uns alle, die Ungerechtigkeit. Einige von uns waren Anarchisten, einige harte Kommunisten. Gemeinsam organisierten wir Manifestationen, unterschrieben Petitionen. Überall, wo immer ich mich befand, in Frankreich, Spanien oder auch England, sah ich zu viel

Elend, um gleichgültig und passiv zu bleiben. So stellten wir beispielsweise in der Gruppe *Octobre*, zu der uns Jacques Prévert zusammengebracht hatte, Theatervorstellungen für die Arbeiterklasse auf die Beine.

Es fällt mir schwer einzuschätzen, welche Rolle die Ideologie in unserem Freundeskreis spielte, weil wir uns eigentlich ungeheuer vergnügten. Aber Hitler war bereits an der Macht, und wir ahnten, dass sich die Welt, in der wir lebten, dramatisch verändern würde. Unsere kleine Gruppe stellte die surrealistische Bewegung dar und brachte diese Kunst voran: Breton in seinen Texten, Éluard in der Poesie, Bataille in seinen Gedanken zum Bösen. Aber surreal war eigentlich die Welt um uns herum.

Wir waren neugierig wie Kinder, und an der Grenze zwischen Altem und Neuem schaffend, experimentierten wir mit allem, angefangen von der Prosa und Poesie bis hin zur Malerei, Bildhauerei und Fotografie. Von der kleinbürgerlichen Moral sagten wir uns genauso leicht los, wie sich Picasso, Giacometti oder Mondrian von der Malerei und Bildhauerei des 19. Jahrhunderts losgesagt hatten. Wir ahnten bereits, dass die imaginäre Gewalt in der Kunst, die dunklen Wünsche aus dem Unterbewusstsein, über die Bataille schrieb, die Sprache, wie Breton sie verwendete, die Themen, mit denen sich Éluard befasste – Wirklichkeit werden würden. Etwas Originelles erfanden wir nicht, wir artikulierten mit unseren feinen Sinnen lediglich, was wir fühlten – den Zeitgeist, der bereits herrschte. Der Surrealismus, wie André unsere Bewegung nannte, war wie ein Traum, eine Ahnung, eine Ankündigung der heraufziehenden finsteren Macht, die uns bald alle unterjochen sollte.

***

Und dann, Picasso.

Picasso war, obwohl er weder einer Gruppe noch einer Bewegung angehörte, uns allen mit seiner Kunst weit voraus und überlegen. Wir waren viel jünger und hielten ihn mit seinen fünfzig Jahren schon für einen alten Mann. Aber seine Kunst war für uns ein Symbol der neuen Zeit, zumal die konservativen Kritiker sie als dekadent erachteten. Über ihn hatte bereits 1932 – wenn auch ziemlich vorsichtig – Carl Gustav Jung geschrieben. Wir kannten diesen Text, in dem er von zwei Patiententypen spricht, den neurotischen und den schizophrenen, wobei er die Malerei von Picasso der zweiten Gruppe zuordnet und Picasso als Persönlichkeit beschreibt, die vom Finsteren, Dämonischen, Luziferischen angezogen ist. Der Text rief so viele Missverständnisse hervor, dass Jung ihn 1934 ergänzen und erklären musste, dass es sich um die Sicht eines Psychiaters handle.

Aus Picassos Blauer Periode mochte ich am liebsten *Das blaue Zimmer* von 1901 wegen der Melancholie, die aus jedem Pinselstrich spricht. Aber auch wegen der beinahe zärtlichen Beziehung des Malers zu dem weiblichen Körper, zerbrechlich in seiner Blässe, in der Art, wie er sich vorbeugt, um sich in einer Waschschüssel, die mitten in dem bescheidenen Zimmer steht, zu waschen. Im selben Jahr malte er die *Verrückte Frau mit Katzen*: eine magere nackte Frau, von der wir nur deshalb ahnen, dass sie gestört ist, weil sie sich auf dem Bett neben schwarzen Katzen zusammenkrampft. Allein, verlassen, mit einem elenden knochigen Körper. Ihre Verlorenheit begreife ich erst jetzt, nach meiner eigenen Erfahrung. Aber ich hatte ja nicht einmal eine Katze! Hätte ich eine gehabt, hätte ich mich vielleicht gerettet. Aber natürlich zeigt meine Auswahl hier nur meinen damaligen Hang zur Figuration, also meine Nicht-Modernität! Obwohl ich danach, wie mein ganzer Freundeskreis, mit einer an Vergötterung grenzenden Begeisterung die späteren Phasen Picassos aufnahm. Wir schauten auf ihn wie auf eine übernatürliche Erscheinung, wie auf eine Gottheit. Und eine Gottheit wird vergöttert. Es zeigte sich, dass ich Jungs Verbindung von Malerei und Persönlichkeit Picassos eigentlich nicht verstanden hatte, noch nicht, damals nicht …

Während ich nach einer Pause von etwa einem Monat von neuem lese, was ich bis jetzt geschrieben habe, kommt es mir so vor, als hätte ich es wieder eilig. Als wollte ich das, was ich über Picasso zu sagen habe, möglichst schnell aus mir herausschleudern, weil ich Angst bekommen und wieder verstummen könnte …

Manche von uns, Jacqueline Lamba, Lee Miller, Valentine Penrose, Alice Rahon, Leonor Fini und ich, verkehrten nicht nur mit den Surrealisten, sondern waren auch Angehörige dieser Bewegung, arbeiteten bei Zeitschriften und an Ausstellungen mit. Meine Fotos wurden auf Gruppenausstellungen auf Teneriffa 1935, in London 1936 und später, 1937 und 1938, in New York, Tokio und Amsterdam gezeigt. Wenn ich mich nur an meine wundervollen Freundinnen erinnere, allesamt begabte Fotografinnen, Malerinnen, Schauspielerinnen … Unser gemeinsames Problem war, dass wir weder Vorbilder noch Vorgängerinnen hatten. Und noch etwas stand uns im Weg: In Mode war nicht nur die Zerstörung von Sprache, Bild, allen Formen der Kunst, sondern auch von allen üblichen Verhaltensnormen, eingeschlossen das sexuelle Verhalten. Es reichte nicht, beachtet zu werden, einen Namen zu haben. Einen besonderen Status erhielt man in unserem Kreis nicht nur durch Schreiben, Malen oder Fotografieren, sondern auch durch das Verhalten. Sich »modern« zu verhalten, bedeutete für uns Frauen in diesen Jahren, sich noch radikaler zu verhalten als die Männer. Nicht nur im Sinne der Promiskuität ins Extrem zu gehen, sondern auch bei der Unterwerfung unter Regeln, die sich allerdings die Männer ausgedacht hatten. Romantische Vorstellungen von Liebe oder Keuschheit konnten in unserem Kreis nur Spott hervorrufen und nicht lange anhalten. In diesen Jahren, den Dreißigern, wechselten die Mädchen ohne Widerstand und Bedenken ihre Partner, denn das war – modern.

Unter den Surrealisten war sexuelle Freiheit eher ein Statussymbol, weniger eine Frage der Wahl, vor allem für uns Frauen. Es handelte sich um »Spiele«, um ein Ausloten der Grenzen der Freiheit. Die Trennung von Liebe und Sex. Von Gefühlen sagten wir damals, sie seien nicht notwendig, man wollte sie sogar vermeiden. Wir meinten, Treue habe mit kleinbürgerlichem Verhalten zu tun. Interessant ist aber, dass meine Freundinnen – Sylvia, Jacqueline, Nusch – dennoch heirateten, als hätten diese modernen und avantgardistischen Paare trotz allem nicht ohne Trauschein zusammenleben wollen! Und oft liebten und heirateten sie, wie Sylvia, erst den einen und danach einen anderen Mann aus unserer Gruppe. Vielleicht reagierte ich wegen meiner strengen kleinbürgerlichen Erziehung sensibler als die anderen auf das Brechen moralischer Normen. Aber natürlich wollte auch ich mich, vielleicht gerade wegen dieser Erziehung, in sexuellen Abenteuern versuchen. Nur stellte das für mich eine größere Herausforderung dar als für sie, teilweise auch deshalb, weil ich nicht so selbstsicher war wie sie. Um mich in meiner neuen künstlerischen »Familie« zu bestätigen, glücklich, dass sie mich angenommen hatte, musste ich mich nicht nur wie eine von ihnen, sondern noch radikaler als meine Freundinnen verhalten.

Und so fing ich ein Verhältnis mit Georges Bataille an, einem Mann, der sich getraute, in seinen sexuellen Phantasien am weitesten zu gehen. Mit ihm zusammen zu sein, bedeutete, sich in einen Dschungel voll wilder Tiere zu wagen. Bedeutete, kühn genug zu sein und sich dem Unbekannten auszusetzen. Die Ahnung seiner geheimnisvollen Gefährlichkeit, die er ausstrahlte, reizte mich mehr als er selbst. Georges war nicht der Mann, dessentwegen ich den Kopf verloren hätte. Er sah jämmerlich aus, ständig tränten seine Augen, und er redete unentwegt. Aber er hatte diese Aura des Geheimnisvollen, welche die Frauen anzog. In meinem Kreis sprach man über ihn, diese Art Ästhetik des Ekels kitzelte uns alle. Es kursierten Geschichten über seine Sado-Maso-Experimente, über die Liebe zum menschlichen Opfer, über den Hang zum Mystizismus und seine radikale Ästhetik, und man rätselte, wie viel von seiner Theorie er in der Praxis erprobt habe. Ich gebe zu, ich war eher neugierig als in Bataille verliebt.

Aber auch ihm, wie allen Schriftstellern, muss man die Möglichkeit zugestehen, dass ein Teil der in seinen Büchern beschriebenen Begebenheiten erfunden ist.*

Vielleicht glaubte jemand von meinen Freunden, ich sei,

* Dies ist die einzige Stelle, an der drei Seiten aus dem Notizbuch herausgerissen sind. Wir vermuten, dass Dora an Batailles Roman *Das Blau des Himmels* denkt, in dem sie sich angeblich in einer Gestalt wiederfindet, doch dafür haben wir keine Beweise. (Anm. d. Hrsg.)

wie man erzählte, Troppmanns Nachbarin Xenia, eine Romangestalt. Ich sagte das einmal zu Jacques. Vielleicht dachte er es auch? Seinem Gesicht sah ich eine mit Professionalität maskierte Neugier an. Ich kannte Jacques! Er war nicht so viel anders als meine Freunde, die ebenfalls wissen wollten, was sich genau zwischen Georges und mir abgespielt hatte. Aber nur er hatte die Gelegenheit, mich darüber reden zu hören. Im Übrigen erwarteten er und Sylvia gerade ein Kind, so dass ich verstand, dass ihm ihr ehemaliger Mann im Kopf herumging. Hast du sie gefragt, was Georges alles von ihr verlangt hat? Hat sie dir gesagt, warum sie ihn verlassen hat? Ich bin sicher, dass sie dir nicht alles erzählt hat! Ich kann dir nur sagen, wir hatten, als wir ihn verließen, beide das Gefühl, unseren Kopf zu retten, darum ging es. Ihm, genauer seinen sexuellen Phantasien, konnte man nicht bis ins Letzte folgen. Denen konnte er selbst nicht folgen, obwohl er sich bemühte, die Grenzen zwischen seiner Phantasie und der Wirklichkeit zu verschieben, sagte ich zu ihm.

Ich glaube, Georges interessierte sich für mich in erster Linie wegen meiner Fotos. Er wusste nämlich, dass ich auch nicht unbedingt ganz unschuldig war, dass ich auf Bestellung erotische Fotos machte und wusste, was Voyeurismus ist. Gerade diese Fotos zogen ihn zu mir hin. Er hatte sie gesehen, sie waren bereits Gegenstand der Bewunderung: *29 Rue d'Astorg, Ubu, Stille.* Besonders gut gefielen ihm zwei, auf denen jeweils ein Paar Frauenbeine abgebildet ist, zwischen denen eine lange Haarsträhne hängt. Suggestiv, vielleicht lasziv, aber sehr stilisiert. Aus ihnen las er heraus, dass Voyeurismus unsere gemeinsame Eigenschaft ist. Und das führte uns einander in die Arme.

Ich wusste, er würde mir mit einer Überraschung aufwarten, das war seine Waffe: Das Opfer erschrecken, das paralysiert und in seiner Macht wäre wie eine Fliege im Spinnennetz. Meine Waffe war mein ruhiges, regloses Gesicht, das keinen Funken von Überraschung zeigen würde. Das verunsicherte und ängstigte sie – alle Männer, ohne Unterschied. Natürlich auch ihn.

Wir verkehrten mit denselben Leuten, Michel Leiris, den Brüdern Prévert ... Georges' Frau, die bildschöne Schauspielerin Sylvia Maklès, die ihm davongelaufen war, war meine Freundin. Es hätte ihn nicht im Geringsten gestört, mich zu sich einzuladen, selbst wenn Sylvia noch dort gewesen wäre. An dem Tag betrat ich den Hof, dann den Keller seines Hauses in Issy-les-Moulineaux und traf ihn sitzend und in einer Sammlung von pornografischen Zeitschriften blätternd an. Er hob seinen feuchten Blick zu mir – immer hatte ich den Eindruck, er werde jeden Moment in Tränen ausbrechen – und sagte mit der offensichtlichen Absicht, mich zu schockieren: Setz dich neben mich, ich will dir was zeigen. Ihm lag viel daran, mich mit den Fotos aus seiner Sammlung zu schockieren. Da mein Gesicht keine Gefühle erkennen ließ, verstand er das als Herausforderung. Verschlagen grinsend nahm er meine Hand und schob sie zwischen seine Beine. Als ich sie nicht zurückzog, sondern fest zusammenballte, schaute er mich überrascht an. So sah der Beginn unserer Beziehung aus. Danach las er mir, als eine Art theoretische Einführung, besonders widerwärtige Abschnitte aus seiner Erzählung *Die Geschichte des Auges* vor, in der Meinung, ich würde mich so sehr ekeln, dass ich gezwungen wäre, den Ekel auch zu zeigen. Das Vorlesen der Abschnitte kam einer Initiationsprüfung gleich. Doch ich bereitete ihm dieses Vergnügen nicht. Meine Selbstkontrolle stellte eine Herausforderung dar. Ich beschloss zu versuchen, ihm, aber auch mir zu beweisen, dass ich mit alldem zu Rande käme.

Georges war in meinen Augen ein ungeliebter, einsamer Junge, der sich nicht von dem Gefühl befreien konnte, für seinen blinden Vater verantwortlich zu sein, der, verlassen von Mutter und Sohn, langsam dahinsiechte, weshalb er Gewissensbisse hatte, von denen er sich nie befreien konnte. Ich empfand ihm gegenüber Zärtlichkeit und Mitgefühl. Doch ihm genügte das nicht. Ich war beim Brechen der erotischen Normen, wie wir damals sagten, nicht radikal genug, weil ich nicht bereit war, in dem Maße als Opfer herzuhalten, wie er es mir in seinem obszönen Schauspiel zugedacht hatte. Für Georges war Sex außer der Demonstration seiner eigenen Übermacht vor allem eine Vorstellung, ein Versuch, seine Phantasien vor anderen zu realisieren. Georges lebte für seine Vorstellungen, so benahm er sich auch. Sex ohne Publikum interessierte ihn fast nicht, lieber schrieb er darüber.

Außerdem ging mir auf die Nerven, dass er unaufhörlich redete, zu viel, pausenlos. Bei Tisch, im Bett, öffentlich und privat, in Gesellschaft und ohne Gesellschaft. Er redete und redete unentwegt! Ich nahm an, dass er, wenn er niemanden hatte, vor dem Spiegel zu sich selbst sprach. Nach einer gewissen Zeit konnte ich diesem Wortschwall nicht mehr folgen und musste eine Technik entwickeln, meine Ohren zu verschließen, um seine Gesellschaft überhaupt ertragen zu können.

Dennoch weiß ich genau, was ich von ihm bekommen habe. Meine Beziehung mit Bataille offenbarte mir etwas Neues, bis dahin Unbekanntes: Überschreitungen, die Erregung hervorrufen. Eigentlich befriedigte unsere Beziehung meine Neugier. Mit ihm lernte ich, wie es ist, eine richtige *Francesa* zu sein, eine Dame, welche die Wünsche der Männer ohne Gewissensbisse erfüllt. Ich ging fort, als ich diese Neugier befriedigt hatte. Für ihn war ich ohnehin nur eine kurzfristige Herausforderung.

Eigentlich offenbarte mir Georges meine wahre Natur: Ich war jemand, der lieber beobachtete als teilnahm, der das Betrachten genoss. Und das kennzeichnete mich hinreichend. Die Geliebte von Bataille zu sein, kam in unserem Kreis einer Auszeichnung gleich. Eine Frau, die eine Beziehung mit diesem gefährlichen Mann überlebt hatte, rief Neugier hervor, erhielt aber auch so etwas wie einen dunklen Nimbus, mit dem Getuschel, Rätselraten, neugierige Blicke, laszive Anspielungen einhergingen. Es war ein dunkler Ruhm, den ich nicht ganz verdiente, was mich aber nicht daran hinderte, ihn zu genießen. Nach diesem Verhältnis wurde ich genau das, was ich sein wollte – erfahrener als die anderen. Und das Schweigen über die Einzelheiten der Beziehung mit ihm machte mich noch geheimnisvoller und wichtiger.

Ich habe hin und her überlegt, was ich in diesem Werk über Georges schreiben und was ich auslassen soll. Die Begegnung mit ihm war ein Schlüsselereignis für mich, weil er mir ermöglichte zu begreifen, wie ich bin. Hätte ich beschreiben sollen, auf welche Arten und über was für Erfahrungen er mich dazu gebracht hatte, was ich bewusst vermied? Vielleicht sollte ich nochmals darüber nachdenken.

***

Nach der Beziehung mit Bataille kokettierte ich mit der Rolle einer *Francesa*.

In den Augen des künstlerischen Paris war ich eine Königin. Stolz, anerkannt, gelobt, mit eigenem Atelier. Man beneidete mich. Doch zu Hause saß noch immer Maman und wartete darauf, dass ich »zur Vernunft« käme! Was für ein Gegensatz! Man musste damit zu Rande kommen, musste das Mädchen spielen können, aber erwachsen sein, sehr erwachsen.

Ich war fast dreißig Jahre alt, aber Maman ermahnte mich unentwegt. Tu dies nicht, lass das zu, pass auf, überleg doch, sei vernünftig. Sie wartete auf mich. Machte sich Sorgen. Die Tatsache, dass ich bereits erwachsen war, veränderte unser Verhältnis nicht. Sie konnte nicht einschlafen, solange sie meine Schritte im Treppenhaus nicht hörte. Ich brüllte sie an, schrie, sie solle mich in Ruhe lassen, konnte sie aber nicht allein lassen.

Wir lebten zusammen, bis sie von einem Tag auf den anderen tot umfiel. An diesem Abend, noch in der Okkupationszeit, hatte sie mich bei Picasso angerufen. Ich posierte für ein Porträt und wusste, dass er es nicht mochte, wenn ich vom Stuhl aufstand und etwas anderes tat, das seine Konzentration störte. Ich fuhr sie an. Plötzlich verstummte sie. Das Schweigen dauerte an, aber es war nicht das erste Mal, dass sie das tat. Verärgert legte ich den Hörer auf und posierte weiter. Selbst wenn ich hätte zu ihr gehen wollen, hätte ich es wegen der Polizeistunde nicht mehr können. Am nächsten Tag ging ich in die Wohnung und fand Maman mit dem Telefonhörer in der Hand tot auf dem Fußboden.

Ich erinnere mich, ich stand eine Weile an der Wohnzimmertür, erstarrt, ohne Gefühle, ohne Tränen. Trauer ergriff mich erst, als ich ihre kalte Stirn berührte. Das erste, was ich tat, als ich sie so ausgestreckt, mit aufgedeckten Schenkeln auf dem Boden liegen sah, war, ihr Hauskleid drüberzuziehen und ihre Blöße zu bedecken. Julie wäre mit meiner Handlung zufrieden gewesen, der Handlung ihres wohlerzogenen Mädchens. Von da an war ich überzeugt, sie mit Worten getötet zu haben, mit der Weigerung, einer ihrer dummen Forderungen nachzukommen.*

***

Nach einer ziemlich langen Zeit, vielleicht waren acht Jahre vergangen, zog Vater von Buenos Aires schließlich ganz nach Paris. All die Jahre zeigte er, dass er sich für das, womit ich mich beschäftigte, interessierte und wahrhaftig an mich glaubte. Aber er hörte nicht auf, mich mit Dorica anzusprechen! Ich fuhr zusammen, wenn ich meinen Kosenamen hörte. Dora, sagte ich ihm, Papa, bitte nenne mich Dora. Ich war fast dreißig Jahre alt, machte Karriere, hatte ausgestellt, Werke veröffentlicht, und er sprach mich

* An dieser Stelle sind einige Zeilen des Manuskripts überkritzelt. Dora scheint zuerst den Inhalt des Telegramms angeführt, zu haben, das sie ihrem Vater am 29. Oktober 1942 zum Tod der Mutter geschickt hat, und es sich dann anders überlegt zu haben. Nach V. Combalia, S. 227, lautet das Telegramm folgendermaßen: Madre fallecida subitamente hemoraggia cerebral. Se ruega enviar cable a nombre de Julio Villarejo Embajada Argentina Vichy el texto siguiente rescind contrato apartamento enero otorgo todos los poderes a mi unica hija etc. … Besos, Dora. Übersetzt: Mutter überraschend an Hirnschlag gestorben. Bitte Telegramm an Julius Villarejo Botschaft Argentiniens Vichy mit folgendem Text Mietvertrag brechen ab Januar übertrage ich alle Vollmachten meiner einzigen Tochter usw. … Küsse, Dora.

Etwas später schreibt Dora in einem Brief an den Vater, sie werde es sich nie verzeihen, ihm die Nachricht vom Tod der Mutter auf derart brutale Weise gemeldet zu haben. (Anm. d. Hrsg.)

weiterhin an wie das kleine Mädchen im gläsernen Zimmer hinter der weißen Gardine, als ich vor seinem Blick nirgendwohin fliehen konnte.

Dorica, die Kindheit, sein Blick, meine Flucht …

Vielleicht hatte ich für ihn nie aufgehört, Dorica zu sein, das kleine Mädchen wie in Buenos Aires, wenn er morgens, bevor er die Tür öffnete, die Gardine zurückzog, um sich zu vergewissern, dass ich schlief. Ich tat, als schliefe ich und hörte nicht, wie er leise aus dem Bett aufstand und sich dann wie ein Schatten der Tür näherte. Durch die Wimpern sah ich, wie seine Finger die Gardine zurückzogen und sein Auge, nur eins, mich betrachtete. Er trat heran, drückte mir einen Kuss auf die Stirn und zog die Decke hoch. Manchmal, wenn er überzeugt war, dass Maman und ich schliefen, hob er sie einen Moment und legte sie dann schnell wieder hin. Ich erinnere mich noch an das Gefühl, völlig ungeschützt zu sein, an das Rascheln der Decke und die kalte Luft, die meinen ausgestreckten Körper umhüllte. Nie erzählte ich es Maman, doch jetzt denke ich, sie hat es gewusst, seine »besondere« Liebe zu mir kann ihr nicht verborgen geblieben sein. War das die Ursache ihrer Verbitterung? Aber ich war, das fühlte ich, der einzige Trost in seinem Leben voller Anstrengungen, Befehle, Missmut und Unterordnung unter Leute, die schlechter waren als er. Und ich war seinetwegen irgendwie traurig. Bataille hätte gesagt, ich war schon damals ein Opfer, das zur Retterin werden wollte.

Vater tat mir leid, obwohl es mir schwerfällt, es zuzugeben. Ich erweise mich immer und immer wieder aufs Neue als überlegenes Opfer. Warum überlegen? Woher kommt bei mir das Mitleid für jene, die mich zum Opfer machen? Bin ich eigentlich eine Masochistin?

Als er mir seine Entscheidung mitteilte, mir ein Atelier in der Rue d'Astorg zu kaufen, sagte ich zu ihm, danke, Papi. Ich umarmte ihn begeistert und stand eine Weile, den Kopf auf seiner Schulter, da. Mir schien, seine Augen wurden feucht von Tränen. Armer Papa, er brauchte ein wenig Dankbarkeit von jemandem, aber Julie sprach so etwas selten aus, von ihr bekam er nichts als Vorwürfe zu hören. Ich betrachtete sein schönes, regelmäßiges, von graumelierten Koteletten eingerahmtes Gesicht, sein Kinn viereckig wie meins, meine vollen Lippen. Was wäre, wenn ich als Junge auf die Welt gekommen wäre? Nie fragte ich ihn das, auch Vater erwähnte so etwas nie, nicht einmal im Scherz. Aber vielleicht hielt er meinen starken Willen, meine Entschlossenheit für männliche Eigenschaften? Oder er sah nur sich in mir, und das genügte ihm. Auch Picasso sah etwas Männliches in mir. Vielleicht war ja jede Frau, die nachdachte, eigene Ideen hatte, gern darüber diskutierte und sich darin gleichberechtigt fühlte, für die Männer dieser Generation im Grunde männlich?

Zu der Zeit gab es ein Thema, das wir in unseren Gesprächen nicht berührten – meine surrealistischen Fotos. Wie später Picasso, sprach auch Vater nicht darüber. Er beschränkte sich darauf, hin und wieder zu erwähnen, dass er meine Fotos in einer Zeitung oder auf einer Ausstellung gesehen habe, aber mehr nicht. Ich erwähnte meine surrealistischen Arbeiten nicht, ich wusste, dass Kunstfotografien damals zweitklassige Kunst waren. Vater war es wichtig, dass ich finanziell unabhängig wurde, und deshalb ermunterte er mich, als Fotoreporterin zu arbeiten.

Dennoch frage ich mich manchmal, was Vater wohl gedacht hat, als ich ein Foto ausgerechnet nach der Adresse meines Pariser Ateliers, *29 rue d'Astorg*, benannt habe. Das Foto war nicht schön, es war seltsam, etwas beängstigend. Jeder, so auch er, musste am Körper der Tier-Frau mit dem Kopf einer Schildkröte oder irgendeines Meerungeheuers etwas Dunkles und Abstoßendes bemerken. Ich hatte natürlich eine Antwort parat. Hätte er mich gefragt, hätte ich ihm gesagt, dass ich die Fotografie so genannt habe, weil sie in meinem Atelier entstanden ist, was stimmte und auch wieder nicht stimmte. Erinnerte ihn das Ungeheuer an Maman, vor der er floh? Wenn es so war, ahnte er vielleicht, dass auf dem Foto unser gemeinsamer nächtlicher Alptraum zu sehen war.

Der Kommentar, den ich zu diesem Bild am häufigsten von anderen hörte, war, dass seine geheimnisvolle Anziehungskraft in der Verknüpfung von Groteskem und Absurdem liege, die beim Betrachter Beklemmung auslöse. Aber eine solche Verknüpfung kann einen komischen Effekt haben wie auf dem Foto mit dem Mann, der seinen Kopf in eine Kanalöffnung gesteckt hat. Eigentlich hörte ich Interpretationen meiner Arbeiten nicht gern, weil die Leute gewöhnlich die Bestätigung von mir verlangten, dass sie recht hätten. Sie hatten nicht recht, weil es die eine einzig »richtige« Sicht auf diese Fotografie nicht gab, nicht einmal von der Fotografin selbst.

***

Es war, als stünde meine Fotografie im Gegensatz zu meinem Leben. Auf der einen Seite mein stark stilisiertes Aussehen und der wohlüberlegte Aufbau eines Image, mit dem ich meine doppelte Migrantenvergangenheit, die kroatische und die argentinische, zu einem exotischen Schmuck und die Kleinbürgerlichkeit meiner Eltern zum Fokus des Widerstands machte, obwohl ich Vaters Geld ausgab. Auf der anderen Seite die linke Ideologie und das Bedürfnis, mich zu engagieren, das Unrecht, das man mir nicht angetan hatte, zu korrigieren, die Armut, die ich nie erfahren hatte, und die Gewalt, die mich nicht umgab, darzustellen. Es war wie ein perverses Bedürfnis, über die Fotografie ein fremdes Leben zu leben. Ja, Künstler lügen, um die Wahrheit zu zeigen, wie Picasso gesagt hat.

Vielleicht beschloss ich deshalb, ebendiese Wirklichkeit zu verzerren, indem ich versuchte, unter Verwendung der Bilder aus meinen Alpträumen eine andere Welt zu erschaffen. Ich denke zum Beispiel an mein Foto, das ich *Père Ubu* genannt habe, an dieses in sich gekehrte Tierchen mit den geschlossenen Augen, den eingezogenen Beinchen und der verdeckten Schnauze. Sehr oft wurde ich gefragt, wer das sei. Instinktiv gab ich keine Antwort. Denn es gibt keine Antwort auf diese Frage. Das kann ich sein oder der Fötus eines Gürteltiers. Oder ein Erinnerungsfoto vom Spaziergang im zoologischen Garten. Oder all das, woran dieses Foto den Betrachter erinnert und was Emotionen in ihm hervorruft, denn das ist sein Zweck. Nachdem ich Picasso kennengelernt hatte, den Fragen wie »was ist auf dem Bild« ganz wahnsinnig machten, begriff ich, dass ich recht gehabt hatte. Bei der visuellen Kunst, pflegte er zu sagen, kommt es auf das Erlebnis an. Ein flaues Gefühl im Magen, Überraschung, Erschütterung, Fraglichkeit … Was den Namen Ubu betrifft, gebe ich zu, dass es dumm von mir war, meinem Tierchen diesen populären Namen zu geben, nur um Aufmerksamkeit zu erregen, weil der Text *König Ubu* von Alfred Jarry aus dem Jahr 1896 unter Surrealisten beliebt war. Ich mied die Mode dieser Zeit nicht. Vielmehr bemühte ich mich mit allen Mitteln, modern zu sein.

Ich betrachte das zarte Gesicht meiner Freundin Nusch mit seinen feinen Zügen, die auf meinem Foto von einem dünnen Spinnennetz überzogen sind. Das Foto ist beinahe morbid in seiner Brutalität. Warum habe ich das Gesicht dieser schönen Frau entstellt, und ist die Symbolik – Zeit, Tod – nicht allzu offensichtlich? Kam durch die beängstigenden Fotos der Schmerz aus mir heraus? Schmerz, weil ich mich entwurzelt und einsam fühlte. Ich war weder Theodora noch Dora. Weder Markovitch noch Maar. Weder Französin noch Argentinierin. Ich war eine Frau mit einem männlichen Hirn. Ist die Mutter des toten Fötus, den ich Ubu genannt habe, Julie aus der Rue d'Astorg? Oder bin ich das? Ein Ungeheuer, das ein kleines, in sich zurückgezogenes totes Ungeheuer gebiert.

Ich hatte keine Kinder. Aber ich schenkte diesen monströsen Wesen Leben, sie kamen aus meinem tiefsten Innern.

Mir scheint, die Kritiker übertreiben es heutzutage damit, die Bedeutung von Bretons Texten oder Batailles finsteren Phantasien zu glorifizieren. Oder vielleicht sind mir all die Leute zu vertraut gewesen, so dass ich sie nur als Personen erlebe, während ich ihren künstlerischen Einfluss vernachlässige? Natürlich war ihr Leben banal. Mein Fehler ist, dass ich heute, wenn ich zum Beispiel etwas über Breton als großartigen Poeten des Surrealismus lese, nicht umhinkomme, daran zu denken, wie er seine zweite Frau Jacqueline Lamba kennengelernt hat! Sie war mein Modell und eine Schwimmerin mit wunderschönem Körper und gebleichten Haaren, eine Malerin, ein etwas vulgäres Mädchen. Man sprach über die Surrealisten, und sie bat mich, sie mit meinen Freunden bekannt zu machen. Sie wollte schlicht in diesen Kreis aufgenommen werden, und so nahm ich sie mit in das Café auf der Place Blanche. Breton, der an den »objektiven Zufall« glaubte, beschrieb diese fatale Begegnung später in *L'Amour fou*. Er hätte mir nicht geglaubt, wenn ich ihm erzählt hätte, dass die Begegnung eingefädelt war, dass ich ihm die hübsche Blondine zugeführt hatte.

Nach dem Zufallsprinzip gingen André und Paul auf der Straße auf Mädchen zu und erklärten sie zu Musen. Paul lernte so zuerst Gala kennen, als sie noch nicht volljährig war, und teilte sie sich eine Zeitlang mit Max Ernst. Als sie ihn wegen des mich abstoßenden Dalí verließ, an dessen Seite sie die Rolle der Muse üben, aber auch ihre ungeheuren Ambitionen verwirklichen konnte, entdeckte er auf der Straße die liebliche Deutsche Maria Benz, eine Zirkuskünstlerin. Sie wurde Nusch genannt, war ergeben und dankbar wie ein Hündchen und mit dem Status einer Muse und ihrer Rolle als untergeordneter Frau voll und ganz zufrieden.

Ich vermeide es, den Künstler und sein Werk gleichzusetzen. Gerade weil ich viele gekannt habe, habe ich gesehen, dass ein interessanter Künstler sich ekelhaft verhalten kann. Es ist besser, keine Künstler zu kennen, auch nichts über sie zu wissen. Sie werden dich immer enttäuschen. Das gilt natürlich auch für Picasso, aber auch für mich!

So erinnere ich mich, wie es war, als Breton und Jacqueline die kleine Aube bekamen. Ihre Geburt veränderte ihre Beziehung. Er war verängstigt, das Stillen stieß ihn ab, in seinen Augen hatte die Mutterschaft die Künstlerin in

Jacqueline getötet. Frauen waren für ihn interessant, solange er sie in seiner Literatur idealisieren konnte. Reale Frauen, so auch seine, ängstigten und nervten ihn. Und Jacqueline mit der kleinen Aube an der Brust war überaus real. In ihr eine Künstlerin und nicht »nur« seine Frau und eine stillende Mutter zu sehen, hätte bedeutet, ihr Gleichberechtigung zuzugestehen.

Breton lag etwas an Macht, an Dominanz. Oft wurde ich Zeugin der Beziehung von Breton und Jacqueline, wenn er ihr bei unseren gemeinsamen Mittagessen einfach das Wort abschnitt. Ich erinnere mich an eine Szene, wo er sie anfuhr: Halt doch den Mund, geh dorthin zum Stillen! Die Männer – Paul, René und noch einige – lachten ohne Unbehagen. Nusch, Lise und ich lächelten, als ginge uns das nichts an. Wir benahmen uns genau wie die Gänse, für die sie uns hielten. Jacqueline stand vom Tisch auf. Wütend und weinend verließ sie mit der Kleinen im Arm das Restaurant. Keine von uns Frauen am Tisch schloss sich ihr an. Wenn wenigstens eine von uns aufgestanden wäre und sie umarmt hätte. Aber nein, wir wagten es nicht, Partei für sie zu ergreifen, zu riskieren, als gewöhnliche Frauen abqualifiziert zu werden. Wir bildeten uns ein, Künstlerinnen und Musen zu sein, ja, und das war eine weit höhere Position, die keine aufgeben wollte. Wir waren egoistisch und grausam.

Ich war sogar noch schlimmer als die anderen, weil ich mir einbildete, ich sei besser. Oh, unentwegt tat ich so, als wäre ich besser, ich war unerträglich eitel. Aber ich erinnere mich, dass mein erster Gedanke war, aufzustehen und André wegen seiner dummen Demonstration männlicher Überlegenheit anzuschreien, hinter Jacqueline herzurennen, das Kind zu nehmen und sie nach Hause zu begleiten … So vieles hätte ich in dem Moment für sie tun können, aber ich tat nichts. Mein Gesicht war ruhig, geübt, keine Emotionen zu zeigen, aber ich wollte André wirklich schlagen, ihm eine saftige Ohrfeige verpassen. Ich war eine egoistische mondäne Gans wie die anderen. Hatte Angst, auf diese Weise unsere Benimmregeln zu verletzen, die so anders, den kleinbürgerlichen so entgegengesetzt waren, wie wir glaubten. Außerdem hätte ich meine Regel gebrochen, in der Öffentlichkeit keine Emotionen zu zeigen. Das war am wichtigsten für mich – Eindruck zu machen.

***

Mein Fotoapparat wurde zum Filter zwischen mir und der Wirklichkeit, wie eine Wand oder Schranke. Die Blende, die sich öffnete und die Gesichter wundersamer Wesen oder die Wunder in gewöhnlichen Wesen enthüllte. Die Kamera ermöglichte mir An- und Abwesenheit, Teilnahme am Geschehen, aber auch notwendige Distanz. Denn ich musste mich vor den Leuten, auch vor meinen Freunden, mit meinen Fotos, mit dem Glas der Linse schützen – sonst wäre ich wie Jacqueline oder Nusch geworden: Frau und Opfer. Doch das wurde ich erst in dem Moment, als ich die Kamera für immer weglegte. Weil mich Picasso dazu getrieben hatte. Weil ich es ihm erlaubt hatte. Was kann einen überhaupt dazu treiben, sich selbst aufzugeben? Nur verzweifelte, abhängige Liebe. Die Folge war der Zerfall, der völlige Zusammenbruch meiner Persönlichkeit.

Ich spreche drei Sprachen fließend, dazu ein bisschen Englisch, aber die Sprache der Fotografie ist meine einzige, authentische Sprache. Als ich mir diese Sprache nehmen ließ, wurde ich nicht nur stumm, sondern auch jemand anderes. Diese Sprache hat mir Picasso genommen, der Minotaurus. Wirklich, warum habe ich mir gefallen lassen, dass mir dieses Ungeheuer, diese Bestie in einem Menschenkörper, brutal die Zunge herausreißt, mir das einzige Auge, mit dem ich sehe, das Kameraauge, aussticht?

Während ich dies hier lese, klinge ich für mich selbst tatsächlich wie ein Opfer, nur ein Opfer und nichts sonst.

Nach so vielen Jahren befällt mich erneut ein Unbehagen. Ich habe Angst, über uns zu schreiben, als würden mir die auf Papier geschriebenen Worte etwas vom Erlebnis wegnehmen. Ich werde doch wohl nicht ein weiteres Mal vom Schreiben absehen? Das darf ich nicht!

***

Picasso lernte ich an einem Winterabend Anfang 1936 auf der Premiere des Jean-Renoir-Films *Das Verbrechen des Herrn Lange* kennen. Ich kam als offizielle Set-Fotografin zusammen mit Breton, Paul und Cartier-Bresson ins Kino Aubert-Palace auf dem Boulevard des Italiens. Der Film war in gewisser Weise das Produkt unserer Gruppe, meine Freundin Sylvia spielte mit. Picasso war von Menschen umgeben – er hat immer ein Gefolge um sich, flüsterte Paul, sein großer Verehrer, mir zu. Wie auch alle um mich herum faszinierte er mich, sein Ruhm, der so strahlend war. Dass auf jeden in seinem Kreis etwas von seinem Goldstaub fiel, war mir bewusst. Wir gaben uns die Hand. Seine war grob und warm. Ich lächelte ihn nicht an, bemühte mich nicht, liebenswürdig zu sein, obwohl mir natürlich bewusst war, dass dieser Andalusier ein großer Maler war, vor dem sich mein Kreis bis zum Boden verneigte. Er beehrte mich mit einem einzigen durchdringenden Blick und murmelte so etwas wie ein Kompliment für die Fotografie mit der indianischen Göttin, die ich für Man Ray gespielt hatte. Genau diese Fotografie hatte Picassos Aufmerksamkeit erregt, schon bevor wir uns kennenlernten, er hatte Ray sogar gebeten, sie ihm zu schenken.

Eigentlich stand ich ungern vor dem Objektiv einer fremden Kamera. Ich wusste sehr gut, wie stark die Kamera eine Person enthüllt, und ich versteckte mich hinter der Fassade des Geheimnisvollen. Man Ray war einer der wenigen, der mich dazu überreden konnte, für ihn zu posieren. So machte er auch dieses Foto. Stell dir vor, dass du mich verführst, sagte er, während er mich aufnahm, aber diese Worte lösten in meinem Innern ein Lachen aus, das ich beim Anblick seines zerzausten Haars und seines komischen Gesichtsausdrucks kaum unterdrücken konnte.

Hätte wenigstens Picasso dieses Foto nie gesehen! Ich bin überzeugt, unsere Beziehung wäre anders verlaufen. Mich quält der Gedanke, dass diese eine Fotografie bestimmt hat, wie er mich und meine Eigenarten wahrnahm. Aber Fotos haben eine Macht, die uns oft nicht bewusst ist. Von unserer ersten Begegnung an, als er das Gesicht von dem Foto wiedererkannte, sah er in mir vor allem ein Modell.

Die reale Person – ich, Dora Maar – war jemand anderes und kein Modell mit anziehendem Gesicht. Diese Person traf Picasso ein paar Monate später im Café *Les Deux Magots*, und der Zufall spielte dabei keine Rolle. Die Hauptrolle spielte weiterhin sein Ruhm, der mich unermesslich anzog. Ich wollte von Picasso bewundert werden.

Ich wusste, dass es mir möglich war, ich musste mir nur etwas einfallen lassen, wie ich ihn auf mich aufmerksam machen könnte. Das war gar nicht so schwer, weil wir dieselben Orte besuchten. Ich hatte über ihn sagen hören, er sei außerordentlich intelligent, aber ungebildet. Er hatte keine Zeit für Bücher, aber das hinderte ihn nicht im Geringsten daran, Werke, die er nicht gelesen hatte, nur aufgrund dessen, was er von einer Autorität, wie zum Beispiel Gertrude Stein, gehört hatte, großtuerisch zu bewerten. Solange es um Malerei ging, konnte man es ihm verzeihen, aber wenn er zur Politik oder Poesie überging, vertrat er selbstbewusst seine Standpunkte, und zwar ohne Grundlage, wie Paul mir erzählt hatte. Natürlich begriff er neue Ideen rasch und hatte keine Scheu vor Autorität. Er benahm sich, als gäbe ihm seine Position als bekannter Maler das Recht, über alles und jedes zu urteilen, was mich abstieß. Eigentlich zog mich nichts an, was ich von ihm als Person gehört hatte. Aber er war – Picasso.

Als wir uns schließlich im Café trafen, bemerkte ich wie alle anderen die großen schwarzen Augen und den durchdringenden Blick. Er starrte die Leute an, bis es ihnen unangenehm wurde, aber ich glaube, er tat das aus angeborener Neugier und nicht mit der Absicht, unhöflich zu sein. Er war kein Mann, der sich um Höflichkeit kümmerte. Seine Frisur, auf die er durchaus achtete, fand ich lächerlich! Er war damals vierundfünfzig Jahre alt und kämmte sein bereits graumeliertes Haar von der rechten auf die linke Seite, um seine Glatze zu kaschieren. Ich erinnere mich, dass deswegen mein erster Gedanke war, er sei in Wirklichkeit ein erbärmlicher Greis. Und dass ich mir gerade noch verkneifen konnte, ihm ins Gesicht zu lachen, als er mich unverwandt anstarrte. Ich weiß nicht, warum ich es nicht tat. Mir fuhr ein Bild durch den Kopf, er morgens im Badezimmer. Sicher steht er lange vor dem Spiegel und kämmt sorgfältig die lange Strähne über den Scheitel, dann klebt er sie mit einem Mittel, wahrscheinlich Brillantine, an. Sorgfältig fixiert er sie wie eine Dame, die sich gerade für einen Ball herrichtet. Was passiert mit dem Haar, wenn unverhofft der Wind hineinbläst? Löst sich die lange Strähne dann und flattert wie eine Fahne? Ist das der Grund, warum er oft eine Baskenmütze trägt? Und wenn er schläft, verteilt sich die Strähne dann auf dem Kissen? Das Bild in meinem Kopf war komisch und rief Mitgefühl hervor. Ein Malergenie, das sein Haar kämmt wie ein x-beliebiger eitler Alter!

Seine ganze unermessliche Eitelkeit, nicht als Maler, sondern als Mann, war den Blicken aller, die sie sehen wollten, ausgesetzt. Ebenso wie die Verletzlichkeit, die sich in dieser Handlung widerspiegelte und die ihn Frauen gegenüber noch arroganter machte. Ich hätte das bemerken müssen, gehört hatte ich darüber genug, über seinen Machismo wurde sehr viel geredet. Ihm muss bewusst gewesen sein, wenigstens morgens vor dem Spiegel, dass die meisten Frauen ihn gar nicht ansehen würden, wenn er nicht Picasso wäre. Vergessen Sie doch dieses Haar, schneiden Sie die dumme Strähne ab, sie macht Sie bloß lächerlich, lag mir auf der Zunge. Picasso, der berühmte Maler, möchte ein attraktiver Mann sein? Ist das nicht paradox? Ganz gewiss wäre er beleidigt gewesen, wenn ich so etwas zu ihm gesagt hätte. Trotzdem schnitt er die Strähne später ab. Das war aber erst im Mai 1945 und der Grund ganz anderer Natur. Vielleicht war es seine Art, das Kriegsende zu feiern. Das »Privileg«, beim Schneiden dabei zu sein, hatte im Übrigen nur Marie-Thérèse. Der Friseur kam gewöhnlich ins Atelier in der Rue des Grands-Augustins und sammelte nach dem »Ritual« Haar und Fingernägel auf, damit sich ihrer niemand bemächtigte, der ihm Böses wünschte. Ich mache das, um nicht verwünscht zu werden, erklärte er mir. Er glaubte daran, das hatten ihm wahrscheinlich die Roma beigebracht, mit denen er als Kind zusammen gewesen war. Wirklich zum Totlachen.

Auch die zahlreichen Namen, die sich an den Nachnamen des Vaters Ruiz reihten, fand ich lächerlich, als ich sie auf einem offiziellen Dokument von ihm sah. Sie erinnerten mich an einen Spielzeugzug oder an Pfefferwürste, die in Kellern auf dem Land in langen Ringen herabhängen. Pablo, Diego, José, Francisco de Paula, Juan Nepomuceno, María de los Remedios, Cipriano de la Santísima Trinidad Ruiz y Picasso – diese lange Aufzählung von Vorfahren war sein richtiger Name. Ich bezweifle, dass er sie auswendig wiederholen konnte. Aber als ich sie auf Papier geschrieben anschaute, erklärte er mir, woher jeder einzelne kam: Pablo nach dem verstorbenen Bruder der Mutter, Diego nach dem Großvater und dem ältesten Bruder des Vaters, José nach dem Vater, Francisco de Paula nach dem Großvater der Mutter, Juan Nepomuceno nach dem Paten, María de los Remedios nach der Amme und schließlich Cipriano de la Santísima Trinidad für das Glück!

Das war es, womit dieser Ausländer nach Paris gekommen war. Mit einem Gepäck, in dem nicht viel mehr war als eine Menge Zeichnungen und eine Wurst von Name, der gekürzt Pablo Ruiz, später Pablo Picasso lautete. Von zu Hause, aus Málaga, hatte er die grenzenlose Vergötterung von Seiten der Mutter (deren Nachnamen Picasso war), der Großmutter, der Schwester, zweier Tanten, des Dienstmädchens und aller näheren und entfernteren Verwandten mitgebracht. Auch sein Vater José Ruiz musste sich den Frauen anschließen. Doch Pablo enthielt ihm trotz allem die einzige Freude vor, die ein berühmter Sohn seinem Vater machen kann – seinen Nachnamen zu tragen.

Die bedingungslose Liebe der Frauen um ihn herum bildete einen undurchdringlichen Schild. Das egoistische und verwöhnte Ungeheuer Minotaurus in ihm wuchs ungestört.

Aber diese Eigenheit Picassos fiel mir nicht gleich auf. Nein, keineswegs! Ich war lange blind. Ich hätte ihn nur aufmerksam beobachten und mich nicht von seinem Ruhm hinreißen lassen sollen. Hätte ich nur meinen Hauptsinn, mein Auge, eingesetzt, hätte ich gesehen, was wichtig ist, wäre ich in ihn eingedrungen. Vielleicht hätte es einer anderen Frau schon gereicht zu sehen, wie er sich kämmt, wie er die Strähne über den runden, auf einem kleinen, gedrungenen und gespannten Körper sitzenden Schädel zieht, um zum Schluss zu kommen, dass seine Eitelkeit wahrscheinlich ein zu großes Hindernis darstellt, mich ihm zu nähern. Aber ich blieb fasziniert, fast würde ich sagen geblendet. Vielleicht wäre es anders gewesen, hätte ich mein künstlerisches Auge, meine Kamera, in den Händen gehabt, mit der ich ihn von hinter dem Objektiv betrachtet hätte. Die Perspektive wäre eine andere gewesen, ich hätte eine Blende und Distanz gehabt. So war letztlich er es, der mich, wie alle um sich herum, wie ein Objekt betrachtete.

***

Als er mich an diesem Tag am Tisch in *Les Deux Magots* erblickte, starrte er mich an. Anstatt mich nur zu streifen, ruhte sein Blick länger als nötig auf mir. Vielleicht weil ich es ihm auf die gleiche Art zurückgab. Frech schaute ich das braun gebrannte Männlein mit der lächerlichen Frisur an, entschlossen, nicht als erste den Blick abzuwenden, entschlossen, seine Aufmerksamkeit zu fesseln. O ja, ich hatte mir dafür etwas ausgedacht. Es war nicht das erste Mal, dass ich diese schlaue Vorstellung zum Besten gab, den exotischen Trick einer Dame, die ein Männerspiel spielt, bei dem man mit einem Messer zwischen die auf dem Tisch gespreizten Finger sticht, den Trick eines geheimnisvollen eleganten Fräuleins, das sich wie ein vulgäres Weib aufführt. Langsam streifte ich einen der mit rosa Blümchen verzierten schwarzen Handschuhe ab, die ich trug, um einen möglichst bizarren Eindruck zu machen. Picasso beobachtete mich interessiert. Dann nahm ich ein Messer in die bloße Hand, und das Spiel, das mir Jacques Prévert beigebracht hatte, begann. Ich war schnell, aber nicht geübt genug, und es kam vor, dass die Messerspitze einen Finger streifte und den Handschuh, den ich an der anderen Hand anbehalten hatte, mit Blut befleckte. Mir war bewusst, was für einen Eindruck ich machte, dass er in diesem Moment eine Frau mit aufrechter Haltung vor sich sah, die Arroganz ausstrahlte, ein unbewegliches Gesicht, das für Kontrolle und Überlegenheit sprach, während das geschickte Hantieren mit dem Messer eine Neigung zum Risiko und eine Liebe zur Gefahr, vielleicht sogar einen masochistischen Charakterzug verriet. Eine dunkle Szene, wirklich dunkel. Paul saß neben ihm und flüsterte ihm meinen Namen zu. Ich erinnere mich, er zog die Brauen hoch und sagte so laut, dass auch ich es hören konnte: Ach, das ist also die Geliebte von Bataille, über die man spricht.

Seine Anwesenheit verunsicherte mich nicht. Ich war keine junge Provinzlerin mehr, und mein Beruf verlangte, dass ich die Menschen beim Fotografieren anschaute. Ich erinnere mich, hochmütig betrachtete ich den kleinwüchsigen Mann vor mir, sein Gesicht, den kurzen Hals, das Hemd ohne Kragen und die formlose Jacke, das Tuch um den Hals, die Hand mit einer Zigarette zwischen den Fingern.

Meine Absicht, ihn zu schockieren, war geglückt. Aber schockierend war nicht nur das Gerücht über die Geliebte, das zu Picasso gelangt war, sondern auch das rohe Spiel, der gefährliche Tanz mit dem Messer und der Anblick des Blutes, dem Picasso nicht widerstehen konnte, weil er ihn an den Stierkampf erinnerte. Seinetwegen gab ich nämlich die dramatische Vorstellung, führte ich diesen auf Aufmerksamkeit und Bewunderung abzielenden Trick vor. Picasso musste das Spiel gekannt haben, bestimmt hatte er in Kneipen gesehen, wie Seeleute mit größeren und schärferen Messern wetteiferten, während sich die Leute um sie herum gegenseitig überschrien und Wetten abschlossen. Solche glühenden Blicke hatte er auch beim Stierkampf gesehen, Blicke, die Blut, Opfer, Tod forderten. Und nun erinnerte ihn eine Frau in Paris daran.

Er wandte sich auf Französisch an mich und bat mich, ihm meinen blutbefleckten Handschuh zu schenken. Als hätte ich mich darauf vorbereitet, erfüllte ich sogleich theatralisch seinen Wunsch. *Nehmen Sie auch meine Hand,* antwortete ich ihm auf Spanisch, *ich ergebe mich Ihnen. Tenga mi mano, me entrego a Ud.* Eine Frau, die ein rohes Männerspiel spielt und die seine Sprache spricht und sich ihm noch dazu offen anbietet, muss sogar für ihn eine echte Überraschung gewesen sein!

Eigentlich fühlte ich mich in dem Moment, als ich ihm den blutbefleckten Handschuh reichte, als tanzte ich Tango. Als wäre ich aufs Neue dreizehn Jahre alt und ginge auf meinen Partner zu. In einer herausfordernden Haltung, den Kopf hoch erhoben, voll nervöser Erwartung. Auch er wartet, bereit, gespannt. Wir berühren uns zuerst nur mit Blicken, mit denen wir einander aufsaugen. Dann nimmt er meine Hand, langsam, und ich tanze schon, hingerissen von der Bewegung.

Tja, daran erkannte ich, dass meine Begegnung mit Picasso fatal war. Es war eine Aufforderung zum Tango. Ahnte er unter meiner stolzen Haltung schon damals die weibliche Fügsamkeit, die ebenfalls ein Teil des Tanzes ist? In diesem Moment war ich es, die sich überlegen fühlte, weil ich seine Aufmerksamkeit erobert hatte. Ich hatte ihn herausgefordert. Er hatte die Herausforderung angenommen.

Ich weiß nicht, was ich genau wollte … Zuerst, dass er mich wahrnimmt. Dann wollte ich seine Aufmerksamkeit und Bewunderung, und dafür war ich zu einem verführerischen Schauspiel bereit. Ich gebe zu, ich habe mich herausfordernd verhalten, wie eine richtige *Francesa*. Ich bot ihm mehr an als er erwartet hatte, nicht nur den Handschuh, sondern auch die Hand, mich ganz. An seinem erstaunten Gesichtsausdruck sah ich, dass ihn meine melodiöse Stimme schockiert hatte. Ich weiß nicht, was er erwartet hat, vielleicht ein Piepsstimmchen, das auf Französisch zwitschert, vielleicht eine Stimme so ernst wie mein Gesicht. Jedenfalls keine vibrierende, gurrende Stimme an der Grenze zum Gesang, wie er mir seinen ersten Eindruck schilderte. Manchmal höre ich dir nur wegen deines Timbres aufmerksam zu, pflegte er mir später zu sagen, in der Meinung, er mache mir ein Kompliment. Doch ich, ich hasste es, wenn er das zu mir sagte …

Aber alles hatte bloß eine gewöhnliche Vorstellung sein sollen. Jedenfalls hatte ich nicht erwartet, dass er den kleinen Theaterakt verführerisch finden könnte, schon gar nicht, dass aus unserer Begegnung eine ernste Beziehung werden könnte.

***

Später gestand mir Picasso, mein Spanisch mit argentinischem Akzent, das er nicht erwartet hatte, habe ihn beeindruckt. Immigranten sind merkwürdige Geschöpfe, immer bleibt ein Rest von Andersartigkeit in ihnen zurück, verborgene Schichten eines vergangenen Lebens, die sie vergessen glauben, aber später im Geschmack des Essens, in den Düften, die sie an ihre Heimat erinnern, suchen. Und am meisten in der Sprache. Ich weiß das von mir. Jede Sprache, die ich spreche, hat für mich eine andere Bedeutung: Kroatisch ist die Sprache meiner Kindheit, geheimnisvoll, weil sie verbunden ist mit der verborgenen Vergangenheit meines Vaters, mit Vorfahren, die ich nicht kenne, mit einem Land, das nicht weit weg, mir aber fast ganz fremd ist. Französisch ist die Sprache meines Starrsinns, meiner Wut, aber auch Unsicherheit, weil sie für meine Nicht-Zugehörigkeit, Andersartigkeit steht. Und Spanisch war für mich auf seltsame Weise schon lange vor Picasso mit Leidenschaft, Körperlichkeit, Verboten verbunden. Später wurde es die Sprache der Niederlage, des Zusammenbruchs, des Schmerzes …

Wenn ich auf der Straße in Buenos Aires Französisch hörte, identifizierte ich mich gleich mit der betreffenden

Person. In Paris war ich sensibel für den Klang des Spanischen, den Geruch von Bratfisch und Tabak in den billigen Kneipen, in denen sich die Spanier, besonders später, in den Bürgerkriegsjahren, versammelten. Picasso hat nie erfahren, wie viel es mir bedeutete, dass ich mit ihm Spanisch sprechen konnte und dass diese Sprache in meiner Kindheit für das Verbotene stand: die vulgäre Sprache der Straße, Flüche, Tanz – für das Schmutzige, Niedrige und daher Anziehende. Ihm fiel es natürlich leichter, Spanisch zu sprechen, und er sprach es tagtäglich, entweder mit seinem alten Freund, dem Sekretär Jaime Sabartés, oder mit Spaniern, die in seinem Atelier vorbeikamen, oder in den Restaurants, in denen er aß und in denen auch andere Landsleute einkehrten. Ihm fehlte die Muttersprache nicht wie mir, er hatte seine spanische Identität nie verloren. Obwohl er schon lange in Frankreich lebte, war und blieb er Spanier. Ich dagegen war keine richtige Argentinierin, und obwohl ich jahrelang dort gelebt hatte, wunderte ich mich selbst, wie sehr mir mein argentinischer Teil fehlte, und es freute mich, wenn ich auf jemanden traf, der Spanisch mit mir reden wollte, wie Picasso, dessen Französisch einem wegen seiner schlechten Aussprache in den Ohren wehtat.

***

Picasso hatte es offensichtlich nicht eilig, mich wiederzutreffen. Aber auch ich war nicht besonders aktiv. Ich hörte, dass er inzwischen keine Zeit verloren hatte. Im Frühjahr ließ er sich in ein kurzes Abenteuer mit Alice Rahon ein, einer bildschönen und hinkenden Dichterin. Die schöne Alice malte ebenfalls ein wenig und machte sich später, als sie nach Mexiko gezogen war, einen Namen als Malerin. Sobald ich von ihr hörte, dachte ich, eine derart exotische Frau konnte seiner Aufmerksamkeit nicht entgehen. Und vielleicht sträubte sie sich auch nicht. Bestimmt schmeichelte ihr wie den anderen sein Interesse. Vielleicht glaubte sie sogar, er schätze ihr Schaffen, obwohl ich sicher bin, dass er sie nicht angelogen hätte. Vielleicht war sie weise genug, ihn nicht danach zu fragen. Denn zumindest was die Malerei betraf, ließ Picasso gerade noch Matisse gelten und verspürte keine Lust, sich mit der Malerei einer Frau zu befassen, die mit Buntstiften auf der Leinwand herumspielte, es sei denn, es war ein Weg, sie zu seiner Beute zu machen. Möglicherweise »durchschaute« Alice Picasso auch und entschied, dass sie es sich nicht leisten könne, sich in eine tiefere Beziehung zu ihm verwickeln zu lassen, dass sie keine Zeit für ihn habe, weil sie anderes zu tun habe.

So trafen Picasso und ich uns erst im Spätsommer wieder, als er sich am Meer wie gewöhnlich seinen Freunden anschloss. Paul, Nusch, Man Ray … jahrelang zog sein ganzes Gefolge im Sommer nach Süden, nach Mougins.

Mich hatte Lise Deharme eingeladen, ein paar Urlaubstage bei ihr in der Nähe von Mougins zu verbringen. Und so trafen wir uns – zufällig? – bei ihr zum Mittagessen, zusammen mit den unvermeidlichen Freunden Paul und Nusch, Man Ray, Lee Miller und deren Mann Roland Penrose. Den Abend verbrachten wir allein auf einem Spaziergang am langen Strand von Saint-Tropez. Gehen wir Steinchen sammeln, sagte er zu mir. Ich dachte, er scherze, während seine Freunde verständnisvoll schmunzelten. Später erfuhr ich, dass es nicht das erste Mal war, dass er eine Frau zum »Steinchensammeln« mitnahm.

Die Sonne war noch nicht untergegangen, und der Wind

hatte sich gelegt. Das Meer war ruhig, nur in der Ferne ein bisschen gekräuselt. Picassos Stimme wurde nur hier und da vom Schrei einer Möwe unterbrochen, die im Flug einen Fisch schnappte. Er erzählte mir an diesem Abend, unserem ersten gemeinsamen Abend, von seinen Frauen. Von Olga, die sich nicht scheiden lassen wolle, ihm mit Rechtsanwälten drohe und ihn mit unmöglichen Forderungen verfolge. Weißt du, flüsterte er mir irgendwann zu, als vertraute er sich mir an, Olga ist verrückt geworden. Ich nickte mitfühlend, obwohl das seltsame Verhalten von Olga allen bekannt war. Alle wussten, dass Olga ihn auf der Straße abpasste, dann am Ärmel zog, schrie und flehte. Und dann ist da auch Marie-Thérèse, mit der er ein Jahr zuvor die kleine Maya bekommen hat. Genau so drückte er sich aus: dann ist da, was heißen sollte, dass ich auch mit ihr rechnen musste. Von ihr hatte ich nicht gewusst, zu der Zeit war sie sein gut gehütetes Geheimnis. Verstehst du, alle sind völlig abhängig von mir, sagte Picasso, als rechtfertigte er sich.

Hinterher dachte ich über seinen Monolog am Strand und die Art nach, wie er mit etwas leidender Stimme über die Frauen gesprochen und mir so zu verstehen gegeben hatte, dass sie eine Last für ihn waren, obwohl er dieses Wort nicht verwendet hatte. Trotzdem war Picasso offensichtlich daran gelegen, mir klarzumachen, dass er außer Verpflichtung nichts mehr für sie empfand. Olga war schon lange ein Problem, und Marie-Thérèse war die Mutter seiner Tochter Maya.

Ich muss mich um sie kümmern, Dora.

Ich weiß nicht, warum er überhaupt über diese Frauen sprach, ich hatte nicht nach ihnen gefragt, weil ich dachte, das gehe mich nichts an. Wir sind doch noch nicht so weit, dass er mir einen Antrag macht, dachte ich, überrumpelt von seinen Bekenntnissen. Wir haben uns getroffen, einander genähert. Ich habe seine Einladung zum Spaziergang am langen Strand angenommen. Ich habe seine Beichte nicht erwartet, ihm auch meine nicht angeboten. Hat er mich mit dieser Einführung auf den Status seiner neuen Geliebten vorbereitet? Hat er mir seine Erwartung vermittelt, dass ich seine Situation akzeptiere, dass ich seine eingespielten Beziehungen nicht behindere? In diesem Augenblick hatte ich überhaupt keine langfristigen Pläne im Sinn. Mir tat seine Aufmerksamkeit gut. Ich genoss die warme Luft, den Geruch des Meeres, seinen Arm um meiner Schulter, die Nähe, die wir beide fühlten. Ich ließ mich vom Klang des Spanischen einlullen, das allein unsere gemeinsame, geheime Sprache war und niemand aus seinem Kreis sprach. Noch sprachen es die Frauen, von denen er mir erzählte.

Plötzlich bückte er sich, nahm ein Steinchen und legte es mir in die Hand. Sieh nur, Dora, wie besonders es ist. Auf meiner Hand liegend, glitzerte das feuchte weiße, vollendet eiförmige Steinchen in der Dämmerung. Du bist genauso, so besonders.

An dem ersten Abend kehrte ich mit gemischten Gefühlen von unserem Spaziergang zurück, entzückt über seine Aufmerksamkeit, aber auch verwirrt durch die unerwarteten Bekenntnisse. Ich fand es schön, und mir schien, es gebe zwischen mir und seinen anderen Frauen keine Berührungspunkte. Eine gealterte zerrüttete Ballerina, die sich nicht scheiden ließ, und ein junges Mädchen, dem er ein Kind gemacht hatte, und nun wusste er nicht, wie er aus dieser Beziehung herauskommen sollte – was hatte das mit mir zu tun? Er hatte ja selbst gesagt, dass diesen Frauen nicht das Geringste an seiner Kunst lag. Was das betraf, hätte er auch Automechaniker oder Bankangestellter sein können, hatte er auf seine Kosten gescherzt. So verdrängte ich den Gedanken an Olga und Marie-Thérèse, weil ich und nicht sie im Mittelpunkt seiner Aufmerksamkeit stand. Und das genoss ich. Über sein Verhältnis zu Frauen wusste ich ohnehin nicht allzu viel, nur das, was er mir selbst gesagt hatte, und das klang, als ob er ihr Opfer wäre. Ich glaubte, Picasso habe durchaus begriffen, dass ich mich als eine ganz andere Frau sah, als Künstlerin wie er, als Person, die sich für seine Kunst interessiert und sie verstehen kann. Ich war eine unabhängige Frau, die sich ihrer Arbeit widmete, und keine Frau, die einen Mann suchte.

Was ich in dem Moment nicht über mich wusste, war, dass ich so eitel und schwach bin. Und schon hoffnungslos in ihn verliebt war.

***

Es gibt ein Foto, das am Anfang unserer Beziehung am Strand aufgenommen worden ist. Darauf stehen wir beide bis zur Taille im Meer. Es ist mein Lieblingsfoto, weil wir darauf beide irgendwie anders aussehen als auf den anderen gemeinsamen Fotografien. Wir sehen glücklich aus. Ich würde nicht sagen, dass ich lächle, aber auf meinem Gesicht liegt die Andeutung eines Lächelns, was bei mir sehr ungewöhnlich ist. Offensichtlich vom Fotografen überrascht, ohne Maske und Schminke, sehe ich viel jünger aus. So mit zusammengeklebten nassen Haaren und offenem Gesicht gleiche ich nicht im Geringsten der geheimnisvollen hochmütigen Frau mit dem steinernen Gesicht, die immer posiert. Ich strahle entspannte Zufriedenheit aus. Ich trage einen unmöglichen zweiteiligen Badeanzug, der mir nicht steht, und eine Kette, die ich damals gern umhatte. Auch Picasso ist ein wenig überrascht, aber entspannt. Auf dem Foto sieht er, vielleicht wegen seines Gesichtsausdrucks, der nur leicht auseinandergezogenen Lippen, die seine senkrechten Falten hervorheben, schön, männlich, ernst aus. Wir berühren uns nicht. Ich mag es, weil es erahnen lässt, dass wir uns schon berührt haben, dass wir uns einen Moment, bevor wir ins Meer gegangen sind, geliebt haben. Wer immer uns da fotografierte oder nur vom Strand aus betrachtete, konnte das merken. Ich erinnere mich, dass ich, neben ihm im lauen, seichten Wasser stehend, während uns die untergehende Sonne wärmte, ein starkes Zusammengehörigkeitsgefühl empfand. Das Gefühl absoluter Gemeinsamkeit, die Paare selten erleben und die noch seltener anhält.

Aber obwohl ich trunken war von unserer Beziehung, blieb mir dieser Sommer wegen etwas anderem in qualvoller Erinnerung. Vom 18. Juli an tobte in Spanien der Bürgerkrieg. Nach Mougins drangen dramatische Nachrichten. Doch die Freunde um mich herum verhielten sich, vielleicht gerade wegen des Entsetzens, das sie empfanden, als lebten sie in einer anderen Welt. Ich hatte den Eindruck, sie waren nicht sensibel genug, zumindest wollten sie das nicht zeigen. War es naiv von mir zu glauben, die Nachricht vom Bürgerkrieg werde sie dazu veranlassen, sich zu engagieren? Picasso war bereits weltberühmt, ein Engagement auf Seiten der Republik wäre bestimmt auf Resonanz gestoßen. Aber er war erstaunlich passiv. Er wich Gesprächen darüber nicht aus, er war besorgt um seine Mutter und seine Freunde in Barcelona, aber er verspürte nicht das Bedürfnis, irgendetwas zu tun, sie durch eine Geste zu unterstützen, ihnen Geld zu schicken oder seine Mutter zu sich nach Paris zu holen. Geschweige denn, sich auf irgendeine Art öffentlich zu engagieren. Paul, rücksichtsvoll und diskret, wie er war, wusste nicht, wie er ihn motivieren sollte.

Ständig war ich krank. Ich litt an Migräneanfällen, an einer Depression, die ich behandelte, indem ich mehr als sonst trank, es aber auch auf jede andere Weise übertrieb. Das offensichtliche Missverhältnis zwischen der Kriegsnachricht und unserer Lebensweise, zwischen diesen beiden so verschiedenen Wirklichkeiten, versetzte mich in Wut. Wut packte mich, wenn ich am Strand die ausgestreckten sonnengebräunten Körper meiner Freunde betrachtete, und verwandelte sich in Schmerz. Als wäre physisches Leiden mein einziger Ausweg aus dieser psychischen Situation gewesen.

Erst heute sehe ich den Zusammenhang zwischen den schlechten Nachrichten und der Freude, mit der wir ins Meer sprangen und laut lachten wie Kinder, die, ohne sich ihrer Umgebung überhaupt bewusst zu sein, spielen und danach erschöpft auf den Sand fallen. Oder bis spät in die Nacht aßen, Wein tranken, Gestirne am Nachthimmel suchten. Als hätten wir uns, je schlimmer die Nachrichten waren, desto mehr den Vergnügungen hingegeben. Darin lagen Trotz und Verzweiflung. Vielleicht wollten wir uns so vergewissern, dass wir lebten.

An einem Juliabend kam er in unserem Zimmer von hinten auf mich zu und fasste mich fest um die Taille. Er hatte starke Hände, grobe Handflächen, von der Sonne gedunkelte Haut. Mit Leichtigkeit hob er mich hoch, warf mich aufs Bett und stürzte sich auf mich. Durch das offene

Fenster hörte ich auf der Terrasse Pauls Stimme und Nuschs Lachen. In dem noch von der Nachmittagssonne warmen Zimmer sah ich durch meine halbgeschlossenen Lider sein Gesicht über mir und spürte seine Schwere, seine Kraft. Am Anfang unserer Beziehung hatte mir seine Grobheit gefallen, und ich hatte mich ihr gern hingegeben. Die Art, wie er überraschend auf mich zukam, mich ohne zu fragen packte, als wäre ich sein Eigentum. Damals hatte ich es als Zeichen der Liebe erlebt.

Später riss mich seine Stimme aus dem Schlummer. Dora, ich zeige dir, was ich heute Nachmittag gezeichnet habe! Er machte das Licht an, und vor mir auf dem Bett befand sich eine kleine Zeichnung, auf der eine Frau und ein Mann mit Stierkopf abgebildet waren. Das sind du und ich, siehst du, Dora und der Minotaurus, sagte er stolz, richtete den Finger aufs Papier und wartete auf meine Reaktion.

Die Zeichnung ist brutal. Ich hasse ihn. Bete ihn an. Niemals werde ich mich von ihm trennen.

Auf dem Bild taucht aus dem rot gefärbten Hintergrund ein gespreizter Frauenkörper in einer unnatürlichen Stellung, ausgebreitet unter einem bedrohlichen Körper mit riesigem Kopf. Der Stier schiebt mit Gewalt die Beine der Frau zurück und noch weiter auseinander, um ihr Geschlechtsteil vollständig zu enthüllen, während er mit der anderen Hand nach ihrer Brust greift. Die Frau wehrt sich nicht, sieht ihn aber auch nicht an. Sie ist passiv. Im Vordergrund sieht man ihre Hand mit einem Armband und lackierten Fingernägeln. An ihrer Geste lässt sich nicht erkennen, ob sie versucht, sich zu schützen, indem sie seine Hand wegstoßen wird, oder ob es nur eine Pose ist. Offensichtlich bleibt ihr nichts anderes übrig, als sich dem starken Tier hinzugeben, von dem nicht klar ist, ob es sie im nächsten Moment in Stücke reißen, beißen oder vergewaltigen wird. Ich werde es dir zeigen, scheint er ihr zu sagen, du wirst meine Macht zu kosten bekommen. Du kannst mich nicht ohne Folgen verführen, sagt er zu ihr. Ich bin dein Herr. Ich werde dich unterwerfen! Aber ihr weicher weißer Körper zeigt keine Spannung, sondern Hingabe. Er gibt sich ihm hin, breitet sich unter ihm aus wie ein Teppich.

Ich erinnere mich, im Zimmer herrschte eine unangenehme Stille. Ich weiß nicht, wie lange ich auf die Zeichnung geschaut habe, ohne etwas zu sagen. Enttäuscht von meiner Reaktion ging Picasso aus dem Zimmer und gesellte sich zu Paul und Nusch.

Ich hasse das Dunkelrot, mit dem er den Hintergrund gefärbt hat, ich hasse es noch heute. Und wie es ins Orangene und Gelbe spielt. Diese Zeichnung braucht keine Farbe, schon gar nicht die Farbe des Blutes. Die ganze Szene ist blutig und wäre es auch, wenn sie schwarzweiß wäre. Aber Picasso konnte der Dramatisierung nicht widerstehen. Ihm genügten die Macht des schwarzen Stieres und das hilflose, gespreizte Weiß der Frau nicht. Er musste zu Blut greifen, zu Rot, das die Absicht des Opferns unterstreicht. Es ist offensichtlich, dass sich die Szene gleichzeitig in einer Arena und auf einer Theaterbühne abspielt. An dem Akt, der geschehen wird, gibt es nichts Intimes. Der Minotaurus braucht ja gerade das Publikum, Augen, viele Augen. Er verlangt danach, vor anderen seine Macht zu demonstrieren, von ihnen anerkannt, angefeuert zu werden. Bravo, du bist der Beste! Zeig's ihr, los! Fast höre ich das Gebrüll der Menge, das Anfeuern, die Aufregung wächst. Ich bedeckte meinen Kopf mit einem Kissen und versank in die Dunkelheit, in die Stille. Ich konnte nirgendwohin mehr fliehen. Am schlimmsten war, dass ich es gar nicht wollte. Obwohl die Bedrohung nicht nur angedeutet war, sie war da, deutlich spürte ich sie in meinem Körper.

Immerhin war ich auf dieser Zeichnung. Nicht Olga, nicht Marie-Thérèse noch eine seiner zufälligen Geliebten, deren Namen er sich nicht gemerkt hatte.

Ich war auserwählt, ich war die Siegerin, gekennzeichnet. Die Seine.

***

Das Bild erlebte ich sehr emotional. Ich war stolz, eitel, wie ich schon bin. Aber gleichzeitig reagierte ich negativ, etwas auf dem Bild beunruhigte mich zutiefst. Es war nicht der bedrohliche, finstere, gewalttätige Ton des Bildes, sondern mein Gesicht, das keine Angst zeigt. Der Betrachter kann nicht sicher sein, ob die Frau Lust oder Leid empfindet. Ein Maler von geringerem Format hätte sich nicht zurückgehalten, eine eindeutige Emotion darzustellen und hätte eine hilflose Frau gemalt, die sich nicht wehren kann und sich deshalb hingibt, aber auf ihrem Gesicht hätte sich Entsetzen widergespiegelt. Doch Dora ist ruhig auf dem Bild, sieht selbstvergessen irgendwo in die Ferne über dem Minotaurus, als erwartete sie etwas – vielleicht Lust. Ist das nicht ein klares Anzeichen unserer perversen Beziehung?

Ich glaube, interessant ist gerade diese Zweideutigkeit, sogar Vieldeutigkeit der Emotionen, die das Bild wachruft. Deswegen verwirrt mich das Gesicht der Frau auf dem Bild noch heute: Es ist gerade so gemalt, dass es dem Betrachter verschiedene Möglichkeiten suggeriert, ihre

Gefühle zu interpretieren, masochistische nicht ausgeschlossen. Aber so sehe ich das Bild nur, wenn es mir gelingt, die Frau auf dem Bild nicht als mich selbst zu erleben. Wenn ich es mit dem Bewusstsein betrachte, dass das mein Gesicht ist, begreife ich, dass Picasso beim Malen noch immer die ehemalige Geliebte von Bataille in mir gesehen hat. Als Mann und als Maler hat er mich sogar gerade deswegen anziehend gefunden. Ich bin eine Frau, die selbst in einer untergeordneten Position Arroganz an den Tag legt. Aber eine solche Frau muss der Mann bezwingen. Sie muss sich an Schmerz gewöhnen und an die Erregung, die der Schmerz mit sich bringt. Ihr einziger Schutz ist die Gleichgültigkeit und Selbstkontrolle, die den Minotaurus wahnsinnig und noch rasender und rachsüchtiger macht.

Und noch etwas ahne ich heute auf diesem Bild. Das wilde sexuelle Verlangen des Minotaurus, das, weil er halb Tier ist, nicht an eine konkrete Person gebunden ist. Obwohl es sich um mein Gesicht handelt, bin die Frau unter dem Stier nicht nur ich, sondern eine x-beliebige Frau. Dem Stier ist es egal.

***

Als ich die Zeichnung sah, dachte ich natürlich zuerst an den Mythos vom Minotaurus, den Menschen mit Stierkopf, dessen Mutter Pasiphae, die Frau des Königs Minos, von einem Stier befruchtet wurde. Von einem herrlichen weißen Stier, den König Minos nicht dem Neptun hatte opfern wollen, so dass sich dieser grausam rächte. Minos erbaute ein Labyrinth, in das er den Minotaurus einsperrte, und warf ihm alle neun Jahre die schönsten Athener Mädchen und Jungen zum Fraß vor.

Das Labyrinth ist ein schrecklicher, einsamer Ort ohne Ausgang. Der Stier-Mensch weiß das freilich sehr gut, daher seine Melancholie. Eine traurige Bestie, die Menschenfleisch frisst, um zu überleben. Ein Kannibale, den ich mir manchmal dabei vorstelle, wie er verzweifelt durch die endlosen Gänge irrt und brüllt, mit dem Kopf gegen die Wand rennt, weil es in seinem Leben weder Gesellschaft noch Liebe, noch Hoffnung gibt. Er wartet nur auf den Tod, aber Theseus, der griechische Held, der ihm mit Hilfe von Ariadne das qualvolle Leben rauben und die Athener Opfer rächen wird, ist noch nicht gekommen. Und im Fall von Picasso wird er es auch nie. Der mythische Minotaurus sehnt den Tod herbei, weil das für ihn der einzige Ausweg aus dem Leiden ist, an dem er keine Schuld hat.

Ist der Minotaurus schuld an seiner kannibalischen Natur? Picasso ist wie der ins Labyrinth eingesperrte Stier ein Gefangener seiner Kreativität. Er fürchtet den Tod und sehnt sich nach Unsterblichkeit, und deshalb nimmt er die Verurteilung zu einem Leben im Labyrinth unter der Bedingung in Kauf, dass er malen kann. Auch er lebt von anderen, indem er seine Energie von menschlichen Wesen nimmt, die sich, in seinem Fall, freiwillig opfern. Doch für seine Opfer ist es möglicherweise leichter, weil sie nicht begreifen, dass sie Opfer sind.

Das klingt wie Mitleid. Empfinde ich wirklich Mitleid mit dem Minotaurus? Mit Picasso? Wer bin ich, dass ich ihn bemitleiden könnte. Worin bin ich ihm überlegen, weil doch der Mitleidende eigentlich seine Überlegenheit zeigt, nicht wahr? Spricht Hochmut aus mir? Nein, es ist meine Art, mich zu schützen. Arroganz ist mein einziger Schutz, der Schutz des Opfers, wenn es von Angesicht zu

Angesicht mit dem Minotaurus konfrontiert ist. Das sieht man auch am Gesicht der unterworfenen Frau auf der Zeichnung. Trotzdem trifft mich das gleiche Schicksal wie die Mädchen und Jungen, die ihm der König schickt – der Tod.

Picasso malte auch andere Bilder von mir, vor allem am Anfang unserer Beziehung. *Dora Maar am Strand* entstand kurz nach dem Bild mit dem Minotaurus. Im Vordergrund ist das Gesicht; mit kurzem Haar, das der Wind durcheinanderbringt. Die Augen weit geöffnet, der warme Blick mit einem Hauch von Melancholie auf den Betrachter gerichtet. Die Zeichnung atmet Ruhe und Zärtlichkeit, die, fürchte ich, nie wieder auf anderen Zeichnungen von mir zum Ausdruck kommt. Pastelltöne dominieren das Meer und meine Haut, als hätte er ein ganz junges Mädchen gemalt. Als hätte es die Begegnung mit dem Minotaurus nie gegeben. Als wäre zwischen ihnen nichts vorgefallen.

Dora-Adora sieht aus, als wäre sie noch dieselbe Frau, die sie vor ihrer Begegnung mit Picasso war, unberührt von seiner Grobheit, sagte ich zu Jacques. Das verwirrt mich. Noch immer?, fragte er mich. Ja, ich gestehe, dass diese Zeichnung noch immer Macht über mich hat, antwortete ich. Und heute würde ich ihm das Gleiche sagen.

Es stellte sich heraus, dass Dora und der Minotaurus nicht nur der Titel des Bildes war, sondern ein Zeichen. Unsere ganze künftige Beziehung war darin enthalten – mein gezähmter Blick und sein kräftiger Körper, der sich über meinen beugt. Die unsichtbaren auf uns gerichteten Augen. Dominanz, Unterwerfung – all das, was in den sieben gemeinsamen Jahren erst Wirklichkeit werden sollte. Als er mich zeichnete, schien er bereits gewusst zu haben, was mit mir geschehen würde, und das machte ihn zu einem genialen Maler. Picasso kannte sich nämlich.

***

Mir reichte es nicht, nur Picassos Modell zu sein, bald wollte ich mehr. Sogar noch mehr als den Status der offiziellen Geliebten, *amante officielle*. Im Übrigen impliziert, die offizielle Geliebte zu sein, die Existenz der Ehefrau, Olga. Und außer ihr auch noch der heimlichen Geliebten Marie-Thérèse, die ihm unlängst das Töchterchen Maya geboren hatte. Picasso rechtfertigte sich allerdings nicht einmal, noch versprach er mir, dass sich irgendetwas ändern werde. Ich war es, die sich dem vorgefundenen Zustand anzupassen hatte. Und nicht nur er erwartete, dass ich all das hinnahm, sondern ebenso unser ganzer Freundeskreis. Ich gehörte der surrealistischen Avantgarde an, war die ehemalige Geliebte von Bataille – sollte ich mich etwa wie eine Kleinbürgerin aufführen und Picasso Eifersuchtsszenen machen? Ihm hätte das sogar gefallen, weil ihn am meisten von allem meine Ruhe wahnsinnig machte, dass ich mich vor anderen nicht provozieren ließ.

In unserer Gemeinschaft erwartete man von mir den Beweis, dass ich über diesen banalen Emotionen und gewöhnlichen Liebesbeziehungen stand. Zuerst musste ich mich selbst davon überzeugen, denn wie hätte ich sonst mit ihm zusammenbleiben können? Olga war bereits grob verstoßen. Ich bedauerte sie. Und die andere? Sie war ein naives, ergebenes Mädchen, dessen Körper er irgendwann heftig begehrt hatte. Und als sie aufgehört hatte, ihn zu interessieren, band sie ihn durch das Kind an sich. Er ging nur zu ihr, um mit der Kleinen zusammen zu sein, versicherte er mir. Sie hatten kein anderes Gesprächsthema. All das sagte ich mir immer wieder vor, aber nichts war weiter von der Wahrheit entfernt. Mit Olga und ihren Anwälten stritt er um die Scheidung. Marie-Thérèse war er ergebener als irgendeiner anderen Frau, zeigte sich aber mit ihr nicht in der Öffentlichkeit. Ihr Geheimnis war, dass sie keine Ansprüche stellte. Nichts, was außerhalb der vier Wände ihres Hauses geschah, in dem er den fürsorglichen Mann und Vater spielte, interessierte sie. Und ich? Ich war überzeugt, dass ich anders war als die beiden. Ich war eine Künstlerin und Intellektuelle, obendrein politisch aktiv. Verdiente meinen eigenen Lebensunterhalt. Ich wollte, dass Picasso das anerkannte und mir mit Achtung begegnete.

Trotzdem war ich eifersüchtig, obwohl ich so tat, als wäre ich es nicht. Ich wusste, dass jede neue Frau in seinem Leben eine neue Schaffensphase bedeutete. Der Minotaurus nährte sich nicht nur von meinem, sondern auch von ihrem Fleisch. Er stand über allen, uns allen (wie ich diese Mehrzahl hasse!) zeigte er durch sein Benehmen und seine Bilder, dass die sexuelle Beziehung zu irgendeiner Frau für ihn nicht unbedingt etwas Anderes oder Bedeutenderes war als ein kannibalischer Akt, und dieser bestand nicht nur im Konsumieren des Körpers, sondern auch in der vollständigen Inbesitznahme des ganzen Wesens. Mehrere sexuelle Beziehungen implizieren keine Vertiefung der Beziehung, noch führen sie notwendig zur Annäherung zweier Personen.

Aber wer sich auf diese Weise von rohem Frauenfleisch ernährt, muss etwas von einem Tier, einem Minotaurus in sich haben. Eine kreative Person ist für andere gefährlich, weil sie rücksichtslos ist, sie nimmt, entreißt, raubt, isst, zerstört alles um sich herum. Von den Menschen, die sie umgeben, nimmt sie sich Energie und auch Leben. Sie verschlingt sie wie ein Menschenfresser, oft ohne sich dessen bewusst zu sein, dass sie ihnen Schmerz zufügt. Sie bittet nicht, sondern nimmt rücksichtslos. Dabei gibt es keine Moral. Ist das Fehlen von Empathie nicht eine Eigenschaft der Psychopathen? Ja, aber warum sollte ein Künstler kein Psychopath sein können? Der Unterschied liegt nur darin, dass dem Künstler das alles als Material dient, das er zu einem Kunstwerk formt.

Es ist nicht gut, in der Nähe eines Genies zu leben, aber heute spricht nachträgliche Erkenntnis aus mir. Ich selbst habe Sex ohne Nähe erlebt, gerade das habe ich mit Bataille geübt. Genauso wie Nähe ohne Sex, mit Picasso, jahrelang nach unserer Trennung. Aber schon damals war ich in meinen Augen anders als Olga und Marie-Thérèse. Nicht nur Modell, nicht nur Geliebte, sondern auch Partnerin, und als kreative Person hoffte ich, ihn zu erreichen. Ich habe nicht erwartet, dass es ihm einerlei ist, ob eine Frau seine Malerei versteht oder nicht, er verlangte überhaupt kein Verständnis, sondern nur Anbetung.

Heute weiß ich, dass ich die Beziehung unter falschen Voraussetzungen mit ihm eingegangen bin. Noch schlimmer war, dass ich mich bei ihm unentwegt für mein Verhalten entschuldigte, das offensichtlich aus Missverständnissen, aus Konflikten zwischen meinen und seinen Erwartungen hervorging. Ich warf ihm sein Verhalten vor, war beleidigt, wenn er mich vor anderen missachtete und auslachte. Wenn ich ihm Eifersuchtsszenen machte, brachte er mich in Verlegenheit, so dass ich mich schuldig fühlte und das Bedürfnis hatte, mich zu entschuldigen. Wie viele Male habe ich ihm nur geschrieben: *Perdoneme per esas escenas …*

tratare de corregirme. Perdoneme, perdoneme, perdoneme – so dass sich das »Vergib mir« in ein Gebet an Gott wegen einer übergroßen Sünde verwandelte.

***

Während ich ein Album mit alten Fotos, zum Beispiel denen von 1937 aus Antibes, in der Hand halte, ist es, als nähme ich zum ersten Mal wahr, dass ich schon damals, sogar in diesem Sommer, am durchaus romantischen Anfang unserer Beziehung, irgendwie missvergnügt, mürrisch, nachdenklich war, ganz im Gegensatz zu der fröhlichen Gesellschaft um mich herum. War ich eingebildet und betrachtete die Welt siegreich von der Höhe meines Sieges herab, wie es einigen schien? Nein, nein, ich denke, ich war missmutig, weil ich unsicher war. Eigentlich war ich wütend. Böse auf Picasso natürlich. Das weiß ich, daran erinnere ich mich, und auch die anderen fragten mich, warum bist du ständig so schlecht gelaunt? Ja, nicht einmal für einen Moment konnte ich vor mir weglaufen, und ich war eine strenge, ernste Person, die immer sagte, was sie dachte. Es war nicht nur – wie seine, aber auch meine Freunde überzeugt waren – wegen der anderen Frauen, auch nicht wegen der beiläufigen für den einmaligen Gebrauch, wie er sie unbarmherzig nannte. Ich teilte ihn ja bewusst mit Marie-Thérèse und Maya – o ja, auch seine kleine Tochter gehörte in diese Kategorie, sogar der Hund Kazbek und Sabartés und die Haushälterin Inès und der Fahrer Marcel. Es ging um etwas anderes, darum, dass ich ihn mit zu vielen Leuten teilte.

In ebendiesem Sommer, unserem zweiten gemeinsamen Sommer, stiegen wir im Hotel *Vaste Horizon* ab. Es war ein kleines, aber gemütliches Hotel und, was am wichtigsten war, es hatte eine Terrasse mit Rohrdach, auf der wir mehr Zeit verbrachten als am Strand. Picasso hatte ein kurzes Techtelmechtel mit Nusch und Lee. Paul, der dabei war, widersetzte sich mit keinem Wort. Er fühlte sich geehrt, und Picasso wusste das. Gott selbst hatte seine Nusch genommen, was für ein Privileg! Wie hätte er die Frau seines Freundes abweisen können, die sich ihm offen angeboten hatte? Picasso wollte ihn nicht beleidigen, dachte, er tue Paul einen Gefallen damit. Paul freute es und sah es als eine Art Bestätigung seines Geschmacks, seines Status, ihrer gegenseitigen Freundschaft, der eine Frau nicht im Weg stehen konnte, nicht einmal die angebetete Nusch. Gala hatte er davor ja auch Dalí überlassen. Aber Picasso interessierte sich nicht wirklich für Nusch, nur vorübergehend.

Auf Picassos Sex mit Nusch reagierte ich nicht. Ich bemühte mich, meine wahren Gefühle nicht zu zeigen. Ich glaubte, die Fotos von Man Ray würden sie nicht enthüllen, wobei ich vergaß, dass die Aufgabe jedes Fotografen, der Porträts aufnimmt, darin besteht, aus den Menschen gerade das Unsichtbare herauszuholen. Aber das Foto, auf dem wir beide bei den Cuttolis in Antibes auf der Terrassentreppe sitzen, enthüllt alles. Picasso ist ein wenig mürrisch, gerade haben wir uns gestritten. Er ist auf die Kamera konzentriert und dem Augenblick hingegeben, wie jemand, dem überhaupt nichts daran liegt, was um ihn herum geschieht. Er war fähig, im Nu die Welt um sich herum auszuschalten oder aber sich aus der Welt auszuschalten, egal. Da sind noch Man Ray, der posiert und fotografiert. Ady, sein Mädchen, plappert unbekümmert mit Marie, während sich deren Mann um eine ernste Haltung bemüht, aber unter seinem Schnurrbart lugt ein Lächeln hervor, denn es ist Sommer, Freunde sind zu Besuch, bald wird man zu Mittag essen, baden, sich vergnügen … Und ich sehe aus, als wäre ich eine Fremde unter ihnen. Ich sitze nachdenklich da, allem Anschein nach gelangweilt, so mit aufgestütztem Kinn, zusammengedrückten Knien und verklemmt, gekleidet wie eine Gymnasiastin. Ein aufmerksamer Betrachter, wie ich es jetzt bin, ahnt hinter der Maske eine Spur nicht nur von Ärger, sondern auch von Trauer. Denn nun sehe ich, dass das eine Maske war, und zwar eine schlechte, weil sie enthüllte statt zu verhüllen.

Habe ich mich mit Nusch oder Lee verglichen? Habe ich mich am Anfang der Beziehung mit Picasso vor Vergleichen gefürchtet? Ich erlebte mich nicht als Schönheit. Ich war nicht der moderne Frauentyp wie Lee oder Jacqueline – mit kleinen Brüsten und schmalen Hüften, langen Beinen. Es hatte keinen Sinn, auf die Art mit diesen Schönheiten zu konkurrieren. Mein Körper wie auch mein Gesicht hatten tatsächlich etwas Slawisches an sich, eine Disharmonie, eine Disproportion, die mich nicht allzu sehr störte, mir aber bewusst war. Kleine Brüste, schmale Taille, aber breite Hüften und kurze Beine mit starken Schenkeln. Ich war ganz anders gebaut als diese Mädchen, meine Freundinnen, als Maman. Du hast nichts von mir, bestimmt hat Barica so ausgesehen – pflegte sie mir schon in Buenos Aires zu sagen, und das bedeutete, dass ich ein bäuerlicher Frauentyp bin, geschaffen für körperliche Arbeit und zum Kinderkriegen, geradeso wie meine kroatische Großmutter Barbara. Als Künstlerin Dora Maar dachte ich mir, meine Waffe sei nicht mein Körper, sondern das Talent. Im Aussehen pflegte ich Rätselhaftigkeit. Deshalb wirkte sich Enthüllung nicht zu meinem Vorteil aus. Sie musste im Schlafzimmer und auf Bildern geschehen.

Wenn ich nur an die Badeanzüge denke, die wir damals trugen! Als ich Lise Deharme besuchte, ohne noch zu wissen, dass ich unversehens Picasso treffen würde, nahm ich nur den gewöhnlichen einteiligen Badeanzug mit. Und einen anderen, zweiteiligen, aus gestreiftem dünnem Leinen, mit züchtigem Höschen bis zur Taille und zwei Leinenstücken, die auf dem Bauch wie Tücher zusammengebunden wurden. Diesen Schnitt fand man gewagt. Auch Nusch und Lee und Jacqueline hatten so einen. Mir stand der Badeanzug, der mehr verdeckte, besser, aber das Material war dick und hielt das Wasser, so dass ich zum Wechseln gleich den zweiteiligen anziehen musste.

Ein im selben Sommer von Eileen Agar aufgenommenes Foto zeigt mich teilweise in meinem zweiteiligen Badeanzug, Nusch steht in der Mitte mit fast krankhaft mageren Beinen, in einem Zweiteiler, der wie ein Lappen an ihr herabhängt. Sie wirkte ganz gewiss nicht begehrenswert, auch nicht auf Picasso. Und als er mit ihr im Bett landete, geschah das nicht aus Verlangen, sondern aus Freundschaft zu Paul. Nein, ich fürchtete den Vergleich nicht. Hochmütig, wie ich war, meinte ich drüberzustehen! Deshalb bin ich selten auf den Fotos von unseren Sommerurlauben in Mougins. Allerdings ging es nicht nur um meinen Wunsch zu fotografieren, sondern auch darum, dass mir der Apparat die Möglichkeit bot, mich abzusondern, nicht Teil der »Familie« oder Gruppe Picassos zu sein. Die Rolle der Fotografin diente mir auch als Vorwand, mich von ihren Spielen, die ich nicht mochte, fernzuhalten. Ich war nicht wie Man Ray, der sich – nachdem er die Kamera aufgestellt hatte, gern in die erste Reihe setzte, um auf sein eigenes Foto zu kommen. Wir lachten über seinen Narzissmus. Sich in die fröhliche Gemeinschaft der Freunde einzugliedern, hieß, an ihren Vergnügungen teilzunehmen, am Spiel der Verführung, am Spiel des Zeigens und Schauens. Aber ich fand kein Vergnügen daran.

Ich bin auch nicht auf dem Foto mit den drei barbusigen Frauen, Nusch, Lee und Ady, obwohl ich in der Nähe war. Ich war natürlich dort, aber nicht auf dem Bild. Lediglich Ady schaut mit einer dummen Grimasse direkt in die Kamera von Roland Penrose. Nusch hat ihm ihr Profil zugewandt, und Lee ignoriert ihn. War es ihnen zu heiß? Haben sie die Oberteile ausgezogen, um sich besser sonnen zu können? Oder sie stellen ihre Schönheit und Verfügbarkeit zur Schau. Was verrät, dass es um etwas anderes geht, sind die zwei Männer auf dem Foto. Paul und Man sind komplett angezogen, sind nicht einmal in Badehosen. Die Frauen zeigen sich, sie sind da, auf dem Foto, vor dem Fotografen und vor den Männern ihrer Gruppe, vor denen hinter und neben der Kamera, um von ihnen angeschaut zu werden. Sind die drei Teil einer Ausstellung, Objekt der Begierde für die bekleideten Männer in ihrer Gruppe? Ja. Für sie und den unsichtbaren Picasso, der sie anschaut.

Für mich illustriert dieses Foto die erotische Atmosphäre, die in diesem Sommer in Mougins herrschte. Ich war dort, aber in Wirklichkeit war es, als wäre ich es nicht gewesen. Ich betrachtete sie, wollte sie aber nicht sehen. Deshalb kam es mir keinen Augenblick in den Sinn, das Oberteil auszuziehen und halbnackt herumzulaufen. Auf diese Art wollte ich kein Teil der Gruppe sein, auf die Art, dass es eigentlich egal war, wer mit wem zusammen war, dass wir alle als Teil von Picassos Harem da waren. Wie hätte ich, so ausgestellt und nackt, die Würde bewahren können, die ich so sorgfältig pflegte? Wenn wir nackt sind, sind wir alle mehr oder weniger gleich, so wie uns die Natur geformt hat. Ich wollte nicht natürlich sein, weil ich dann darauf hätte verzichten müssen, mich so zu kreieren, wie ich von den anderen gesehen werden wollte. Ich war beinahe dreißig Jahre alt und nahm mich sehr ernst.

Picasso dachte sich sogar ein spezielles Ritual für mich aus, das schlimmer war, als wenn ich nackt unter ihnen herumgelaufen wäre. Er gab meinen Stolz dem Spott preis, indem er mich zwang, ihm jeden Morgen als Modell zu dienen. Danach berief er eine Versammlung ein, die das Bild, aber in Wirklichkeit mich analysierte. Ist sie nicht komisch mit dem traurigen Blick?, fragte er sie, und sie nickten vereint und stimmten ihm zu. Als wäre ich nicht da.

Königin Dora ist mit Picasso zusammen, aber nicht mehr erhaben, vielmehr ist ihr zum Weinen zumute. Ihre Hände zittern, vielleicht auch die Lippen, aber sie beherrscht sich, sie muss es. Sie wird vor ihnen keine Träne vergießen. Der Verspottung wird sie mit Verachtung begegnen.*

***

Ich war zänkisch und nervös in diesem Sommer. Picasso ahnte, warum, und nannte mich spöttisch seine private Tugendwächterin. Er sagte, er sei enttäuscht, er habe sich von der Geliebten Batailles viel mehr versprochen. Meine Tränen amüsierten ihn. Er sagte, ich nähme mir die Dinge zu sehr zu Herzen. Entspanne dich, genieße, Dora. Ich

* An dieser Stelle ist das Manuskript unterbrochen, und es folgen anderthalb leere Seiten. Dora scheint den Platz freigelassen zu haben, um nachträglich Text dazuzuschreiben, was sie nicht getan hat. (Anm. d. Hrsg.)

glaubte, er sage das, weil ihm etwas an mir liege, ich im Mittelpunkt seines Interesses stünde und diese anderen Frauen am Rand, nur vorübergehend da, verfügbar – was ist schon dabei, wenn er sie hin und wieder begehrt? Trotzdem gab ich seiner Forderung, bei seinen sexuellen Spielen mitzumachen, nicht nach. Es gelang ihm nicht, mich dorthin zu stellen, wo mein Platz war, wie er sagte. Welcher Platz war das? Jedenfalls nicht der besondere, den ich mir wünschte. Sein Verhalten zwang mich zur Vorsicht, aber ich vernachlässigte das erfolgreich.

Der Grund für meine Unruhe und Besorgnis waren nicht nur Picasso und seine sexuellen Eskapaden. Ich gehörte der fröhlichen Gesellschaft nicht richtig an, weil mich Freizügigkeit überhaupt nicht interessierte. Am Ende fiel mir ihr Verhalten sogar lästig, und ich fühlte mich verloren und ausgeschlossen aus der Welt, in der die Spanier kämpften und Deutschland von einem verkrachten Maler mit einem lächerlichen Schnurrbärtchen regiert wurde, der danach gierte, die Welt zu erobern. Ihn ahmte Picasso perfekt nach und brachte so beim Abendessen die Gesellschaft zum Lachen, aber mit dem Lachen, den politischen Diskussionen, den Gesprächen hatte alles sein Bewenden. Doch ich fand gerade eine solche Flucht vor der Wirklichkeit kleinbürgerlich und feige. War es möglich, dass ich von radikalen Künstlern umgeben war, die in Wirklichkeit gefühllose Kleinbürger waren? Nein, das war nicht möglich. Etwas mit mir stimmte nicht, ich fügte mich nicht ein und war deswegen unzufrieden, verärgert. Mich quälten Eifersucht und Angst, aber das konnte ich mir nicht eingestehen.

Meine Laune begann sich auf unsere Beziehung auszuwirken. Du bist zu stolz, pflegte er zu sagen. Aber deswegen hast du dich in mich verliebt, in eine arrogante exotische Fotografin, nicht wahr? Schon, ja, bestätigte er in einem ironischen Tonfall, der mich verärgerte. Aber da habe ich dich nicht gekannt. Daraufhin verließ ich wütend das Zimmer und schlug die Tür zu, das Türschlagen fiel mir in diesem Sommer leichter als das Schreien. Gewöhnlich spielten sich unsere Streitigkeiten vor Zeugen ab, und einige von ihnen verbargen ihre Schadenfreude nicht. Ich war mit meiner Starrköpfigkeit isoliert. Und obendrein gezwungen, diese Vergnügungen anzuschauen und zu fotografieren und so doch Teil des Spiels zu werden, selbst wenn ich physisch nicht mitmachte.

So fotografiere ich Picasso, der sich zwei Frauen auf dem Bett nähert. Alle im Zimmer wissen, was passieren wird, ich auch. Ich bin da als Zeugin, ihm liegt etwas an meiner Anwesenheit, obwohl er weiß, dass es mir weh tut. Ich sage mir: Voyeurismus ist doch ein Teil meines Berufs. Aber deswegen schmerzt mich die Szene, die ich fotografiere, nicht weniger. Vielleicht hätte ich gleich auf all seine Forderungen eingehen, noch fügsamer sein und mir so die Qualen ersparen sollen. Warum habe ich mich so sehr gewehrt, es war nur eine Frage der Zeit, wann er mich auf mein eigenes Gegenteil reduziert haben würde, auf eine gewöhnliche eifersüchtige Frau, die Vorwürfe und Szenen macht. Schon nach nur einem Jahr hatte ich die Aura des Geheimnisvollen verloren. Hatte ich meinen Stolz mit Füßen getreten. Aber trotzdem glaubte ich noch immer, er werde, wenn ich mich ihm völlig hingebe, wenn ich mich ihm auf Gedeih und Verderb ausliefere – wie wenn sich ein kleiner Hund vor einem großen auf den Rücken legt –, mit mehr Milde über mein Schicksal entscheiden.

Ich zählte auf sein Erbarmen. Picasso kannte jedoch keines. Und so begann sich sehr bald nach diesem Sommer mein Gesicht auf seinen Bildern zu verzerren, bis aus mir am Ende ein kaum wiederzuerkennendes Ungeheuer wurde.

Der Grund für meine schlechte Laune waren nicht nur die anderen Frauen, nach denen er leichthin die Hände ausstreckte. Ich war auch traurig, weil ich schon begriffen hatte, dass ich nicht mit ihm allein sein, noch ihn nur für mich haben konnte. Und zwar lag das nicht so sehr an den anderen als an ihm selbst, an seiner Hingabe an das Schaffen, das ich unendlich bewunderte, das aber nicht den kleinsten Raum für eine andere Person ließ. Die sexuelle Aktivität, die er in diesem Sommer entwickelte, sollte mir – vielleicht gerade wegen meiner Weigerung, dabei mitzumachen – wahrscheinlich beweisen, dass Sex nicht verpflichtet. Nur das Malen ist ein Akt der völligen Inbesitznahme einer Person. Im Verhältnis zum Malen ist Sex natürlich etwas Vorübergehendes und Sekundäres und also weniger wichtig, sagte er mir.

Malen war für ihn ein magischer Akt wie für mich das Fotografieren. Ich kenne das Gefühl, etwas von der Person bleibt auf dem Foto, auf dem Gemälde. Immerhin sind Porträts auch ein inneres Abbild der Person. Aber sie sind es dank des Auges und der Hand des Künstlers, denn die wahre Begegnung findet im Kunstwerk statt, nicht im Bett. Ich sage nicht, dass das Bett ausgeschlossen ist, es reicht nur nicht. Ihm reichte Sex ganz sicher nicht. Sein Wunsch zu besitzen war grenzenlos und nahm tausend Formen an. Und konnte nach einer gewissen Zeit gefährlich für die Person werden, die er besitzen wollte.

***

Wenn sie über mich reden, teilen die anderen mein Leben in das vor und in das nach Picasso ein. Sogar meine Freunde reden so, verwenden genau diese Formulierung. Ich sehe mein Leben anders und teile es in das vor und in das nach *Guernica* ein.*

Wir hatten bei allem nicht nur eine Liebesbeziehung. Kurze Zeit, solange er an *Guernica* arbeitete, hatten wir auch ein partnerschaftliches Verhältnis. Und eigentlich machte mich diese Zusammenarbeit mit ihm glauben, wir könnten in Zukunft möglicherweise so zusammen sein, wie ich es mir wünschte, zusammen arbeiten, vielleicht sogar gemeinsam etwas schaffen. Nie hatte sich Picasso in seinen Schaffensmomenten jemandem so geöffnet wie mir. Obwohl mich Christian Zervos von den *Cahiers d'Art* engagiert hatte, die Entstehung von *Guernica* zu fotografieren, folgte er eigentlich Picassos Idee, dass es interessant wäre, nicht die Entstehungsphasen des Bildes auf Fotos festzuhalten, sondern die Metamorphosen, die es durchmachte.

So kam es, dass ich an Picassos *Guernica* vom ersten Moment an beteiligt war. Sogar bevor ich an seinem Blick erkannte, dass er endgültig entschieden hatte, was das Thema seines großen Gemäldes für die Weltausstellung sein würde. Mir war erlaubt, was sonst niemandem erlaubt war, nicht einmal Brassaï – nicht nur anwesend zu sein und die Transformationen zu fotografieren, durch die

* Hier sind Klebespuren im Notizbuch zu sehen. Wir nehmen an, dass auf dieser Seite ein Foto klebte, aber es ist unmöglich zu erkennen, welches, weil es sich wahrscheinlich gelöst hat und aus dem Notizbuch gefallen ist. Da Dora aber im Weiteren das Zeitungsfoto aus *Ce soir* vom 1. Mai 1937 beschreibt, ist es sehr wahrscheinlich, dass es sich um ebendieses handelt. (Anm. d. Hrsg.)

das Werk ging, sondern auch in allen Phasen mitzuwirken, von der Aufstellung der Leinwand bis zum Ziehen von Strichen. Es ist wahr, meine Hand, mein Pinselstrich hat sogar auf dem Bild *Guernica* Spuren hinterlassen.

Ich erinnere mich, am 1. Mai brachte die Zeitung *Ce soir* die Nachricht von der Bombardierung des kleinen baskischen Städtchens, bei der vor wenigen Tagen Hunderte von Menschen umgekommen waren. Picasso verfolgte die Nachrichten aus Spanien, aber eher über Besucher und mich, über Kommentare und Analysen. Zu ihm kamen sowohl Freunde als auch unbekannte Spanier, denen er half. Doña María schrieb lange besorgte Briefe ... Dennoch schien der Bürgerkrieg, der in seiner Heimat tobte, nicht sein Krieg zu sein, ihn kaum zu betreffen. Ihn interessierten nur die Ereignisse, die ihn potentiell am Malen hätten hindern können, alles andere war unwichtig. Genauso seltsam abwesend und gleichgültig hatte er sich verhalten, als der Erste Weltkrieg ausgebrochen war. Weder im einen noch im anderen Krieg wurde er mobilisiert, weil er schon zu alt war, aber er benahm sich, als würden ihn die Kriege nicht direkt betreffen. Der Krieg berührte ihn nur über das Schicksal der anderen, über Freunde, zum Beispiel Apollinaire, der an der Front schwer verletzt worden war.

Aber die deutsche Bombardierung von Guernica war keine Sache dieser oder jener Politik mehr. Es handelte sich um die erste Bombardierung von Zivilisten, um ein reines Massaker, das durch nichts gerechtfertigt werden konnte.

Lies du, sagte er gewöhnlich zu mir. Französisch war meine Muttersprache, und es fiel mir leichter, laut zu lesen. Aber an dem Tag waren vor mir ein paar Spanier gekommen und hatten ihm schon die Zeitung und das Foto gezeigt. Ich weiß, ich hab's schon gesehen, sagte er, als ich am 1. Mai aufgeregt mit *Ce soir* in der Tür erschien. Als ich die Zeitung in der Hand hielt und auf das Foto starrte, zitterte alles an mir vor Wut. Die Stimme und die Hände, und mir schien, sogar das Herz. Ich kann die Gleichgültigkeit, die Ohnmacht nicht akzeptieren! Wir müssen etwas unternehmen!, schrie ich von Sinnen, während José Bergamín verwirrt sein Gesicht mit einem Tuch abwischte und Picasso im Zimmer auf und ab ging. Beruhige dich, beruhige dich doch, sagte er wenig überzeugend zu mir oder zu sich, auch selbst sichtlich erschüttert über das Zeitungsfoto. Wenn ich etwas an ihm hasste, war es seine apolitische Haltung, beziehungsweise, wie er selbst behauptete, seine »andere Art des politischen Engagements«. Meine Überzeugung, dass jeder, und eben auch der Künstler, seine politischen Überzeugungen deutlich äußern und sich öffentlich engagieren muss, nannte er naive Ideologie. Das Engagement des Künstlers sei seinem Werk abzulesen – hatte denn nicht gerade er die Malerei revolutioniert? Hatte er den Bourgeois etwa nicht deren Vorstellungen vom Schönen, die goldenen Rahmen und die Ölporträts von Bankiers und Adligen ins Gesicht geworfen? Und seinen kommunistischen Freunden sagte er, natürlich sei er auf der Seite der Proletarier, ob man das etwa nicht an seinem Leben sehe? Den Republikanern erzählte er das Gleiche. Doch der Bürgerkrieg tobte, und sie verlangten eine Bestätigung, etwas Reelles, Engagement.

Ich erinnere mich, ich sank erschöpft auf einen Stuhl. Durchs Fenster drang Stimmengewirr von der Straße, der Himmel war kobaltblau, und der Sonnentag schien in einem unerträglichen Kontrast zu den Todesnachrichten zu stehen.

Ich bekam einen Anfall, einen meiner hysterischen Anfälle, l'*attaque*, wie dein Vater, pflegte Picasso zu sagen. Aber ich konnte nicht schweigen: Ich sagte, ich hätte im Kopf bereits einen Protestbrief aufgesetzt, eine Deklaration, ein Dokument, einen Beweis, dass wir hier, wenigstens einige von uns, etwas fühlen, mitfühlen, dass wir die Brutalität sehen und unsere Stimme gegen den Faschismus erheben. Aber das seien nur Worte, Worte, Worte … Ich sagte, ich könne so eine Million Wörter zu Papier bringen, damit sie aneinandergereiht eine Kette ergäben, die den Erdball hundert Mal umfasst, aber dadurch werde sich nichts ändern. Unsere Gruppe Contre-Attaque werde sich erneut treffen – wie oft haben wir das schon getan – und ich sähe uns schon den Text besprechen, schreiben, streichen, um Formulierungen ringen, während wir abwesend Rotwein trinken. Alle würden ihn unterschreiben, von Paul bis André, daran sei nicht zu zweifeln, und vielleicht werde ihn auch Picasso unterschreiben. Die Zeitungen, wenigstens Aragons *Ce soir*, würden unseren Appell veröffentlichen – unseren humanistischen, intellektuellen, künstlerischen Appell. Es handle sich nicht darum, dass Worte unwichtig oder unsinnig seien, obwohl sie die Umgekommenen nicht wieder lebendig machten. Doch in manchen Situationen seien sie eine zu schwache Waffe. Ob man zum Gewehr greifen solle? Oder zu einer anderen Waffe? Manche hätten das ja getan, sein Freund Apollinaire zum Beispiel. Welche Waffen stünden uns überhaupt zur Verfügung außer den Worten, diesen kleinen schwarzen Insekten, kleiner als Ameisen, aneinandergereiht auf Papier? Uns blieben vielleicht Bilder. Und Fotos, schau, drang ich in ihn und zeigte ihm das Foto in *Ce soir*.

Du darfst nicht mehr schweigen, schrie ich, dein Schweigen ist langsam unverzeihlich.

Im Atelier trafen immer mehr Leute ein, als hätten sie den Zeitungsnachrichten nicht geglaubt und verlangten eine Bestätigung von Picasso. Oder weil der Mensch in solchen Augenblicken nicht allein sein kann. Und obwohl niemand etwas Derartiges sagte, lag die Erwartung einer Reaktion von Picasso an diesem Tag besonders in der Luft. Am Ende zeigte sich, dass er nicht mehr zurückweichen konnte. Nicht so sehr wegen des äußeren Drucks als vielmehr wegen des bereits bestehenden Auftrags für die Weltausstellung, den er aufgeschoben hatte, weil er keine Idee gehabt hatte, was er malen sollte. Allerdings beeindruckte ihn das Foto mit den Folgen der Bombardierung, die erste visuelle Darstellung des Grauens, stark genug, um ihn zu *Guernica* zu inspirieren.

Der Anlass für *Guernica* war ein – Foto! Da er die Fotografie für »minderwertige« Kunst hielt, sah Picasso darin kein Zeichen. Nicht zu glauben, aber er machte sich diese Tatsache überhaupt nicht bewusst! Im Vordergrund des Schwarzweißfotos, das zwischen Farbresten, Haufen von Kippen und Gläsern auf dem Tisch lag, sahen wir menschliche Leichen zwischen Ruinen auf einem Platz liegen. Nein, es waren keine Tiere, Pferde oder Stiere darauf, wie sie später auf seinem Bild auftauchten. Auch keine Frauen – es war gar nicht zu erkennen, ob die durcheinandergeworfenen Leichen auf dem Foto weiblich oder männlich waren. Obwohl ich die ganze Zeit mit ihm zusammen war, kann ich nicht sagen, von wo diese Tierfiguren, die er malte, angestürzt gekommen waren. Offensichtlich konnte er den Tod, den Tod Spaniens, den er malte, nicht ohne die beiden Schlüsselsymbole, Pferd und Stier, ausdrücken. Auch nicht ohne Mütter und ihren Schmerz über den Tod ihrer Kinder. Am Himmel wiederum gab es keine Flieger, auch bemühte er sich nicht hervorzuheben, dass es sich um die Bombardierung spanischer Zivilisten durch die Deutschen handelte. Für ihn waren all das Details, unwichtig im Verhältnis zu den Opfern. Denn, wie er später erklärte, war die Ursache für Leiden und Tod der Krieg selbst.

Die Republikanische Regierung Spaniens hatte Picasso schon früher darum gebeten, ein Fresko für ihren Pavillon auf der Weltausstellung zu malen, die am 4. Juni in Paris eröffnet werden sollte. Er ließ sich ungern darauf ein, wie immer, wenn es sich um Aufträge handelte, er sagte, sie sollten ihm Platz freihalten, aber er hatte noch keine Idee, was er malen sollte. Ich wusste sehr gut, dass er es vermied, darüber nachzudenken, erst recht, Szenen zu malen, die mit der Revolution zu tun hatten. Man munkelte bereits, der größte spanische Maler sei womöglich ein verkappter Franco-Anhänger! Deshalb war er gezwungen, sein Ansehen zu verteidigen, und schrieb das Pamphlet *Traum und Lüge Francos*, das er mit Zeichnungen illustrierte, aber es stieß nicht auf die Resonanz, die er wahrscheinlich erhofft hatte, noch verschaffte es Picasso in Gänze die Reputation eines Republikaners und Antifaschisten.

Ich kannte seine Körpersprache. An der Art, wie er konzentriert auf das Foto schaute und mich anstarrte, während ich aufgeregt redete und die anderen um uns herum laut Details vom Massaker erzählten, erkannte ich, dass er im Kopf seinen Pinsel bereits in schwarze Temperafarbe getaucht und die ersten Striche gemacht hatte: von einem Frauenkopf, einem Pferd, Händen. Plötzlich sagte er entschlossen: Das Bild wird *Guernica* heißen! Sein Gesicht erhellte sich, er lächelte sogar und sah mich verschwörerisch an. Picasso zu einer Erklärung zu bewegen, war meine und Pauls Mission gewesen. Aufgeregt ging ich auf ihn zu und umarmte ihn, was nicht meine Gewohnheit war. Picasso sah mich an, erstaunt über meinen Gefühlsausbruch. Aber ich war so stolz! Als wäre ich es gewesen, die das Foto in Guernica gemacht hatte – nur damit er es sähe. Denn als ich ihn anschaute, begriff ich, dass er die Entscheidung aufgrund des Fotos gefällt hatte, von dem er den Blick nicht mehr abwenden konnte. Trotz seiner allgemein bekannten Verachtung und seinen Äußerungen, dass die Fotografie lediglich ein Ersatz für das Malen sei, weil jeder Fotograf in Wirklichkeit Maler sein wolle.

Und schon rannte er davon, um bei Castelucho im Geschäft für Künstlerbedarf, wo sein Bekannter Jaime Vidal arbeitete, eine Leinwand von der Größe 7,82 x 3,51 Meter zu bestellen. Die genauen Maße weiß ich, weil ich ihm geholfen habe, Höhe und Breite der Atelierwände auszumessen.

***

Zuerst arbeitete er an Skizzen. Doch das Papier war auf einmal zu klein, und es gab zu wenig davon. Die Skizzen sprossen, setzten einander fort, flogen im Atelier umher wie unheilverheißende Vögel, die schlechte Nachrichten bei sich tragen. Er arbeitete tagelang, als hätte er befürchtet, seine Idee könne sich verflüchtigen, wenn er sie nicht im selben Moment einfange. Als die Leinwand eintraf, war es nicht die, welche er gewünscht hatte, war die Qualität zu gut, und das ärgerte ihn. Aber er brannte darauf anzufangen, und so nahm er, was der Händler ihm besorgt hatte; nun war es ein Wettlauf mit der Zeit, weil es schon fast Mitte Mai war, und die Ausstellung in ein paar Wochen eröffnet werden sollte. Sonst arbeitete er ausschließlich auf billiger, schlechter Leinwand, weil er so die Bourgeoisie übers Ohr zu hauen gedachte, die schon damals selbst für den kleinsten Pinselstrich von ihm auf einem Stück billigen Leinen bereitwillig Riesensummen löhnte. Manchmal kam es mir so vor, als benähme er sich mit seiner Malerei wie ein Kind, das den Reichen schelmisch seine Kritzeleien als Kunst unterjubelt. Aber ich wusste, dass er sich und seine Arbeit zu ernst nahm, als dass das gestimmt hätte. Er konnte ironisch gegen sich selbst sein, aber er genoss es, die Narren, die zu fragen wagten, was auf dem Bild sei, zu tadeln, oder wie die Katze mit der Maus mit den Käufern zu spielen, indem er ihnen willkürliche Preise machte. Noch mehr genoss er es, wenn sie ihn als den wichtigsten modernen Künstler rühmten.

Zuerst musste die Leinwand im Atelier aufgestellt werden, was nicht leicht war, weil sie riesig war und nur schräg stehen konnte. Natürlich musste er auf der Leiter arbeiten, mit einem langen Pinsel, das sieht man auch auf meinen Fotos. Die Vorbereitungen dauerten lange. Es brauchte Zeit, bis wir alles so weit hatten, dass er überhaupt mit dem Malen beginnen konnte. Und dann: Wie oft hat er das Gemalte überpinselt und von neuem gemalt! Das erinnerte mich daran, dass es auch beim Fotografieren lange Vorbereitungen braucht, man muss den passenden Winkel wählen, das Licht so einstellen, dass es genau so fällt, wie ich es mir vorgestellt habe.

Ich war eigentlich aufgeregt, weil ich wieder das tat, was ich am liebsten mochte. Außer gelegentlichen Fotos von Freunden hatte ich lange nichts aufgenommen, keine Studie, keine surrealistische Montage. Das betrübte mich, aber zugleich wusste ich, dass ich keine Zeit zum Jammern hatte, denn ich musste mich selbst aufs Fotografieren vorbereiten, mit dem Atelier vertraut machen, Lichter verteilen, das Stativ aufstellen. Während ich mich damit beschäftigte, erfüllte mich eine solche innere Ruhe, wie ich sie seit der Zeit, als ich mich in die Dunkelkammer eingeschlossen und stundenlang Fotos entwickelt hatte, allein, in der Stille, nicht erlebt hatte.

***

Nie war ich so zufrieden gewesen wie in diesen paar Wochen. Wir arbeiteten gemeinsam jeden Tag vom Morgen bis zur Dunkelheit, beschleunigt, beinahe hysterisch, weil es keine Zeit gab für Pausen, für Gespräche mit Freunden und lange Abendessen. Paul, Zervos, Malraux, Cassou und andere Freunde kamen, aber die meiste Zeit verbrachten wir allein. Wir sprachen wenig. Mein Auge begleitete seine Hand in einer vollendeten Harmonie, in einem übereinstimmenden Rhythmus, in Stille, um einander nicht bei der Konzentration zu stören. Er zog sich fast festlich an, ein weißes Hemd, band sogar eine Krawatte um. Vielleicht weil ich fotografierte? Ich trug einen weißen Arbeitskittel und krempelte die Ärmel hoch, für meine übliche schwarze Kleidung und für Hüte, für Flirt oder Posieren war keine Zeit. Im Atelier war es angenehm still, und ich war vielleicht zum ersten Mal, seit wir zusammen waren, ruhig und zufrieden.

Jetzt fällt es mir schwer, diese Art der Zusammenarbeit detailliert zu beschreiben, dieses Gefühl, derselben Wirklichkeit, demselben Augenblick anzugehören. Vor allem war es das Gefühl von Harmonie, die nicht physischer Nähe entsprang, sondern dem Verständnis zweier Menschen, die gemeinsam schaffen. Wir kommunizierten über Blicke, Kopfnicken oder Handbewegungen. Ich fotografierte ihn auf der Holzleiter, wie er in einer Ecke des Ateliers hockte oder bei einer überraschenden Bewegung. Manchmal posierte er. Zwei Fotos mag ich besonders. Auf dem einen sieht er aus, als hätte er sich unverhofft zu mir umgedreht, und sein Gesicht drückt freudige Überraschung aus. Ich erinnere mich, es war gegen Ende unserer gemeinsamen Arbeit, das Bild war beinahe schon vollendet, und beide waren wir müde. Komm, nimm du auch mal den Pinsel, sagte er und reichte ihn mir halb im Scherz. Du weißt, die Meister der Renaissance hatten Schüler, welche die Bilder vollendeten. Stell dir vor, ich bin so ein Meister und du willst eine Stelle in meinem Atelier, dies ist die Prüfung.

Verlangte das einen gewissen Mut meinerseits? Ja, mir war bewusst, dass Picasso niemandem solche Aufgaben anvertraute, aber ich konnte trotzdem nicht zurückweichen. Es hätte ausgesehen, als wäre ich erschrocken. Natürlich nahm ich den Pinsel. Ich malte an einem Pferd weiter, wo er stehengeblieben war. Meine Hand war sicher, und die Striche waren gerade und gleichmäßig. Er zündete sich eine Zigarette an, stand hinter mir und sah mir beim Arbeiten zu. Er sprach nicht. Ich spürte seinen Blick auf meinem Rücken und seine Hand, als streichelte sie ihn. Ich beeilte mich nicht und hörte auf, als ich ein paar Striche gemalt hatte. Nicht schlecht, sagte er, du bekommst die Stelle.

Auf dem Foto, das ich gleich danach aufgenommen

habe, sieht man seinen Kopf über der Leiter hervorlugen. Und er hat darauf einen zufriedenen Gesichtsausdruck. Aber wegen der Art, wie das Licht fällt, kommen seine Falten stärker zum Ausdruck. Das Foto gefiel ihm, besonders seine Komposition. Trotzdem versäumte er nicht zu bemerken, dass er alt darauf aussehe.

Konzentriert auf die Leinwand, folgten unsere Körper und unsere Hände den Gedanken. In diesen Augenblicken empfand ich größere Zufriedenheit, als wenn wir miteinander schliefen. Da dachte ich, uns beiden stehe der Sex nur im Weg zu einem noch stärkeren Gefühl der Nähe. Denn wenn du diese andere Art Nähe empfindest, wird die körperliche Nähe nur zu einer oberflächlichen Manifestation der Beziehung, zu einer Berührung der Haut, aber keiner Berührung des Wesens.

Vielleicht fühlte ich mich so, weil Picasso, während er *Guernica* malte, nicht der Minotaurus war. Wir waren Liebende, aber beide auch Künstler und deshalb in gewisser Weise gleichberechtigt. In diesen Wochen, als ich sein Schaffen fotografierte, war ich ihm nicht untergeordnet. Wenigstens da nicht … Weil ich selbst schuf.

***

Von Tag zu Tag erschien mehr Schwarz auf seinem Bild. Auf der weißen Oberfläche mit der nur angedeuteten Zeichnung nahm das Dunkel immer größeren Raum ein. Es wurden immer mehr schreiende Menschen, zerstückelte Leichen und entsetzte Tiere, die vor der Finsternis zu fliehen schienen, bis Schwarz und Grau den ganzen Hintergrund überfluteten und drohten, von der Leinwand auf den Fußboden zu strömen und das Atelier, die

Treppen, die Straße, die Stadt zu überschwemmen, so dass wir alle in diesem Schwarz ertrinken. Doch auf meinen Fotos lächelt Picasso! Während er mit dem Pinsel Schwarz auf die Leinwand aufträgt, lächelt er in meine Kamera. Lächelt mich an, nur mich. Da war unsere Beziehung wirklich anders, ideal, soweit sich eine solche Beziehung zu Picasso überhaupt verwirklichen ließ.

Aber ein Vorfall wühlte mich sehr auf. Da er in diesen Wochen wegen *Guernica* keine Zeit hatte, Maya zu besuchen, begab sich Marie-Thérèse ins Atelier. Und dort traf sie mich an. Zum ersten Mal sah ich seine blonde Geliebte, die all seine Phantasien befriedigte, folgsam und sanft wie ein Spielzeug aus Plüsch. Er begrüßte sie wie ein Vater, der Schuldgefühle hat und sich auf die Schnelle ein Geschenk für das unzufriedene Kind ausdenkt. Er stand ganz oben auf der Leiter. Dieses Bild, *Guernica*, ist für dich, sagte er, wobei er mit einer weiten Armbewegung darauf zeigte. Marie-Thérèse verschwendete kaum einen Blick auf das riesige Gemälde und ließ die Details unbeachtet. Sie ahnte, dass Picasso sie mit diesem Geschenk, das ihr nicht besonders viel bedeutete, bestechen wollte. Sie dankte ihm nicht, wagte es allerdings auch nicht, ihn anzugreifen, mich aber schon. Ich habe eine Tochter mit diesem Mann. Der Platz an seiner Seite gehört mir. Gehen Sie, Sie haben hier nichts zu schaffen, fiel sie über mich her.

Ich war verdattert. Sie hatte ganz gewiss keine Ahnung vom Spanischen Bürgerkrieg, auch nicht vom Geschehen in Guernica. Politik interessierte sie nicht. Da es offensichtlich war, dass auch ich im Atelier zu tun hatte, dass ich fotografierte, versuchte ich ihr ruhig zu erklären, dass sie unrecht habe, denn ich hätte auf jeden Fall einen Grund, mit Picasso zusammen zu sein. Ich hatte ganz vergessen, dass Mädchenfrauen Entscheidungen nicht selbst treffen, sondern immer ihren Papa fragen. Wer von uns beiden muss gehen?, fragte sie ihn ganz ernsthaft. Ich gebe zu, ich habe meine Ruhe und Würde verloren, und ihr Benehmen hat mich wahnsinnig gemacht. Doch noch verrückter machte mich seine Antwort, eigentlich sein Urteil: Einigt euch untereinander. Ich hatte noch nicht einmal richtig verstanden, was er, mein Partner, gesagt hatte, als mich Marie-Thérèse angriff! Sie stieß mich, und ich fiel, nicht auf den Schlag gefasst, zu Boden. Sie warf sich mit ihrem ganzen Gewicht auf mich. Aus dem Augenwinkel sah ich Picassos Gesicht, sein ironisches Lächeln, während er auf der Leiter weitermalte und von oben den Ringkampf verfolgte. Es muss ein sehenswertes Spektakel gewesen sein, und eigentlich wundert es mich, dass er nicht lachte, laut klatschte und uns anfeuerte, als säße er im Zirkus in der ersten Reihe oder sähe sich in der Arena einen Stierkampf an. Zwei Ringerinnen, zwei Frauen, die vor ihm um seine Zuneigung kämpften. Marie-Thérèse war stark, jung, athletisch gebaut. Ich war geschickt und verstand es, mich zu entwinden. Es gab keine Siegerin, und wir blieben beide auf dem Boden, beschmutzt von Farbresten und Staub. Aber weil ich mich von ihr in eine Schlägerei hatte hineinziehen lassen, fühlte ich mich dennoch als Verliererin. Ich hatte meinen Stolz verloren.

Picasso tat alles, um meinen Stolz zu brechen, der ihm unendlich auf die Nerven ging. Heilige, Königin, so nannte er mich. Die Schlägerei mit Marie-Thérèse war eine unerwartete Gelegenheit. Ich grämte mich, und er triumphierte. Ich weiß, dass er seinen Freunden später von dieser Episode erzählte und es eine seiner Lieblingsanekdoten über mich war. Mich hatte allerdings nicht so sehr der Angriff der verrückt gewordenen Marie-Thérèse als solcher verletzt. Ich konnte sie, als ich mich gefasst hatte, sogar verstehen. Gekränkt hatte mich Picassos Reaktion. Er wollte sich nicht entscheiden, konnte nicht wählen. Er brauchte beide. Eigentlich war es ihm egal, wer von uns beiden gewinnen würde, weil ein »Sieg« keinerlei Sinn hatte. Über den Sieg entscheidet der Schiedsrichter, er, nicht wir, seine Bauern. Und damit ordnete er uns in dieselbe Kategorie ein. Ich fühlte mich gedemütigt, weil ich in diesem Kampf auf eine seiner Frauen reduziert worden war, er sich nicht herabgelassen hatte, mich, weil ich anders, weil ich Künstlerin, ihm näher war, zu bevorzugen. Es dauerte nicht lange, und aus der tapferen, unabhängigen Intellektuellen und Künstlerin wurde eine gewöhnliche verliebte Gans, die mit einer unwürdigen Gegnerin in die Arena ging und um seine Zuneigung kämpfte.

In diesen paar Wochen widmeten wir uns *Guernica* voll und ganz, als wären wir im Gefängnis. Es war mein liebstes Gefängnis, wie ein wunderschöner Ballon aus Seifenwasser, in dem wir hoch über den Dächern von Paris schwebten, unerreichbar und allein. Ich glaubte, Picasso gehöre mir, zumindest so wie er dem riesigen Bild gehörte. Aber plötzlich, noch während ich mich in der Illusion unserer Partnerschaft wiegte, würdigte er mich zu einer seiner Frauen herab.

Wie konnte das geschehen? Warum ließ ich mir das gefallen? Hatte er sich in die eine Person verliebt und mich bereits in eine andere verwandelt? Bestand die Herausforderung, die er in mir sah, darin, meinen Stolz, der mich über die anderen stellte, zu bezwingen und zu brechen? Wenn es so ist, hat er es geschafft. Von diesem Augenblick an begann ich um uns zu fürchten, begann ich daran zu zweifeln, dass das »Wir«, das ich bis dahin wie meine zweite Haut empfunden hatte, überhaupt existierte.

Wäre ich doch wenigstens gestorben, als wir mit der Arbeit an *Guernica* fertig waren! Denn anschließend begann meine lange Agonie. Nein, es war für mich keineswegs leichter, nur weil mir mein langsames Sterben noch nicht bewusst war.

Ich glaube, das Ende unserer Beziehung begann etwa mit dem Abschluss der Arbeit an *Guernica*. Denn nach *Guernica* und der Szene mit Marie-Thérèse fing ich an, mir Fragen über unsere Beziehung zu stellen. Nicht nur über unsere Liebes-, sondern auch über unsere Schaffensbeziehung, weil mich sehr quälte, ob er mich als Künstlerin anerkannte. Wenn ich später in Gedanken wieder und wieder zu den im Atelier verbrachten Tagen zurückkehrte, zu dem Augenblick, als er mich zu seiner Schülerin erklärt hatte und mich mit dem Pinsel sein Bild hatte berühren lassen, dachte ich, wie viel grausame Ironie doch in dieser Geste gelegen hatte. Zwar war er ein Genie der modernen Kunst, aber ich war nicht nur seine Schülerin. Ich redete mir ein, er habe lediglich gescherzt, weil er sich der Tatsache bewusst gewesen sein müsse, dass mein Beitrag nicht in den paar auf dem Bild gezogenen Strichen bestand, die Sabartés, sein Hund Kazbek oder irgendein anderer hätte machen können. Ohne mich hätte es *Guernica* vielleicht gar nicht gegeben – oder hätte zumindest anders ausgesehen. Wie lange hatte ich ihm nur zugeredet, dass er zum Krieg irgendwie Position beziehen müsse? Wie viel Zeit hatten Paul und ich aufgewandt, um ihn davon zu überzeugen, dass er die Einladung der Republikaner, bei der Weltausstellung mitzumachen, annehmen müsse? Wie lange hatten wir, während er an den Skizzen arbeitete, über die Motive und Symbole diskutiert, die auf dem Bild erscheinen sollten, und die seine eigenen, aber auch spanische sein mussten? Am Ende stellte sich dann doch heraus, dass Picasso auch beim Malen der Minotaurus gewesen war. Nur dass sein Begehren in diesem Augenblick nicht sexuell war. Damals habe ich es nicht gesehen, aber heute sehe ich, dass dieses Ungeheuer vorhatte, meine Kreativität und meine Ideen und meinen ganzen Inhalt auszusaugen, um dann schließlich nur noch die Schale auszuspucken. Und so blieb ich nach der Erfahrung mit *Guernica* leer zurück wie ein Schneckenhäuschen.

Guernica erlebte einen Triumph, wie ihn Picasso vielleicht gar nicht erwartet hatte, aber er passte sich ihm schnell an. Das Bild wurde gleich zum Meisterwerk, zum Symbol des Widerstands gegen das Böse erklärt. Und er brüstete sich später mit Erklärungen wie die Malerei sei »ein Instrument des Krieges … gegen die Brutalität und Dunkelheit«. Seine Malerei als Instrument? Er sah nichts Strittiges in seinen Worten, aber mir war es unangenehm. Nun hatten nicht nur seine Bilder, sondern auch seine Worte den Status der Heiligkeit erhalten.

***

Tatsächlich veränderte sich nach *Guernica* etwas zwischen uns, ich wusste jedoch noch nicht genau, was. Etwas war durcheinandergeraten. Nicht nur, dass unsere Beziehung nicht mehr dieselbe war, weil ich degradiert worden war, sondern auch ich selbst wurde ein anderer Mensch – passiv, depressiv, hilflos. Wie konnte das geschehen? Warum habe ich es zugelassen?, frage ich mich noch immer. Doch wenigstens begriff ich, dass ihm meine Kreativität nichts bedeutete, dass ich mich durch sie nicht von den anderen abhob. Am Anfang unserer Beziehung war sie Teil meiner Attraktivität, Teil der Herausforderung gewesen. Nichts mehr davon. Meine Fotografie nahm er nicht ernst, sondern empfand sie als unnötige Störung. Picasso wollte in mir keine Partnerin haben, sondern eine Frau, die sich ihm absolut unterordnen würde.

Trotzdem blieb ich bei ihm. Ich gaukelte mir vor, dass sich in unserem Alltag nichts geändert habe. Scheinbar war alles wie früher. Jeden Abend ging ich wie ein braves Mädchen nach Hause, in mein Zimmer, in mein Bett. Ich übernachtete nicht bei Picasso. Wir waren uns beide einig, dass es so besser sei, weil es uns mehr Freiheit lasse. Auch ich glaubte, so freier zu sein, und es fiel mir nicht schwer, nachdem wir im Atelier bis spät in die Nacht gemeinsam gearbeitet hatten, nach Hause zu gehen, vor Müdigkeit in mein Bett zu fallen und fest zu schlafen. Aber nachdem das Bild fertig war, bestand meine Freiheit zunehmend nur noch im Warten auf seine Einladung zum Mittag- oder Abendessen. Das Warten schlug mich in Fesseln: Wird er mich auch heute einladen? Zum Mittag- oder zum Abendessen? Wer wird dabei sein (selten aßen wir zu zweit), und wird es mir gelingen, mit ihm allein zu sein? Ich kann nicht sagen, ich sei nicht mehr frei gewesen, aber ich erlebte die Freiheit als Last. Doch sein Bursche Sabartés, der wieder bei ihm eingezogen war, sein Diener und Majordomus, Freund und Vertrauter, der genoss das Privileg, in seinem Haus zu schlafen, als erster sein Zimmer zu betreten, ihm Kaffee und die Post zu bringen und manchmal bis Mittag mit ihm zu plaudern. Aber es war zu spät. Ich konnte ihn nicht mehr verlassen. Und so wartete ich auf die seltenen

Augenblicke, die wir gemeinsam verbrachten, mich beglückten sogar Brosamen seiner Aufmerksamkeit.

***

Die ganze Zeit über teilte ich die Wohnung mit Maman. Julie war eine besorgte Märtyrerin, Opfer von Mann und Tochter. Deren Launen, deren cholerischem Charakter. Sie nörgelte, stritt mit mir, benahm sich, als wäre ich immer noch dreizehn Jahre alt und als könnte sie mich ohrfeigen, wann immer sie wollte. Freilich ging sie weiterhin »mit der Mode«, wie Vater sagte, der an das Geld dachte, das sie für Kleider ausgab. Er kam weiterhin für ihren Lebensunterhalt auf und unterstützte mich. Er sorgte für uns, wie Julie sagte, was voll und ganz in ihre Welt passte, in der Männer unverständlich und gefährlich und Frauen Opfer waren, die deswegen verdienten, von ihnen ausgehalten zu werden. Jetzt trug sie einfache Kleider und einer Matrone würdige Kostümchen. Ich konnte ihr nicht absprechen, dass sie Geschmack hatte und sich bemühte, modern auszusehen, aber modern war sie nicht. Ihr Interesse blieb beschränkt auf die Sorge um das tagtägliche Überleben, den Argwohn gegenüber Vater und die Unzufriedenheit mit der Tochter. Der Spanische Bürgerkrieg, die Veränderungen in Deutschland und auch die politische Lage in Frankreich, all das ging an ihr vorbei und interessierte sie ausschließlich auf der Ebene der alltäglichen Schwierigkeiten, des Lebensmittelmangels oder der Angst vor Bombardierungen. Ihre Tage verbrachte sie mit Besuchen, im Café, Geschäft, Kino. Am härtesten traf sie die Schließung der Kinos! Irgendwie blieb sie mental an diese Wohnung gefesselt, an die massive schwarze Anrichte – die ich natürlich geerbt habe und die jetzt an derselben Stelle im Esszimmer steht –, an die Spitzengardinen und das feine Porzellan, die Teppiche, die sie sorgfältig ausgewählt hatte, das Silber, das Schlafzimmer, in dem sie jahrelang in einem separaten Bett schlief.

Sie fragte mich nicht mehr, wohin ich ging oder wann ich kommen würde. Die Zeiten waren längst vorbei. Und Picasso erwähnte sie nicht einmal. Waren die Neuigkeiten und der Klatsch bereits zu ihr und ihren Freundinnen gedrungen, mit denen sie jeden Nachmittag Karten spielte? Und zum Café an der Ecke, wo sie gegen Abend saß, zur Friseurin, Schneiderin und Concierge? In ihrem kleinen Kreis hatten sicher alle etwas zu meiner Beziehung zu Picasso beizusteuern. Ich fragte nicht, dieses Thema mied ich.

Im Übrigen kannte ich ihre ewige hohle Phrase: Pass auf, du weißt doch, wie die Männer sind!

Wie sind sie denn, Maman? Sind sie alle gleich?, antwortete ich dann mit einer Gegenfrage.

Julie nickte wie gewöhnlich. Picasso, irgendein anonymer Student, ein Junge mit glatt zurückgekämmtem Haar – alle waren gleich. Männer.

Maman war oft traurig, weil mein Verhältnis mit Picasso, mein »Fall«, auch ihr Fall war, weil sie ihr Mädchen mit der Flucht aus Buenos Aires nicht hatte retten können, weil ihr Mädchen nie ein feines französisches Fräulein werden würde. Dafür war es zu spät. Sie war eine feine Geliebte geworden. Manchmal schrie Maman: Du bist wie dein Vater, starrsinnig, und zwar zu deinem Schaden. Ihr primitiven Slawen! Mit euch kann man nicht reden. Dann schlug sie die Tür zu und schloss sich in ihr Schweigen ein, was mir ganz recht war.

Sie brauchte mir, was Männer betraf, nichts vorzuwerfen. Vater lebte zwischen Paris und Buenos Aires. Wenn jemand mit der Ehe unzufrieden war, dann war sie es. Warum haben Sie sich nicht scheiden lassen, Maman? Wir Katholiken lassen uns nicht scheiden, das weißt du gut. Ja, Sie wahren die Fassade, lügen und sündigen, und dann beichten Sie und empfangen die Absolution. Ich kenne keine heuchlerischere Religion!, schrie ich sie an, wenn sie übertrieb. Schweig, lästere nicht, auch du bist eine getaufte Seele, gab sich Julie nicht geschlagen, ich glaube wenigstens an etwas, aber du? An die Destruktion, die Unmoral, die Anarchie! Wären wir nur in Buenos Aires geblieben. Aber ja, wenn wir geblieben wären und ich wenigstens einen reichen Reeder geheiratet hätte, wären Sie zufrieden, nicht wahr? Was kümmert Sie mein Leben, Sie denken nur an sich, pflegte ich die Stimme zu erheben, weil sie mir auf die Nerven ging. Doch unerwartet ruhig beendete Julie den Streit mit den prophetischen Worten: Dora, merk dir, alle denken nur an sich.

Wieder und wieder kehre ich zu dem zurück, was ich über Julie geschrieben habe, und denke, ich tue ihr mit jedem Wort unrecht. Auf dem Papier wirkt unsere Beziehung einfach, aber nichts ist weiter von der Wahrheit entfernt. Selbst Jacques hat mir nicht geholfen, sie in Worte zu fassen. Wie lässt sich das lösen?

***

Auch Vater war nicht zufrieden mit mir, aber er war wenigstens zurückhaltender. Wenn wir uns sonntags zum obligatorischen Mittagessen trafen, brach – solange ich noch mit Picasso zusammen war – manchmal angestauter Ärger aus ihm heraus. Dora, Dorica, du bist doch klug, schön, jung, begabt. Du hast beruflich etwas erreicht, dich selbständig gemacht. Warum wirfst du das alles weg, um mit diesem Maler zusammen zu sein? Nie mochte er den Namen des Mannes aussprechen, der schuld an der gescheiterten Karriere seiner begabten Tochter war.

Vater alterte in diesen Jahren irgendwie, obwohl er eigentlich nicht alt war. Er war ein großer und eleganter Mann, der den Frauen gefiel. Ich hatte zu viel Streit mit Julie, aus ihrem Mund zu viele Frauennamen gehört, um zu glauben, dass Vater ein Heiliger sei. In seinen Sechzigern hielt er sich noch immer gerade, und sein dichtes schwarzes Haar war nur leicht graumeliert. Er trug handgenähte Anzüge und Seidenkrawatten, Stock und Hut, wie ein Herr. Die Boheme verachtete er, hatte aber trotzdem meine Berufswahl unterstützt, weil er an mein Talent glaubte.

Und während er mich über den Tisch hinweg ansah, ernst, wie auch ich es war, ohne zu lächeln, genau wie ich – als wäre er mein männliches Spiegelbild –, war mir völlig bewusst, dass Picasso nur sieben Jahre jünger war als mein Vater. Sie gehörten derselben Generation an, nicht aber derselben Zeit. Trotz ihres ähnlichen Alters lebten sie in zwei verschiedenen Welten, die sich nur am Rande berührten. Auch ihre Werte waren unterschiedlich: Picasso war ein Wilder und brach Vaters moralische Prinzipien und Werte. Und wenn ich heute darüber schreibe, wo beide ja noch am Leben sind, kommt es mir vor, als läge vielleicht eine kosmische Gerechtigkeit darin, dass mein Vater, als Symbol des verachteten Kleinbürgers, die neue Zeit am Schicksal seiner einzigen, einzigartigen, begabten, geliebten Tochter erlebte. Die, seiner Auffassung nach, gefangen war vom Modernismus in Gestalt dieses skandalösen Scharlatans, der die Stirn hatte zu behaupten, er sei Maler. Als bedeuteten die astronomischen Preise, die Narren für seine Kritzeleien zahlten, dass er gut sei! Vater bedachte allerdings nicht, dass ich, was meine Fotos betraf, schon vor der Zeit mit Picasso von dem ihm verhassten Modernismus angesteckt gewesen war, eingeschlossen die radikalen politischen Positionen, vor denen ihm graute. Zeitgeist, Papa, verteidigte ich mich lächelnd. Dekadenz, antwortete er resigniert.

Er war über alles informiert, wusste ziemlich viel über Picasso, interessierte sich für Politik. Er verfolgte die Nachrichten, las Zeitung, aber unsere Meinungen gingen auseinander. Vater fürchtete sich vor der Ausbreitung des Faschismus. Dorica, sagte er einmal zu mir, ich denke es war 1939, als der Antisemitismus bereits um sich griff, wir haben einen seltsamen Nachnamen, und hier ist jeder seltsame Nachname a priori verdächtig. Egal, wo ich bisher gearbeitet habe, ich wurde wegen dieses Nachnamens als Jude abgestempelt. In normalen Zeiten spielt der Nachname keine Rolle, vielleicht weckt er sogar das Interesse der Menschen, aber jetzt muss man Angst haben … Den Leuten hier ist es ganz gleich, welchen Glauben wir Kroaten haben. Wir sind keine Franzosen. Obwohl Julie Französin ist, obwohl Frankreich deine Heimat ist, bist du wegen deines Nachnamens verdächtig. In einer Situation, wo Krieg vorbereitet wird, geht es zuerst Leuten wie uns, den Fremden, an den Kragen. Merk dir, was ich dir sage.

Ich merkte es mir, vor allem weil ich nie zuvor gehört hatte, dass Vater den Ausdruck »wir Kroaten« gebraucht hätte, und keine Ahnung hatte, ob das Ausdruck seines neuen, gerade erst erwachten Nationalismus war oder nur ein Zeichen der Angst. Oder vielleicht entsteht der Nationalismus ja aus der Angst?

Mein Problem mit Vater war nicht die Politik, auch nicht die Beziehung zu Picasso, obwohl er meinte, dieser sei schuld an meiner Situation. Vater hatte während des Studiums anstandslos für meinen Lebensunterhalt gesorgt, war auch für das Atelier in der Rue d'Astorg aufgekommen. Später, als ich in die Rue de Savoie umziehen wollte, erfüllte er auch diesen Wunsch. Nichts schlug er mir ab. So hatte ich für die Ausstattung des Ateliers, den Kauf von Material, die Bezahlung von Modellen, Reisen etc. mehr Geld zur Verfügung als ich brauchte. Nie zuvor im Leben hatte ich Geldsorgen gehabt.

Doch je länger die Beziehung mit Picasso dauerte, desto weniger Geld hatte ich, weil ich immer weniger arbeitete. Es war ein unangenehmes Gefühl für mich, da ich seit dem Abschluss meiner Ausbildung schon etwa zehn Jahre lang genug mit meinen Fotos verdient hatte, um selbständig zu sein. Aber Aufträge gab es immer weniger. Solange ich mit Picasso zusammen war, war ich als seine Geliebte berühmt, aber dieser Ruhm brachte mir keinen finanziellen Nutzen. Ich kann nicht behaupten, man hätte mich seinetwegen mit Aufträgen und Ausstellungsangeboten überhäuft, nicht einmal, nachdem die Fotos von *Guernica* veröffentlicht und gelobt worden waren. Manchmal, in einsamen und melancholischen Augenblicken, kam es mir so vor, als verschwände die Künstlerin Dora Maar, deren Image ich so geduldig aufbaute, nach und nach. Von Zeit zu Zeit wirkte ich bei einer Ausstellung mit, oder ein Foto von mir erschien in einer Zeitschrift. Das war gerade so viel, dass ich nicht aus der Welt der Fotografie herausfiel, die mich noch unlängst vollkommen in Anspruch genommen hatte.

Geld war immer weniger da, aber ich wollte mich noch immer nicht so erniedrigen, welches von Picasso zu verlangen. Ich bemühte mich, bescheiden zu leben. Manchmal gab Picasso mir Geld, aber nur dann, wenn es ihm in den Sinn kam. Olga musste um Geld bitten, Marie Thérèse auch. Ich wollte nicht bitten …

Meine Situation war absurd: Ich war über dreißig Jahre alt und konnte nicht selbst für meinen Lebensunterhalt aufkommen, lebte aber mit einem der angeblich reichsten Künstler der Welt zusammen! Meine Freunde redeten mir zu, ein paar der Zeichnungen und Bilder zu verkaufen, die er mir geschenkt hatte. Ich wusste, dass sie viel wert waren, aber sie zu verkaufen, fiel mir gar nicht ein, weil seine Werke für mich eine andere Art von Wert besaßen. Zudem konnte ich weder Vater noch ihnen sagen, dass mir Picasso zwar großzügig Zeichnungen und Bilder schenkte, ein Großteil aber nicht signiert war. Und ohne Signierung hätte ich nicht einen Bruchteil von ihrem eigentlichen Wert bekommen. Das heißt, ich hätte ihn zuerst um die Signierung bitten müssen. Es war die Art, wie er die Leute um sich herum, Frauen, Freunde, in Abhängigkeit hielt. Es konnte immer vorkommen, dass er ihnen die Signierung verweigerte. Und er tat es oft.

Wenn ich mit Vater zusammen war, musste ich für kurze Zeit in die Vergangenheit zurückkehren und wieder Dorica sein. Er konnte sich nicht daran gewöhnen, mich Dora zu nennen. Und wie früher in Buenos Aires drückte er mir nach dem Mittagessen wortlos ein Bündelchen Geldscheine in die Hand, ohne zu fragen, ob ich sie brauche. Damals hatte ich sie in der Konditorei oder im Kino ausgegeben.

Wenigstens fragte er mich nicht zu sehr aus. Am schlimmsten fand ich, dass ich mich vor ihm wie eine gewöhnliche Lügnerin fühlte. Armer Vater, noch immer glaubte er, ich hätte von ihm nicht nur Talent, sondern auch Beharrlichkeit und Disziplin geerbt. Aber ich hatte in der Zwischenzeit die Lust am Fotografieren verloren, was ich Vater aber nicht sagen konnte, nachdem er so viel Geld in das Atelier gesteckt hatte. Deshalb erzählte ich ihm etwas von einer Schaffenskrise. Er glaubte es dennoch nicht ganz. Eine Krise, was für eine Krise denn? Mach wieder Zeitungsfotos, geh auf Reisen, Dorica, die Welt ist ein aufregender und gefährlicher Ort, fürs Fotografieren wie geschaffen, jetzt ist deine Zeit. So viele Ereignisse müssen dokumentiert werden, und du bist gut in deinem Beruf, sagte er zu mir. Wie Picasso glaubte auch er nicht, dass die Fotografie eine Kunst sei. Aber die dokumentarische Fotografie war etwas anderes, sie war akzeptiert, sogar gelobt.

Picasso sagte das Gleiche, nur anders – er redete mir ein, es sei besser, mich ans Malen zu machen. Ich erinnere mich, er nahm mein Foto von Nusch in die Hände und sah es lange an. Diesen Moment habe ich mir gemerkt, weil ich mich wie ein kleines Mädchen fühlte, das vor seinen Eltern steht und sie für den Abend um Ausgang bittet. Ich bat um Eingang in die Kunst, bat ihn, mir aufgrund meiner Fotos ein Einreisevisum zu genehmigen. Picasso war ein strenger Polizist und Zöllner, dazu launisch.

Leg den Fotoapparat weg, Dora. Male! Fotografieren ist keine Kunst. Versuche etwas anderes.

Das war das Urteil: Du kannst hereinkommen, aber nicht mit diesem Gepäck!

Konnte ich mich wehren? Wenn ein solcher Richter ein Urteil fällt, ist es schwer, es anzufechten. Er ließ meinen Einspruch, dass ich gern fotografiere, dass ich die Welt gern durch das Kameraauge betrachte und so selbst meine Wirklichkeit schaffe, nicht gelten. Auf solche Argumente hin winkte er ab. Absichtlich vergaß er, dass er mich als Fotografin kennengelernt hatte. Und zwar in einem wichtigen Moment, als die Fotografie als solche im Wandel begriffen war, als sie schließlich die Schwelle des Realismus und Dokumentarismus überschritt und in neue Räume eintrat, in die Kunst, mit mir als einem der ersten Urheber. Ich denke, dieser Schritt der Fotografie vom Realismus hin zur Malerei nervte ihn am meisten. Es war eine Technik, die er nicht beherrschte, die aber in seinen künstlerischen Raum eindrang. Obendrein gehörte eine Frau der fotografischen Avantgarde an, keine beliebige Frau, sondern seine Geliebte. Was ihm an mir am Anfang interessant und herausfordernd vorgekommen war, was ihn zu mir hingezogen hatte, meine Kreativität und Originalität, begann ihn bald zu stören.

Leg den Fotoapparat weg, Dora!

Er versuchte sich auch selbst in der Fotografie, aber zuvor hatte er uns allen Lektionen gehalten, wir sollten den Beruf des Fotografen aufgeben! Geradezu unglaublich, aber er redete sogar Brassaï und Man Ray persönlich zu, diese »minderwertige« Art von Kunst sein zu lassen. Dieser ließ sich nicht davon überzeugen, mit dem Fotografieren aufzuhören, aber er begann sich zu verteidigen, dass es für ihn lediglich eine Art sei, seinen Lebensunterhalt zu verdienen! Dann griff Picasso, um uns zu zeigen, dass Fotografieren bloße Technik sei, selbst zur Kamera. Aber einen Fotoapparat oder einen Pinsel in der Hand zu halten, ist grundverschieden. Die Beherrschung der Fototechnik erfordert viel mehr technisches Wissen und Geschick, und das Verhältnis zum Licht ist ein völlig anderes. Als sich seine Fotos als durchschnittlich erwiesen, stieß ihn das noch mehr ab. Er hasste Durchschnittlichkeit. Er konnte es nicht ertragen, wenn er nicht in allem, was er anfing, der Beste war. Fotografieren konnten andere jedoch besser als er, und dessen war er sich bewusst.

Allerdings war seine Neugier unstillbar. Da ich das Fotografieren nicht gleich aufgab, versuchte Picasso zusammen mit mir, Fotografie und Malerei zu verbinden. Ihn interessierte alles Neue, und er wagte sogar in einer Technik, die er nicht genügend beherrschte, zu experimentieren. So stellten wir in der Dunkelkammer eine Zeitlang sogenannte Fotogramme und Fotogravuren her, auf denen sich Foto und Bild überlappten. Oder er intervenierte auf der Fotoplatte, das machte ihm Spaß. Natürlich stellte er mich in seinen Dienst, und ich brachte ihm einige Techniken bei, Malen mit Öl auf Glas zum Beispiel. Viele Jahre später erfuhr ich, dass diese Technik überhaupt nicht neu oder revolutionär war. In Kroatien nannte man das Malen mit Öl auf Glas »naive Kunst«, und es gab große Künstler, die auf diese erstaunlich effektvolle Art malten. Doch damals wussten wir nicht von ihnen. Als unsere Fotogravuren 1937 in den *Cahiers d'Art* veröffentlicht worden waren, lobte Man Ray ihn (nur ihn!) und nannte ihn einen »lebendigen Fotoapparat«. Aber Picasso kannte seine Vorzüge und Schwächen besser als er, und ich muss zugeben, er ließ sich von Mans Schmeicheleien nicht täuschen, obgleich es ihm wohltat.

***

Ich war gewillt, was auch immer zu arbeiten, wenn wir nur zusammenarbeiteten. Das war mir am wichtigsten. Die Art, wie wir Fotografie und Malerei verbanden, brachte mich zum Malen, und ich brauchte nur einen Schritt zu gehen, um die Grenze zu überschreiten und mich auf seiner Seite, auf seinem Territorium wiederzufinden. Es war ein falscher Schritt, denn auf diesem Territorium war er der Herr. Wir waren keine Partner mehr. Ich hatte einen Lehrer und Herrn, nicht nur einen Liebhaber. Hatte ich das gewünscht? Hatte ich davon geträumt? Im Tausch für den vollständigen Übergang zur Malerei wurde ich schließlich die Schülerin des Großen Meisters. Doch das Fünkchen von Achtung, das ich nach *Guernica* in seinen Augen genoss, schien mit jedem meiner Pinselstriche zu verglimmen. Denn meine Bilder aus dieser Zeit waren bloße Imitationen von seinen. Nachdem er mich unter seine meisterlichen Fittiche genommen hatte, was hätten sie da auch anderes sein können?

Von neuem begann ich zu malen, aber voller Zaudern und Bedauern, weil ich gerade in dem Moment, als ich mich als Fotografin behauptet hatte, aufhörte, eine zu sein. Wäre ich selbstsicher genug gewesen, hätte ich mich ihm widersetzen können. Aber vor mir stand der Gott der modernen Malerei, den ich bewunderte, der Mann, in den ich verliebt war. Und er versicherte mir, unter seiner Anleitung müsse auch ich malen. Zuerst verführte er mich als Frau, und dann auch als Künstlerin. Aber ich kann nicht die ganze Schuld auf ihn abwälzen. Er veränderte mich, weil ich zugelassen hatte, dass er mein Mittelpunkt wurde und nicht ich mein eigener, wie es jeder Künstler sein muss. Sobald der Mittelpunkt verschoben war, ging das labile Gleichgewicht in unserer Beziehung verloren, das ich bis dahin aufrechterhalten hatte, indem ich mein Territorium behauptete, darauf bestand zu arbeiten, nicht nur Geliebte zu sein.

Ich war nicht mehr die Frau in Schwarz mit dem steinernen Gesicht, die Etruskerin, die mutige und herausragende Künstlerin im Kreis der Surrealisten, die sich erlauben konnte, sich ohne sichtbare Folgen von Bataille zu entfernen. Ich war nicht mehr geheimnisvoll. Wurde immer gewöhnlicher, aber das spielte sich im Privaten ab. Auf dem Foto, das er von mir gemacht hatte, sehe ich ihn flehend an. Ich erinnere mich, ich bat ihn, mich nicht zu fotografieren, weil ich in dem Moment nicht Dora Maar war. Nicht einmal Adora. Verschreckt, in einem grauen Pullover, von Schminke keine Spur, von einem ruhigen Gesicht ganz zu schweigen. Meine Schultern sind eingezogen, was ein Zeichen ist, dass ich mich in mich selbst zurückziehe, als hätte ich vor etwas Angst. Vor seiner Kamera fühle ich mich nicht wohl, ich bin nervös, in meinen Augen sind Tränen zu erkennen. Die Wandlung der Dora Maar zu der Weinenden Frau wird bald vollzogen sein …

Habe ich wirklich so viel geweint wie seine Porträts suggerieren? Nach diesen Porträts zu urteilen, habe ich mich in die *Weinende Frau* verwandelt. Aber das erste derart tränenreiche Porträt hat er schon 1937 gemalt, in einer Zeit, als wir zusammen so viel gelacht haben! Dennoch findet sich mein Lachen auf keinem einzigen Porträt, das er von mir gemalt hat. Warum? So war die Zeit, die Spanische Revolution, der Krieg, schrieben die Kritiker später. Die tränenreichen Porträts von Dora Maar symbolisierten diese Zeit. Ich habe nichts dagegen, dass die Leute mein verzerrtes Gesicht und die Tränen als Symbole erleben, doch sie sind zugleich das intime Zeichen von Picassos veränderter

Beziehung zu mir. In der Art, wie er mich seit 1937 gezeichnet hat, steckt etwas mehr als allgemeine Symbolik. Das hat es schon früher gegeben: Das ist auch mit Olga geschehen. Ihre klassischen realistischen Porträts und Pastellzeichnungen verwandelten sich innerhalb weniger Jahre in von Trauer gezeichnete Gesichter. Auch Marie-Thérèse büßte auf seinen Bildern nach einer gewissen Zeit ihre Leichtigkeit, Heiterkeit und kindliche Entspanntheit ein. Und ich wurde vom ruhigen kurzhaarigen Mädchen am Strand langsam, aber sicher zu einer »Heulsuse«.

Es stimmt, ich schrieb ihm, wenn wir gestritten hatten, Briefe, in denen ich verzweifelt wiederholte: Bitte, vergib mir, ich werde nicht mehr weinen. Wie müssen ihm diese Worte, meine Bitten, meine Abhängigkeit, die offensichtlich, krankhaft geworden war und Pauls Besorgnis erregte, gefallen haben. Die Leute, die mich wie er von früher kannten, ahnten, dass so viel Unterordnung meinerseits kein gutes Ende nehmen konnte. Sie sahen, dass Picasso grob wurde, nach Mitteln suchte, mich zu erniedrigen, immer kälter wurde und sich immer weiter von mir entfernte.

Noch heute kann ich meine Porträts nicht aus der Distanz betrachten, sie so wahrnehmen wie alle Welt. Ich weiß, wie sie entstanden sind, weiß, wie er mich angesehen und was er zu mir gesagt hat. Und was noch schlimmer ist, ich weiß, was er über mich gesagt hat, wenn er sie anderen zeigte.

Wenn wir zusammen in der Öffentlichkeit auftraten, gelang es mir ungeachtet dessen, was sich in dem Moment zwischen uns abspielte, die äußere Ruhe zu wahren. Er tat alles, um meine Unterordnung öffentlich zu demonstrieren, aber ich wehrte mich. Wenigstens bemühte ich mich, einen solchen Eindruck zu hinterlassen. Bis zu dem Augenblick, als ich vom Tisch aufstand und für immer fortging. Aber bis dahin mussten noch ein paar Jahre vergehen, der Krieg, der Tod von meiner Mutter und Nusch. Jetzt denke ich, diese Porträts sind ein Zeichen, dass er einfach angefangen hat, mich zu hassen. Ich war zu kompliziert, anspruchsvoll, launisch. Er hatte mich satt.

***

Noch etwas veränderte sich nach *Guernica* zwischen uns. In seinen Augen wurde ich immer männlicher. Als er noch ein Kind war, in Spanien, hatten ihn alle Frauen, von denen er umgeben war, die Frauen in seiner Familie, geradezu vergöttert. In seiner Jugend vergötterten ihn die Prostituierten ebenfalls, wenngleich für Geld. Frauen, die selber Malerinnen, Schriftstellerinnen, Dichterinnen, Schauspielerinnen und Intellektuelle waren, traf er erst in Paris, und zwar relativ spät. Gertrude Stein beispielsweise schätzte er, sie waren Freunde, sie hatte ihn am Anfang auch finanziell unterstützt, aber seine Erwartungen an Frauen und sein Verhältnis zu ihnen waren längst schon definiert. In seiner Welt waren Gedankenreichtum und Intellektualität männliche Eigenschaften. Folglich war eine Frau, die männliche Eigenschaften besaß, eine Frau, die selbständig dachte, ungeachtet ihres Aussehens, in Wirklichkeit ein Mann. Obwohl ich zugeben muss, dass Gertrude tatsächlich wie ein Mannweib aussah.

Ich war nicht in sie verliebt, ich mochte sie wie einen Mann, sagte er zu seinen Freunden. Picasso hielt das für ein Kompliment, und am Anfang hatte er sich in Diskussionen über Politik oder irgendetwas anderes oft an meine Meinung angelehnt. War es daher nicht eine noch größere Herausforderung, aus einer solchen Frau ein weinerliches, flehendes armes Ding zu machen, nicht nur auf Bildern, sondern auch in Wirklichkeit? Ein Frauchen, das auf einen Anruf wartet, neben dem Telefon zittert und um Gnade, um ein einziges Wort fleht, und sei es auch ein Befehl.

Nacheinander verlor ich die Stützen, auf denen unsere Beziehung basierte.

Ich brauchte ihn mehr als er mich. Picasso wusste das gut. Je abhängiger ich emotional von ihm wurde, desto weniger gab er auf meine Meinung, als wöge er das auf einer präzisen inneren Waage ab. Ich fühlte, dass mein Intellekt, auf den er sich noch vor kurzem oft gestützt hatte, in seinen Augen an Wichtigkeit verlor. Warum? Weil er überzeugt war – und das sagte er mir auf verschiedene Arten auch –, dass eine Person wie ich, die mit Reflexionsvermögen ausgestattet sei, weil sie eine unter Frauen seltene Eigenschaft, »männlichen Verstand«, besitze, nicht in einem solchen Ausmaß von Emotionen abhängig sein dürfe. Sie dürfe nicht erlauben, dass Gefühle ihr Leben lenkten. Eine rationale, vernünftige, ernsthafte Person und ernsthafte Künstlerin, betonte er, darf sich nicht irrationalen Impulsen überlassen. Denn Gefühle sind immer auf andere gerichtet, das heißt, du erlaubst anderen, dein Leben zu bestimmen. Künstler müssen jedoch egoistisch sein. Sie müssen Zeit und Raum für sich erobern, und sie erobern sie, indem sie sie ihren Nächsten wegnehmen, anders geht es nicht. Außerdem sind Gefühle Ursache von Erniedrigung.

Er hatte recht. Als ich zuließ, dass er mich auf eine Frau, auf eine Geliebte reduzierte, verlor ich nicht nur meine Identität, sondern auch meine Individualität ebenso wie das Maß, wie viel Erniedrigung ich ertragen konnte.

Ich schreibe dies nachträglich, zur Besinnung gekommen. Damals schrieb ich ihm beispielsweise: Ich verabschiedete mich von meinen Freunden, und auf einmal, plötzlich fühlte ich mich glücklich. Erneut empfinde ich das Entzücken und alles, was du mir gegeben hast, wie früher. Und auf einmal bin ich so reich. Ich habe alles, was du mir geschenkt hast. Auch ist die Erregung, wie ich sie in der Jugend gespürt habe, von der ich geglaubt habe, sie sei für immer verschwunden, zu mir zurückgekehrt. Ich bin wie trunken, aber nicht vom Wein. Brenne darauf zu arbeiten. Und nun scheint mir, ich kann endlich lieben. Ich sehe das deutlich …

Damals war ich kein Teenager mehr, sondern eine reife Frau! Immer wenn ich es lese, frage ich mich nicht, in *wen*, sondern in *was* ich verliebt war. In den Künstler oder in die Person? Und warum konnte ich sie nicht trennen, wo ich doch selbst auf die gleiche Art in zwei Hälften zerrissen war? Von ihm als Mann bekam ich so wenig, nur Brosamen der Aufmerksamkeit, Gefühlsreste. Und vom Künstler? Ich erhielt Einblick in den Schaffensprozess. Doch damals verstand ich nicht, dass man die beiden Dinge im Fall von Picasso nicht trennen konnte und dass dieser Einblick, meine Anwesenheit in seinem Leben, ihren Preis hatte. Indirekt vermittelte er mir: Willst du mit mir zusammen sein, den Alltag mit mir teilen, da sein? In Ordnung, aber nur zu meinen Bedingungen, das ist die einzige Möglichkeit. Ich bestimme, ob, wann und wie du Zutritt hast, nur ich.

Jahrelang akzeptierte ich alle seine Bedingungen. Ich tröstete mich damit, dass er mich in gewisser Weise doch brauche. Wenigstens um beim Mittagessen Gesellschaft zu haben! Er hasste es, allein zu essen, er konnte es sich auch gar nicht vorstellen. Und ich war glücklich, wenn am Tisch im *Le Catalan* nur wir beide saßen und nicht das ganze Gefolge. Weil alle Freunde, Galeristen, Kritiker und Bekannten wussten, wo er zu Mittag aß und dass man ihn dort jeden Tag antreffen konnte. Er war nicht wählerisch, und wir aßen das Menü, das jeweils auf der Tageskarte stand, denn es war eine Zeit gekommen, in der es gar nichts zu wählen gab. An Getränken bestellte er nur Mineralwasser, und während wir beide dasaßen, unterhielt er mich, indem er aus Metalldeckeln die verschiedensten Gegenstände herstellte: Vögel, Medaillons, Ohrringe. Oder er brannte mit einer Zigarette kleine Löcher in eine Serviette, und plötzlich erstand in seinen Händen mein kleines weißes Hündchen wieder auf, der Malteser Bichon, und ich lachte, glücklich. Mit seinen Händen erweckte er Vögel, Hunde, Menschen zum Leben, er besaß eine unglaubliche Gestaltungskraft, eine göttliche Kraft, toten Dingen Leben einzuhauchen, und das hörte nicht auf, mich zu faszinieren. Ihm bereitete es Vergnügen, er spielte. Er konnte es nicht ertragen, wenn seine Hände ruhten. Im Atelier malte er, aber überall sonst fand er etwas, um die Hände zu beschäftigen, wie er sagte. Wenn wir am Strand waren, las er Steine, angeschwemmte Holzstücke, allerhand Gegenstände auf. Wo immer er sich auch befand, sammelte er wie ein Müllwerker Drahtreste, allerlei Blechgegenstände, Kartons, Zigarettenschachteln, Streichhölzer, Untersetzer, und daraus baute er später Skulpturen. Aus nichts schuf er etwas, vor meinen Augen, vor aller Augen. Es war ein zauberhafter Anblick.

Die Gegenstände, die ihn umgaben, verwandelten sich in Gestaltungsmaterial, und ihn in solchen Momenten zu beobachten, war unermesslich unterhaltsam. Außer wenn er mit den Menschen auf die gleiche Art verfuhr und ihr Leben nach seinen Bedürfnissen formte. Aber solange wir allein am Tisch im Restaurant saßen, war ich eine privilegierte Zeugin und genoss sein Spiel.

An den nicht enden wollenden Erniedrigungen war ich selbst schuld. Ich hatte nicht nur meinen Stolz verloren, sondern auch die Kontrolle über mein Verhalten.

***

Trotz meines absolut ruhigen Gesichtsausdrucks, meiner Fassade, die ich sorgfältig aufrechterhielt, erniedrigte ich mich immer mehr, nun schon nicht mehr nur vor ihm, sondern auch vor Marie-Thérèse. Ein Vorfall prägte sich in mein Gedächtnis ein: Der Krieg dauerte noch an, und die arme Marie-Thérèse musste Tag für Tag vom anderen Ende der Stadt ins Atelier kommen, um Kohle zum Heizen zu holen, die Picasso auf dem Schwarzmarkt beschaffte. Ich tauchte im Atelier auf, als sie ihm zum wer weiß wievielten Mal vorwarf, dass er sich noch nicht habe scheiden lassen, obwohl er ihr versprochen habe, sie zu heiraten. Er rechtfertigte sich, redete darum herum. Aber du liebst doch mich!, rief ich gekränkt. Obwohl ihm Marie-Thérèse mit ihrer Forderung auf die Nerven ging, obwohl ihm gar nicht einfiel, sie zu heiraten, selbst wenn er geschieden gewesen wäre, umarmte Picasso sie zärtlich vor mir und wandte sich theatralisch an mich: Du weißt doch gut, dass sie die einzige ist, die ich liebe!

Ich wusste, dass er das nicht dachte, dass es sich um eine Inszenierung handelte. Er hatte zu der Zeit ganz andere Sorgen im Kopf: Wo sollte er die Bilder aufbewahren, würden die Deutschen sie requirieren, waren seine Papiere in

Ordnung, würde ihn irgendjemand behelligen und ihn vom Malen ablenken. Die Frauen und das mit ihnen verbundene Problem, welche er weniger und welche er mehr liebte, von welcher er sich trennte und mit welcher er zusammenkam, existierten nur am Rande seines Interesses. Wäre ich die alte Dora gewesen, hätte ich zynisch gelacht. Hätte ich ihm gesagt, dass er niemanden liebe außer sich selbst, hätte ich mich umgedreht und wäre gegangen. Denn das wäre die einzig angemessene Antwort auf seine offensichtliche Lüge gewesen. Aber sein Verhalten mir gegenüber, noch dazu vor Marie-Thérèse, die ihm ausschließlich als Sexsklavin diente, machte mich wortlos, wehrlos. Am Ende war diese Frau so frech, mich aus dem Zimmer zu stoßen. Auch das ließ ich mir gefallen.

Du kannst dich nicht gegen Erniedrigung wehren, wenn grenzenlose Liebe zu jemandem sie dir auferlegt, sie ist unendlich. So dass es keine Erniedrigung mehr ist, sondern Selbstzerstörung.

***

Ich gab das Fotografieren auf, aber nicht das Arbeiten, ich stürzte mich in die Malerei. Was meine Kreativität betraf, war ich nicht ganz am Boden zerstört, obwohl ich mich fühlte, als hätte ich eine Amputation ohne Narkose hinter mir. Als wäre mir ein Auge ausgestochen worden – das meiner Kamera. Stattdessen begann ich zu malen. Eigentlich hatte ich ja in jungen Jahren zuerst Malkurse im Atelier des Malers André Lhote besucht. Erst später hatte ich mich für die Fotografie entschieden. So malte ich, als Picasso im Herbst 1937 die erste *Weinende Frau* malte, auch eine. Man könnte sagen, ich hätte ihn kopiert, aber das wäre nicht die Wahrheit.

Es war ein Versuch, mich für mein geraubtes Gesicht zu rächen. Picasso dachte, nur er könne mein Porträt malen. Aber ich konnte es selbst auch, und das demonstrierte ich ihm. Ich hoffte, er werde so einsehen, wie einfach es ist, in seinem Stil zu malen, das kann doch jedes Kind, sogar eine gewöhnliche Frau wie ich! Doch er würdigte mein Bild keines Blickes. Er malte einfach weiter weinende Frauen mit meinem Gesicht. Meine Bilder beachtete er nicht. Er hielt sie für bloße Imitationen seiner eigenen und nicht für einen Versuch, mein Gesicht wieder zurückzubekommen. Meine Idee war, dass ich, wenn ich schon auf ein Modell reduziert war, mein eigenes Modell sein wollte. Noch heute denke ich, dass ich, als ich dieses Selbstporträt malte, zu sagen versuchte, dass ich kein Symbol sein möchte, dass ich ich, Dora Maar, sein möchte. Es war ein vergeblicher Versuch, den ich später dann auch aufgab, und ich wandte mich anderen Motiven zu.

Er malte weiterhin meine Gesichter. Immerhin sind die Gesichtsausdrücke auf diesen Porträts verschieden, ruhig, traurig, ernst, mit dem Anflug eines Lächelns … Es gibt ein Foto, das Brassaï aufgenommen hat. Picasso steht, mit dem Rücken zum Betrachter, neben einem Dutzend aneinandergereihter Porträts von mir, sogar sehr ähnlicher, von ungefähr gleicher Größe.

Wenn ich dieses Foto betrachte, scheint mir eine andere Beobachtung am wichtigsten: Es fehlen die Tränen, die mich, wie er sagte, als Mater Dolorosa oder »Leidensmaschine« charakterisieren, was, wie er meinte, der gemeinsame Nenner für alle Frauen war. Und auf den meisten dieser Bilder erscheinen – Hüte.

Im Frühjahr 1938 malte er die *Frau auf dem Stuhl*, auf dem das Modell, ich, einen seltsamen, eigentlich komischen Hut trägt. Ich hatte Picasso gerade die Geschichte von Julie und ihrem Lädchen in Buenos Aires erzählt und dass ich mich damals in ungewöhnliche Hüte verliebt hatte. Später wurden sie eins meiner Markenzeichen, ein Teil meiner Persönlichkeit, der Aufmerksamkeit erregte. Trug ich in der Zeit, als er dieses Bild malte, vielleicht immer verrücktere Hüte? Redete ich mir so ein, das sei immer noch ich, während ich spürte, dass etwas in mir zusammenbrach und zerfiel? Soweit ich mich erinnere, nein. Der Zerfall der Persönlichkeit, der Wahnsinn, den der Hut für Picasso symbolisierte, ließ sich aus meiner Kleidung noch nicht erahnen. Die anderen um uns herum konnten bemerken, dass ich missmutig oder unzufrieden, manchmal frustriert war, was alles zu unserem Alltag gehörte, aber Zeichen für eine psychische Zerrüttung gab es nicht.

Möglicherweise malte der mit einer genialen Intuition begabte Picasso das, was erst noch mit mir geschehen sollte. Den Wahn, von dem äußerlich noch keine Spur zu erkennen war, die Bedrohung, die sich in der Zukunft verbarg, aber er ahnte, erkannte sie bereits irgendwo in mir. Er sah den Hut auf meinem Kopf, selbst wenn ich gar keinen aufhatte.

Wenn du so weitermachst, meine liebe Dorita, erwartet dich die Narrenkappe und nicht nur die Kappe, sondern auch die Zwangsjacke, sagte mir das Dora-Modell auf diesen aneinandergereihten, nur scheinbar unschuldigen Porträts. Denn bei Picasso gab es keine unschuldigen Porträts.

Ich erinnere mich, Jacques fragte mich einmal, ob ich meine Porträts denn aufmerksam angeschaut hätte. Ja, es reichte, meine Porträts aufmerksam anzuschauen. Er malte alles – meine Gegenwart und meine Zukunft. Zeigte mir all meine Gesichter, vom entzückten Mädchen am Strand bis zur Gefangenen des Minotaurus, zur Heulsuse, zur Trägerin närrischer Hüte und zum grotesken Kadaver, der keine weiblichen Konturen mehr besaß. Mir musste klar sein, was für ein Schicksal mich an seiner Seite erwartete. Nicht nur mir, sondern all seinen Frauen, die auf seinen Bildern den gleichen Weg zurückgelegt hatten. Nichts hat Picasso verborgen, deshalb kann ich ihn auch nicht der Lüge oder Verschleierung bezichtigen, obwohl es so leichter für mich wäre. Auch nicht der Verschwörung, ersonnen, um mich loszuwerden. Es gab keine Verschwörung, es gab weder eine Absicht noch einen Plan. Er hatte keine Lust, sich mit mir oder irgendwem sonst auf diese Art zu befassen. Nichts, was ihm Zeit zum Schaffen geraubt hätte, interessierte ihn. Er ist ein einfacher Mann, der spontan handelt und auf momentane Hindernisse nur nach einem Grundsatz reagiert: Eigennutz. Menschen wie Dinge traten in seinen Interessenkreis, weil er sie in gewisser Weise brauchte. Als ich das endlich begriff – aber ich begriff es natürlich zu spät, weil es mich zu sehr betraf und ich für sein Verhalten stets verschiedene unwahrscheinliche Deutungen fand –, war ich erleichtert. Nur waren wir da nicht mehr zusammen …

Ein Außenstehender hätte die zahlreichen Porträts für einen Erfolg meinerseits halten können. Ist es etwa kein Erfolg, wenn ein derart berühmter Maler wieder und wieder dasselbe Modell malt?

Vielleicht schon. Um die Wahrheit zu sagen, dass ausgerechnet ich auf dem Bild bin, stellte meine einzige Befriedigung und Belohnung dar. Aber es machte mich gleichzeitig unglücklich, weil ich nicht nur sein Modell sein wollte und ich mich jahrelang dabei aufgerieben hatte, ihm zu beweisen, dass ich nicht nur ein Modell war wie so viele andere in seinem Leben. In Wirklichkeit war ich jedoch immer mehr nur ein Modell, wenn auch immer unkenntlicher. Ein Modell, dem gleichzeitig das Schicksal bestimmt war, die Zeit zu symbolisieren, wie auf dem Bild *Sich kämmende Frau* von 1940, auf dem ich auch den Fall Frankreichs darstelle. Eine hässliche, grotesk zerstückelte Dora-Frankreich. Von der realen Dora, Dorita und Adora hatte ich den Weg zum abstrakten Kadaver zurückgelegt, im wahren und symbolischen Sinn. Wen hätte das nicht um den Verstand gebracht?

Vielleicht fragen sich die Leute, ob es zu unserer Uneinigkeit kam – sie war nicht nur eine emotionale zwischen Dora und Picasso, sondern auch eine berufliche zwischen zwei Künstlern –, weil ich ihm zu nahe stand, nahe genug, um zu glauben, ich sei nicht nur mit ihm zusammen, damit er mich ausnutzt? Ja, ganz gewiss. Aber der Grund lag tiefer. Wieder kehre ich zum Auge zurück: Ich habe nicht gesehen, weil ich nichts mehr hatte, womit ich hätte sehen können. In dieser Beziehung habe ich das Instrument zum Sehen verloren, die Fotokamera, mein Auge, das Kameraauge. Zwischen mir und ihm stand von meiner Seite aus nichts. Zwischen ihm und der Welt, ihm und jeder einzelnen Person, eben auch mir, stand die Leinwand. Wenn wir badeten und uns liebten, wenn wir aßen und schliefen, am Meer spazieren gingen oder uns unterhielten, war ich Dora, aber er war nicht Pablo, sondern Picasso. Darin lag der wesentliche Unterschied zwischen uns, der mein Leben veränderte.

Selbst wenn Picasso hätte Pablo sein wollen, er hätte es

nicht können. Schon seit seiner Kindheit existierte er nur in der Funktion seiner Kunst.

***

Ich erlebte mich schon eine Weile als Gefangene, aber noch nicht als Opfer. Wie der Zufall so spielt, half mir die Begegnung mit einer Künstlerin, die in einer ähnlichen Situation war, meine Lage zu verstehen.

Frida Kahlo ist eine Malerin und die Ehefrau des berühmten und viel älteren Muralisten Diego Rivera. Ich lernte sie kennen, als André Breton sie nach Paris einlud und ihr eine Ausstellung versprach, nachdem er ihre Malerei für surrealistisch erklärt hatte. Er war begeistert von ihren Motiven, Selbstporträts, dem leidenden Körper, den Bildern am Rand des Unterbewusstseins und wollte sie als seine Entdeckung vorstellen. Von der Einladung überrascht, aber neugierig geworden, reiste Frida aus Mexiko an. In Paris wohnte sie in diesem Winter bei den Bretons, in einem Zimmer zusammen mit der kleinen Aube. Bei ihnen herrschte immer Unordnung, Durcheinander. Vielleicht hatten sie auch kein Geld zum Heizen, so dass Frida ständig fror und am Ende eine schwere Entzündung bekam und im Krankenhaus landete.

Der Winter war kalt und die Ausstellung ein Fehlschlag. Der arme André hat nichts von meiner Malerei verstanden, sagte Frida, enttäuscht von der Konzeption der Ausstellung, weil André ihre Bilder zusammen mit Arbeiten mexikanischer Volkskunst, wie Papierschmuck in Form tanzender Skelette und Zuckerschädel, mit denen die Mexikaner den Tag der Toten begehen, ausgestellt hatte. Die uneingeweihten Besucher verstanden nichts. Frida konnte sich nicht an die snobistische Atmosphäre in den Pariser Künstler- und Intellektuellenkreisen gewöhnen und war enttäuscht vom Fehlen jeder ernsthaften Kritik. Sie konnte niemanden aus Bretons, eigentlich unserer Gesellschaft, ausstehen. Sie hatte den Eindruck, die französischen Künstler seien so von ihrer Größe überzeugt, dass es schon an Wahnsinn grenze. Auf den Surrealismus als Ideologie verschwendete sie nicht allzu viele Worte, das hatte nichts zu tun mit den Arbeitern, Bauern, der Revolution und den Ideen, die ihr damals wichtig waren.

Frida konnte es kaum erwarten, nach Mexiko zurückzukehren. Mit Jacqueline freundete sie sich allerdings gleich an. Frida brauchte nicht lange, um zu sehen, dass André Jacqueline die Rolle seiner Muse zugedacht hatte, was in ihrem Fall nur ein anderes Wort für Konkubine und Dienerin war. Jacqueline akzeptierte das nicht, was mit Scheidung enden musste. Ein Paradox des Surrealismus und der Dreißigerjahre war, dass sich Frauen damals, vielleicht zum ersten Mal, künstlerisch betätigen konnten, ohne als Prostituierte verdächtigt zu werden. Aber das bedeutete trotzdem nicht, dass die Kritik oder das Publikum sie ernst genommen hätten. Die Eroberung des sozialen Status schloss die Erlangung von Wertschätzung nicht mit ein. In dieser Hinsicht waren unsere Männer – Kollegen, Freunde und Liebhaber – am schlimmsten. Nicht weil sie an den Fotos von Lee Miller, an den Bildern von Leonor Fini oder an der Poesie von Valentine Penrose und schließlich meinen Arbeiten die Qualität nicht geschätzt hätten, sondern weil sie in uns allen zuerst Frauen sahen – also Musen – und erst danach kreative Wesen.

Als ich zu dem Treffen kam, zu dem mich Jacqueline eingeladen hatte, saß sie mit einer kleinen Frau, gekleidet in einen langen, weiten bestickten Rock, eingehüllt in einen großen Wollschal, im *Café de Flore*. Man hätte sich leicht täuschen und denken können, sie sei eine Bäuerin, die sich in ein Café verirrt, oder eine Sängerin, die für einen Auftritt ein folkloristisches Kostüm angezogen habe. Frida hatte ein schönes ovales Gesicht, zusammengewachsene Augenbrauen, die ihm einen ungewöhnlichen Ausdruck verliehen, und zu einem dicken Zopf geflochtenes Haar, der um den Kopf geschlungen war. Um den Hals hatte sie eine Kette aus Papierblumen. Ich kenne Ihre Malerei wie auch die Ihres Mannes, wandte ich mich auf Spanisch an sie. Auf ihrem Gesicht blitzte ein Lächeln der Erleichterung auf, sie war glücklich über die gemeinsame Sprache. Doch sie winkte ab. Ach, lassen Sie die Malerei, sagen Sie mir lieber, wie ich mich wärmen kann. Sollen wir einen Tequila bestellen?, schlug sie vor. Ich zog meine Wollhandschuhe aus und schenkte sie der durchgefrorenen Frida, die sie gleich überstreifte. Sie sind sicher keine Französin, sagte sie. Schon, aber nicht genug, antwortete ich. Wir tranken und lachten an diesem Nachmittag, während sich durch die angelaufenen Fenster des Cafés die frühe Winterdunkelheit herabsenkte. Es war mir gelungen, sie zu wärmen.

Aber Fridas Geschichte war ganz anders als meine. Über Frida Kahlo, die in meinem Alter war und deren Malerei mich wegen ihrer unermesslichen Expressivität beeindruckte, erfuhr ich das meiste von Jacqueline, die mir, nachdem sie unlängst mit André aus Mexiko zurückgekommen war, von ihr und Diego erzählte. Dort hatten sie Trotzki und seine Frau Natalja (über die sie anscheinend nicht viel zu sagen hatte) getroffen, und während André von seinen Gesprächen mit Trotzki und Diego, bei dem sie zu Gast gewesen waren, berichtete, sprach Jacqueline nur über Frida. Über ihre phantastischen Kostüme, die Blumen im Haar, ihre Liebhaber, aber am meisten über ihre »brutale Malerei des Schmerzes«, wie sie sie nannte. So erfuhr ich, dass sie als junges Mädchen einen Unfall gehabt und so schwere Verletzungen davongetragen hatte, dass sie kaum am Leben geblieben war, aber fortan hinkte. Doch das hinderte sie nicht am Malen, im Bett, während sie monatelang im Gipskorsett lag. Sie hat geschafft, was wir nicht geschafft haben, sagte Jacqueline zu mir, wobei sie an sich, an mich, an Sylvia dachte. Sie ist nicht nur trotz der Krankheit, die sie zum Thema ihrer Malerei gemacht hat, sondern auch trotz Diego Malerin geblieben. Gewiss, der Maler warf seinen gewaltigen Schatten auf sie, drohte, sie als Malerin ganz in den Schatten zu stellen. Jede Künstlerin mit weniger Ausdauer und schwächerem Willen wäre ihm erlegen und in seinem Ruhm untergegangen. Frida gab nicht auf. Vielleicht gerade weil sie so schwer krank war, dass sie nichts zu verlieren hatte. Sie begeisterte sogar Picasso, natürlich eher als pittoreske und exotische Frau denn als Malerin. Sie bezauberte ihn derart, dass er ihr ein paar wundervolle Ohrringe in Form von Händen schenkte. Diese mochte sie sehr.

Frida gab sich ihrer Liebe zu Diego nicht ganz hin, sie wurde keine Gefangene wie ich. Sie blieb um den Preis, dass Diego sie betrog, an den Rand drängte, sich von ihr entfernte, ganz sie selbst. Ich denke, sie hatte Angst, mit ihrer Krankheit allein zu bleiben, und ging deswegen Kompromisse ein. Aber in einem gab sie nicht nach: Nie hörte sie auf zu malen.

Wir trafen uns noch einige Male, und dann rief mich

Jacqueline eines Tages an und sagte, Frida sei ins Krankenhaus gekommen. Sofort machte ich mich auf den Weg zu ihr. Frida saß auf Kissen gestützt, mit einem Zeichenblock in den Händen, da. Eingehüllt in ihren großen Schal, kam sie mir noch kleiner vor. Ich umarmte sie. Sie empfing mich herzlich, gut gelaunt. Das Fieber und die Schmerzen sind schon im Abklingen, sagte sie fröhlich zu mir. Sie wirkte nicht erschöpft auf mich. Mach dir keine Sorgen, es geht mir hier gut! Besser als bei den Bretons. In Krankenhäusern habe ich so viel Zeit verbracht, dass ich schon daran gewöhnt bin. Es ist warm, sauber, ruhig. Obwohl das Essen schlechter als Schweinefutter ist, kann ich wenigstens in Ruhe nachdenken, Skizzen machen, lesen. Alle sind nett zu mir und rücksichtsvoll. Nein, Diego fehlt mir nicht. Ich schreibe ihm Briefe, ziehe her über euch alle hier, und das macht mir Spaß.

Wie beneidete ich diese Frau mit dem zerschlagenen Körper! Sie lag in einer unbekannten Stadt im Krankenhaus, unter unbekannten Menschen, allein. Beklagte sich nicht. Über ihren Mann, von dem sie wissen musste, dass er wahrscheinlich wie früher, wenn sie im Krankenhaus war, ein neues Modell, ihre eigene Schwester eingeschlossen, »porträtierte«, sprach sie ohne Bitterkeit. Mit einem kleinen Taschenspiegel in der einen und einem Bleistift in der anderen Hand machte sie eine Skizze für ein neues Bild – noch ein Selbstporträt – und sang leise eine Melodie auf Spanisch, ich denke, das Liedchen, das ihr Picasso beigebracht hatte.

Frida, wie hältst du das aus, sag, wie schaffst du das?, hätte ich sie fragen sollen. Vielleicht hätte sie es mir gesagt. Aber vielleicht gibt es ja kein Rezept. Ist wirklich jede einzelne von uns Künstlerinnen auf der Suche nach einem

Weg zu überleben, ohne allein zu bleiben, sich selbst überlassen? Wieso müssen nur Frauen ihre Kraft und Entschlossenheit in der Kunst beweisen? Das frage ich dich, aber du antwortest nicht, hörst nur zu. Das reicht mir nicht, Jacques!

Außer dem gleichen Alter, der Künstlerlaufbahn und dem Leben mit einem älteren bekannten Maler verband uns noch etwas. Weder sie noch ich konnten Kinder haben. Sie hatte es versucht, aber aus ihrem Leib waren wie auf ihrem Bild *Henry Ford Hospital* nur blutige Plazentastücke herausgekommen. Ihr Unterleib weigerte sich, ein Kind in die Welt zu setzen, wie oft sie es auch, sogar um den Preis ihres Lebens, versuchte. Frida konnte nur Bilder gebären. Und ich weder Kinder noch Fotos – noch Bilder. Oder vielleicht doch Bilder? Wir beide, meinte Picasso, seien keine richtigen Frauen, weil eine Frau, die nicht Mutter sei, gar keine Frau sei. *Mientras no haya sido madre no podra saber lo que es se una mujer* – sagte er. Auch sie hatte das geglaubt und sich ein Kind mit Diego gewünscht. Mir bedeutete Mutterschaft nicht so viel. Vor allem nicht, nachdem ich gesehen hatte, dass ein Kind meine Freundinnen wie Jacqueline davon abhielt, sich dem zu widmen, womit sie sich beschäftigen wollten, während es die Männer einfach nicht kümmerte. Aber ich war nicht berechnend genug, um den Misserfolg, wenn ich schon nicht gebären konnte, mit meiner Zerrüttung zu rechtfertigen. Hätte ich diese Rolle etwa nicht spielen können? Daran hinderte mich mein Stolz. Ich konnte kein Mitleid ertragen, schon gar nicht von denen, die ich als mir nicht ebenbürtig erachtete.

Je weiter ich mit dem Manuskript komme, desto mehr stolpere ich über meine Eitelkeit. Ich muss mir eingestehen, dass mir nicht bewusst war, wie eitel ich bin. Hat Picasso das gesehen und mit mir gespielt, indem er mich absichtlich demütigte? Hat Jacques versucht, mich dazu zu bewegen, mein Problem selbst einzusehen?

Ich nahm ihr den Block aus den Händen und zeichnete Frida im Krankenhausbett. Als ich ihr die Zeichnung reichte, gab sie sie mir zurück. Behalt sie als Erinnerung an mich. Dann flocht ich ihr ein paar Blumen aus dem Strauß, den ich ihr mitgebracht hatte, ins Haar. Genau diese Blumen, deine, werde ich auf das nächste Porträt malen, sagte sie. Aber ich sah sie nicht mehr wieder. Sie kehrte nach Mexiko zurück.

***

Bald war Paris besetzt, und wir zogen nach Royan. Krieg oder nicht, Picasso musste weiterarbeiten und fand einen ruhigen Ort in der Provinz. In diesem Sinn war er eher praktisch als prinzipiell. Seine Mutter, Doña Maria, war in ihrem 83. Lebensjahr an Darmverschlingung gestorben. Er ging nicht auf die Beerdigung, obwohl er es hätte können, denn Barcelona, das bald danach fiel, war noch in republikanischer Hand. Hatte er Angst vor den Faschisten? Oder wollte er seine werte Person nicht den möglichen Unannehmlichkeiten aussetzen? Man konnte ihn nicht danach fragen. Über Tote wurde nicht gesprochen, auch nicht über seine Mutter.

Es ist leicht, Picasso als einen besessenen Egozentriker zu bezeichnen. Aber dieser Mensch hat einen Dämon in sich, der ihm keine Ruhe lässt und ihn daran hindert, anderen etwas von seiner Zeit oder seinen Gefühlen zu schenken, nicht einmal seiner Mutter, Schwester oder den Kindern. Seine Mutter wusste das, wahrscheinlich auch sein Vater, weil sie es ihm niemals übelnahmen, dass er sie vernachlässigte. Er schuf unaufhörlich. Und wenn er daran gehindert wurde, und sei es nur vorübergehend, beispielsweise durch Krankheit, verfiel er in eine Depression. Schaffen war für ihn die einzige Art zu existieren. Bei jeder Unterbrechung schien sich ein Abgrund aufzutun, der ihn zu verschlingen drohte. Als stünde ihm der momentane Tod bevor. Sogar die Krankheit anderer ängstigte ihn, und er bemühte sich, nicht nur die Berührung mit Kranken zu vermeiden, sondern auch jedes Gespräch darüber. Krankheit war für ihn ein Zeichen der Schwäche, der persönlichen Schwäche. Ungeachtet dessen, um wen und um welche Krankheit es sich handelte, ob um seine Mutter, seine Kinder, seine Geliebten. Die Verantwortung für meinen psychischen Zusammenbruch wälzte er auf mich ab, dann gab er mich in Jacques' Hände: Du bist Arzt, jetzt bist du für sie zuständig. Er konnte es sich nicht einmal vorstellen, mich im Krankenhaus zu besuchen, Händchen haltend neben mir zu sitzen und mit besorgtem Gesichtsausdruck meine Stirn zu berühren. Nein, nein, er würde bereitwillig jemanden bezahlen, der es an seiner Stelle tat, als wäre es einerlei, wer neben der Kranken sitzt, als wäre es eine unangenehme Pflicht und nicht ein Zeichen von Sorge und Liebe. Picasso hat keine Zeit für diese Banalitäten.

Deshalb war das Problem, sobald man mich im Krankenhaus aufgenommen hatte, für ihn gelöst. Nicht nur, dass ich nicht mehr seine Sorge war, sondern ich erhielt auch offiziell den Status einer Patientin, der mich noch weiter von ihm entfernte. Obwohl er sich mir gegenüber schon vorher verhalten hatte, als wäre ich ein wurmiger Apfel, als wäre etwas Verdorbenes, Verbrauchtes in mir. Meinen Wahn hatte er schon gesehen, als ich ihn noch gar nicht ahnte, seine Bilder bezeugen es. Die Krankheit diente ihm den anderen gegenüber als offizielle Entschuldigung für die Verstoßung einer Wahnsinnigen.

Das Jahr 1939 war ein schlimmes Jahr für ihn: Im Januar starb seine Mutter, dann fiel Barcelona, darauf Madrid ... Und mitten im Sommer, als wir in Antibes waren, erreichte ihn die Nachricht, dass sein alter Freund, der Galerist Vollard, ums Leben gekommen war. Vom Rücksitz im Auto war ihm eine schwere Frauenskulptur von Aristide Maillol in den Nacken gefallen und hatte ihn getötet. Diese schreckliche Symbolik beeindruckte Picasso zutiefst. Es wollte ihm nicht gelingen, den Schatten des Todes abzuschütteln, der ihn zu begleiten, der den Krieg anzukündigen schien. Er streifte am Strand umher, allein oder mit Sabartés, oder ging auf Flohmärkte, von wo er undefinierbare, formlose weggeworfene Eisen-, Holz-, Gummistücke mitbrachte, die in seinen Händen zu Skulpturen werden sollten.

Nach Royan zogen wir einen Tag, bevor der Krieg erklärt wurde. Die Amerikaner boten Picasso an, wie die Bretons zu ihnen zu kommen. Er konnte sich das nicht einmal vorstellen, aber nicht aus politischen oder ideologischen Gründen. Es gab zu viele praktische Probleme und Komplikationen, die ihm Zeit geraubt hätten. Aber in dieser Ablehnung lag auch Selbstgewissheit: Er glaubte, schon so berühmt zu sein, dass ihn die Deutschen in Ruhe lassen würden, wenn er sich in ein Loch verkroch und schwieg. Und es stellte sich heraus, dass er recht hatte.

Wir wohnten im *Hôtel du Tigre*. Ich erinnere mich, als ich neben ihm erwachte, war mein einziger Gedanke, dass wir jetzt allein sein würden. Endlich allein. Wie hatte ich mich nur getäuscht! Denn bald entdeckte ich, dass er Marie-Thérèse und Maya ohne mein Wissen im Nachbardorf untergebracht hatte.

Natürlich kümmerte es ihn nicht, dass es unmöglich war, an einem derart kleinen Ort eine Begegnung zu vermeiden. Ihm war es wichtig, uns beisammen zu halten und jeden Moment zu ihnen gehen zu können, um sie zu sehen. Das vermittelte ihm das Gefühl, die Kontrolle über die Situation zu haben. Ich blieb im Hotel und malte eigensinnig schlechte Bilder, aber das war mir egal. Ich brauchte Routine, etwas, an dem ich mich in meiner Unsicherheit festhalten konnte. Ich hatte Angst und fühlte mich vernachlässigt, und durch das Malen rettete ich mich selbst. Noch nicht einmal da begriff ich, dass Schaffen der einzige Weg ist, vor ihm zu fliehen.

Picasso war eigentlich am liebsten allein und mietete sich deshalb ein Atelier, zu dem mir, aber auch Marie-Thérèse, der Zutritt verboten war. Seltsamerweise arbeitete er wenig, hauptsächlich trieb er sich auf Flohmärkten herum und sammelte »Material«. Für ihn war alles Material, vom gewöhnlichen Müll bis zu den Menschen. Ich sah, dass er beunruhigt war. Es lag an der unabsehbaren Situation. Er war immer so, wenn er spürte, dass er die Kontrolle verlor.

***

Während dieser Zeit machte ich in Royan eine andere Art von Krise durch, die nichts mit dem Krieg zu tun hatte. In Royan erschien auch Jacqueline mit Aube, und Picasso machte sie mit Marie-Thérèse bekannt, bald gingen die beiden mit ihren kleinen Mädchen, Maya und Aube, die gleichaltrig waren, in den Parks und auf den Straßen spazieren. Meine Freundin und meine Feindin gemeinsam auf einem entspannten Spaziergang! Jacqueline schien nicht zu begreifen, wie sehr mich das kränkte. Aber es gab einen zusätzlichen Grund, weshalb ich mich ausgeschlossen fühlte. Zum ersten Mal war es wegen der Kinder. Vor der Abreise nach Royan hatte ich erfahren, dass ich unfruchtbar bin. Am Tag davor hatte ich in einer Praxis gesessen und gehört, wie mir der Arzt mit mitleidiger Stimme sagte: Ich muss Ihnen leider sagen … Im ersten Moment beleidigte mich sein Herangehen – wie konnte er es nur wagen vorauszusetzen, dass diese Nachricht traurig für mich sei? Ich wollte nie Kinder haben, antwortete ich von oben herab und ging. Die Wahrheit ist allerdings, dass ich mich, wenn ich die beiden Frauen in Royan betrachtete, als Verliererin fühlte.

Keinen Augenblick hegte ich den Wunsch, ein Kind mit ihm zu haben, aber ich gebe zu, nicht gebären zu wollen, wenn es deine Wahl ist, und nicht gebären zu können, ist doch nicht das Gleiche. Und deshalb hatte ich wegen dieser Diagnose Minderwertigkeitsgefühle gegenüber Jacqueline und Marie-Thérèse. In Picassos Augen war ich weniger Frau als die beiden, als alle Frauen, die gebären können, und das wurde mir schmerzlich bewusst.

Jacques würde mich jetzt bestimmt fragen, ob wir über meine Diagnose gesprochen haben. Nein, wir haben nicht darüber gesprochen, das hatte keinen Sinn. Nach den gemeinsam verbrachten Jahren ahnten wir beide den Grund, warum ich nicht schwanger wurde. Es war zu spät für ein Gespräch. Es hätte ausgesehen, als rechtfertigte ich mich dafür, dass ich keine Kinder bekommen kann, und das wollte ich nicht. Meine Position als Verliererin verschlimmerte sich zusätzlich, denn ich sah mich selbst schon mit seinen Augen: Eine Frau ist keine Frau, solange sie keine Mutter ist. Natürlich dachte ich, unsere Beziehung hätte sich vielleicht doch anders entwickelt, wenn wir ein Kind gehabt hätten. Die physische Verbindung wäre geblieben, geblieben wäre seine Spur in der Zeit, in mir, zwischen uns. Marie-Thérèse glaubte genau das, dass Picasso ihr gehöre, dass sie seine einzig wahre Liebe sei und alle anderen nur vorübergehende Abenteuer. Er ging einmal in der Woche zu ihr, um mit Maya zu spielen. Damals kam es mir so vor, als wäre ihre Beziehung nur wegen des Mädchens lebendig. Denn was konnte er in Marie-Thérèse anderes sehen als die Mutter seines Kindes? Worüber unterhielten sie sich überhaupt? Sie war eine junge, ungebildete Frau, an seiner Kunst, seinen Freunden, Ideen nicht im Geringsten interessiert. Sie war selbst wie ein großes Kind, vertrauensselig und völlig abhängig von ihm. Sie liebte ihn bedingungslos. Wie seine Mutter, Schwester, Tante, Großmutter es taten. Ich bin sicher, er ging eben wegen dieser Art bedingungsloser Liebe zu ihr.

Beneidete ich sie? Sicherlich um die Sorge, die er ihr entgegenbrachte, nur weil sie die Mutter seines Kindes war. Und noch etwas sah ich in Picassos Bindung an Marie-Thérèse. Sie arbeitete nämlich nicht. Ich weiß nicht, ob sie, bevor sie gebar, irgendwelche Interessen gehabt, womit sie sich befasst, wovon sie geträumt hatte. Sie war ihm ja im Alter von gerade einmal siebzehn Jahren begegnet! Aber mit der Geburt des Kindes erlangte sie den Status der Mutter, und wie meine Mutter Julie brauchte sie nicht mehr darüber nachzudenken, wie sie ihren Lebensunterhalt verdienen sollte. Sie machte die Mutterschaft zu ihrem Beruf. Im Unterschied zu meiner Freundin, der Malerin Jacqueline, die Aube mehr oder weniger ihrem Vater überließ, weil sie andere Dinge interessierten, weil sie selbständig, interessant, lebendig war. Das Kind diente ihr nicht als Rechtfertigung für künstlerische Abstürze.

Das absolute Gegenbeispiel ist Olga, mit der Picasso den Sohn Paulo hat und die ihm heute überhaupt nichts bedeutet. Eine verrückte Frau, die seine anderen Frauen auf der Straße bespitzelt und anhält, um sie darauf hinzuweisen, mit wem sie es zu tun haben. Eine Irre, winkte ich arrogant ab, als sie mich einmal vor dem Haus erwartete und mir bis zum Atelier folgte. In einen schwarzen Samtmantel gekleidet und einen Hut mit Schleier auf dem Kopf, als trauerte sie um jemanden, wirkte sie, als wäre sie soeben aus einem Lädchen im Quartier Latin gekommen, wo getragene Kleider verkauft werden. Als sie mich mit ihrer knochigen Hand in einem schwarzen Netzhandschuh am Ärmel zog, schien es mir, als röche sie nach Staub. Ihr bereits faltiges, aber schönes Gesicht war von einer dicken Puderschicht bedeckt. An diesem Morgen hatte sie sicherlich lange vor dem Spiegel gestanden, womöglich hatte sie sich auf die Begegnung mit mir, der neuesten Geliebten ihres offiziellen Mannes, eigens vorbereitet. Sie kam mit ihrem Gesicht ganz nah an meins heran: Fräulein, Fräulein, gehen Sie nicht dorthin! Er ist kein guter Mensch, ich kenne ihn. Sehen Sie nur, was er aus mir gemacht hat, eine Bettlerin, Wahnsinnige, verlorene Greisin. Denken Sie etwa, Sie werden besser davonkommen? Warum denken Sie das? Ich weiß, nur weil Sie jung sind.

Aber glauben Sie mir, er wird eine noch jüngere finden, er lebt von uns Frauen, er nährt sich von uns!

Sie ließ meinen Ärmel nicht los. Ich musste jeden Finger einzeln lösen, um mich zu befreien. Ich hörte sie noch, als ich schon um die Ecke verschwunden war, ihre Stimme klang wie das Winseln eines Hundes.

Eine Irre, sagte ein paar Jahre später auch Françoise über Olga, als diese sie am Kai anhielt, wo sie mit dem kleinen Claude im Kinderwagen spazieren ging. Warum hören wir einander nicht an, warum glauben wir einander nicht? Weil jede von uns denkt, gerade sie sei die Richtige, sie sei diejenige, die ihn ändern werde.

Heute hätte ich manchmal gern ein Kind, wenigstens als Rechtfertigung für meinen künstlerischen Misserfolg. Es wäre leichter für mich. Ich weiß, es ist egoistisch, aber so habe ich keinen einzigen Grund für mein Scheitern. Erneut quält mich ein Gefühl der Leere. Meine Hände sind leer. Ich habe kein Kind, habe keine Kamera, habe nichts. Die ganze Verantwortung liegt nur bei mir. Ich kann Picasso beschuldigen, so viel ich will, aber die Frage bleibt: Warum hatte ich nicht die Kraft, mich ihm zu widersetzen, als ich sah, dass er mich in einen Fußabstreifer verwandelte? Warum fotografierte ich nicht weiter? Warum hatte ich nicht die Kraft, aus dem Loch herauszukommen, in das ich gefallen war?

Die Künstlerin und die Frau – beide kämpften in mir ständig um die Übermacht. Die Künstlerin nahm Picasso nicht ernst, und die Frau verschliss er rasch. Nach sieben Jahren ununterbrochenen Kampfes mit ihm war ich erschöpft. Was von mir blieb, war ein Lappen, mit dem er den Boden wischte. Später, viele Jahre später begriff ich, dass ich mich selbst nicht ernst genommen hatte, dass ich in der Kunst nicht genug aufgegangen war, sonst wäre ich nicht eingeknickt, hätte ich nicht völlig vor ihm kapituliert. Das war mein erster Fehler. Der zweite war, dass ich eine Partnerschaft und nicht nur eine Liebesbeziehung wollte und glaubte, das lasse sich verwirklichen. Aber ich war ihm nicht gewachsen. Seine Mutter, Doña María, wusste gut, dass seine einzige wahre Liebe die Malerei ist. *El amor era su pintura*, sagte sie. Aber auch auf sie habe ich nicht gehört …

***

Als wir 1941 nach Paris zurückkehrten, er mit seinem Auto, ich mit dem Zug, war es das erste Mal, seit wir zusammen waren, dass ich so reiste. Ich fühlte mich als verbannte, zweifache, vielfache Verliererin. Mir war klar, dass ich vom Thron gestoßen worden war. Meine Papiere lauteten auf einen verdächtigen Nachnamen. Picasso überlegte nicht, dass jeder deutsche Soldat meinen Ausweis verlangen und an meiner Rassenreinheit zweifeln könnte. Im Abteil, in dem ich saß, setzte sich mir auf einmal ein junger deutscher Offizier gegenüber. Er sprach kein Französisch. Er wandte sich mit ein paar Worten, die er konnte, an mich. *Mademoiselle, vous êtes française?*, fragte er mich. Mein erstarrtes Gesicht verzog sich zu einem verführerischen Lächeln. Ich nickte, *oui, je suis française*, wobei ich das letzte Wort wie *Francesa* aussprach. Ich glaube nicht, dass er den Unterschied in der Aussprache wahrnehmen konnte, und noch weniger konnte er wissen, was dieses von française abgeleitete Wort in Buenos Aires bedeutete. Aber vielleicht ließen ihn ja schon mein Lächeln, meine Bereitschaft, seine Vermutung über meine Nationalität zu bestätigen, und meine Angst, die sich tief in meinem Bauch verbarg, seine Bedeutung erahnen: Prostituierte. Und ich spielte sogar in diesem Moment, wo ich vor Angst verging, frech mit meiner Identität, als hätte ich Georges vor mir und nicht diesen blauäugigen jungen Mann in einer feindlichen Uniform.

Diese Zugfahrt machte mir bewusst, dass ich in Verhältnissen, die sich plötzlich schwierig und gefährlich gestalteten, mir selbst überlassen war. Meine Rechte wurden zunehmend eingeschränkt, aber ich behielt weiterhin den Status der Geliebten, hatte Zutritt zum Atelier, zu seinem Gefolge, zu ihm, zu seinem Bett, und das war jetzt das Einzige, woran mir lag.

Es war sehr kalt in diesem Winter. Ich erinnere mich, wie viel Zeit wir darauf verwendeten, Kohle und Essen zu beschaffen. Wir saßen bei ihm im Atelier, er arbeitete natürlich, bis seine Finger steif waren. Dann nahm ich seine Hände in meine und wärmte sie mit meinem Atem. Oder er stellte sich hinter mich und schob sie unter meine Kleidung. Unser Atem gefror, das Zimmer roch nach Feuchtigkeit und seinen Zigaretten, ich wickelte mich fest in einen Wollschal, zog die Beine auf dem Sofa an und nahm eine Pose ein, die einer Dame sehr unwürdig ist. Die Besucher kamen wie üblich jeden Nachmittag, traten zusammen mit einem neuen Stoß kalter Luft ein. Alle, die schon drinnen waren, schrien mit einer Stimme: Tüüüür! Abends gingen wir unbedingt in ein Lokal, bis zur Sperrstunde. Ich erinnere mich, wie meine Holzabsätze beim Gehen auf dem Pflaster hallten. Es gab keine Schuhe in den Läden, ich trug Holzklumpen. Picasso zog seine fingerlosen Wollhandschuhe nicht aus. Ohne Mantel konnte er es aushalten, aber nicht ohne diese Handschuhe. Trotz Krieg waren wir in Paris mehr zusammen als in Royan. Und doch spürte ich, wie wir uns immer mehr voneinander entfernten.

Als wir in Paris ankamen, begann das panische Verpacken der Bilder. Am wichtigsten war, die Bilder sicher aufzubewahren! Paul Éluard, mein und sein lieber Paul, wurde mobilisiert, während Picasso alles mobilisierte, um seine Bilder in Sicherheit zu bringen. In einen Banktresor selbstverständlich. Ich kann nicht sagen, dass ich ihm das verübelt hätte, aber das Missverhältnis zwischen der Sorge um andere und der Sorge um sich selbst faszinierte mich immer wieder aufs Neue.

Ruhe war ihm am wichtigsten, seine schöpferische Ruhe. Aus diesem praktischen Grund wurde er 1944 Mitglied der Kommunistischen Partei. Ich nahm das nicht ernst. Wie hätte ich es auch können? Ich war eine politisch engagierte Linke, trat aber trotzdem nicht in die Partei ein. Die Mitgliedschaft in der linken Gruppe Contre-Attaque hatte mich von der Ideologie kuriert. Mein bester Freund Paul war ein harter Kommunist, ja – aber Picasso? Im Unterschied zu Paul war er Anarchist und Katholik, doch keinesfalls Kommunist. Aber die Mitgliedschaft diente ihm als Schutzschild. Nach dem Krieg wurde die Kommunistische Partei eine starke und mächtige Organisation, die ihre Leute zu schützen wusste. Und ihren Reichtum, würde ich hinzufügen. Ich kann nicht vergessen, dass er gelegentlich erklärte: Meine Partei sind meine Bilder!

Im Unterschied zu Picasso und vielen anderen nahm ich politische Prinzipien und Überzeugungen ernst. Dora, sei nicht so ernst, sagte er oft zu mir. Picasso, das kann ich ruhig sagen, trieb im Gegensatz zu mir Handel mit seinen Überzeugungen. Ich sage nicht, dass er etwas Böses gemacht hätte, dass er damit jemandem direkt geschadet hätte. Er hatte einen Namen, die Kommunisten waren glücklich, dass er sich zu einem der ihren erklärte, und ihnen war nicht wichtig, ob er ein Gläubiger war, wie zum Beispiel Aragon, oder nur ein Mitläufer. Er malte die Friedenstaube für sie, saß auf ihren Kongressen und gab allgemeine Phrasen von sich, wie man sie von solchen Personen auch erwartet, und als Gegenleistung bekam er seine Ruhe, die Garantie, dass ihn niemand behelligen würde, keine Polizei, Verwaltung, Finanzbeamten, Staatsbediensteten und ähnliche Quälgeister.

Für seine Ruhe tat er noch schlimmere Dinge ... Er log, vernachlässigte seine Kinder, war grausam zu seinen Freunden. Wenn ich nur an Max Jacob denke! Alle wissen, dass Max an Lungenentzündung im Konzentrationslager Drancy starb. Aber Picasso hatte die Petition für seine Freilassung nicht unterschrieben, die, sobald er als Jude von den Deutschen interniert worden war, auf Initiative von Jean Cocteau viele angesehene Künstler unterzeichnet hatten. Er erklärte etwas Dummes wie: Unser Max ist findig, er wird sich schon etwas einfallen lassen, um herauszukommen. Es ist schwer, das überhaupt zu glauben, geschweige denn zu verzeihen ...*

So etwas über einen 1944 internierten Juden zu sagen, bedeutete, dass ihm entweder nichts an dieser Person lag oder er sich der Gefahr nicht bewusst war. Vielleicht konnte er ihn ja wirklich nicht retten, aber er hat es gar nicht erst

* Dora schrieb auch Poesie. Am Rand dieser Seite notierte sie mit einem gewöhnlichen Stift die folgenden Verse, die anscheinend nachträglich in das Notizbuch geschrieben wurden: Schon lange, kein Freund, / Kein Passant. / Gehe allein. Rede allein. (Anm. d. Hrsg.)

versucht, obwohl ihm bewusst war, dass seine Fürsprache sowohl die Okkupationsmacht als auch die internationale Presse beeindruckt hätte. Ich fürchte, Picassos Beweggründe waren in diesem Fall niedrig und unmoralisch. Ihm lag natürlich etwas an Max, und er war sich der Gefahr völlig bewusst, der nicht nur die Juden, sondern Ausländer überhaupt, ich eingeschlossen, ausgesetzt waren. Desto mehr oder gerade deshalb wollte es Picasso einfach nicht riskieren, sein Verhältnis zu den Okkupanten zu gefährden. Denn sie ließen ihn in Ruhe. Der bekannteste Vertreter der »dekadenten« Malerei auf der Welt senkte den Kopf und schwieg, und die Okkupanten rührten ihn nicht an, außer soweit es notwendig war, ihn davon in Kenntnis zu setzen, dass sie ihn beobachteten. Das Schlimmste, was ihm passierte, war eine Frage, die ein Nazi-Offizier in seinem Studio an ihn richtete, nachdem er ein Foto von *Guernica* bemerkt hatte: Stimmt es, dass Sie das gemalt haben? Nein, das waren doch sicher Sie!, antwortete ihm Picasso »frech und mutig«, wie er sich später selbst lobte. Ich würde nicht sagen, dass es ein bewusst geschlossener Pakt mit dem Feind war. Diese Situation erwuchs seiner Natur: Er war gewillt, einen hohen Preis zu zahlen, nur damit man ihn in Ruhe arbeiten ließ. Später stellte sich heraus, dass er mächtige Beschützer in der Regierung Pétain gehabt hatte. Nie verzieh ich ihm sein Verhalten gegenüber Max …

Man kann nicht behaupten, er habe sich jemals durch Tapferkeit hervorgetan. Weder 1914, als sich Apollinaire freiwillig zum Militär meldete, noch während des Bürgerkriegs, als er nicht den Mut aufbrachte, seine Mutter zu besuchen! Er ging auch nicht auf ihre Beerdigung. Seine spanischen Freunde haben sich das gemerkt. Meiner Meinung nach ist er weder tapfer noch ein Feigling, weil beide Begriffe moralische Verantwortung einschließen. Er ist neutral. Aber es gibt Situationen, in denen du gezwungen bist zu wählen, und wenn du die falsche Seite wählst, heißt das, du handelst unmoralisch.

***

Vater verließ Paris an einem frühen Morgen im Dezember 1940, ohne Julie und mich eingeweiht zu haben. Ich vermute, er hat es uns verheimlicht, weil er dachte, so werde er uns beiden, besonders Julie, ein Drama ersparen. Er hasste die Gefühlsergüsse, die Maman auf ihn niedergehen ließ. Aber Maman litt ohne ihn dennoch sehr, weil das Alltagsleben ohne Gas, Kohle, Verkehrsmittel, bei Lebensmittelknappheit schwer war. Darüber schrieb sie ihm regelmäßig lange Klagelieder.

Aber vielleicht waren die Gründe für so viel Heimlichkeit ganz praktischer Natur. Vielleicht hatte er verdächtige Personalpapiere? Obwohl er kein Jude war, weiß ich, dass er Angst hatte, weil er sagte, alle Ausländer seien im Krieg verdächtig, und Frankreich hatte kurz vor seiner Flucht das Zeichen J auf den Ausweisen von Personen jüdischer Herkunft eingeführt. Um meine Papiere hatte er sich rechtzeitig gekümmert und im Juli desselben Jahres geregelt, dass ich einen Pass des Königreichs Jugoslawien bekam. Darin stand, ich sei Malerin und Fotografin und unter »besondere Kennzeichen« hieß es, ich sei Arierin und Katholikin, was während des Kriegs die Rettung bedeutete. Vater, der sein ganzes Leben außerhalb der Heimat verbrachte und, wo immer er lebte, Ausländer war, war sich dessen bewusst. Oft bemühte er sich, mir meine unsichere Lage als französische Staatsbürgerin mit verdächtigem Nachnamen vor

Augen zu führen, aber damals glaubte er, mit diesem Pass habe er mich vor Verfolgungen durch die deutsche Okkupationsmacht geschützt. In Briefen schrieb er uns von seinen Überlegungen, dass wir alle drei nach Argentinien ziehen sollten, nicht nur der Sicherheit wegen, sondern auch weil es dort viele Frauen gebe, die sich mit Kunst, Innendekoration und Ähnlichem befassten. *Das wäre gut für unsere Dorica*, schrieb Vater an Julie. Er ist noch heute davon überzeugt, dass mir die Beziehung mit Picasso eine glänzende Karriere kaputt gemacht hat. Vielleicht hat er recht, aber das kann ich ihm nicht eingestehen! Besser für ihn, er glaubt, seine Tochter sei nur durchschnittlich.

Für Maman waren der Krieg und Vaters Weggang ein idealer Anlass, sich Sorgen zu machen, nicht nur um mich, sondern auch um ihn. Und natürlich, um noch mehr zu beten. Neben Vater und mir war die Religion vielleicht der einzige Fixpunkt in ihrem Leben. Die Gebete fungierten als tägliches Ritual, ich könnte sogar sagen als tägliche Hygiene wie Zähneputzen oder regelmäßiger Stuhlgang, als etwas, was man tun muss, weil sonst die Welt untergehen würde. Ich weiß, das klingt vulgär. Aber Maman hinterfragte nichts, dachte nicht über ihr Verhältnis zu Gott nach. Ihr kam es auf das Ritual an. Vielleicht lässt sich ihre fanatische Religiosität am besten mit militärischer Disziplin vergleichen, die vorschreibt, dass Befehle nicht hinterfragt, sondern ausgeführt werden. Maman »führte die Gebete aus«, und das half ihr zu überleben. In schweren Augenblicken flüchtete sie sich noch mehr in den Glauben, manchmal dachte ich, es fehlt nur noch, dass sie zur Flagellantin wird.

Wir zwei lebten in zwei verschiedenen Welten, wenn auch noch immer zusammen, an derselben Adresse. Bis sie eines Tages, kein Jahr nach Vaters Weggang, einfach zusammenbrach und regungslos liegen blieb. Ich war zu der Zeit bei Picasso, es war am späten Nachmittag, als das Telefon klingelte. Wir redeten miteinander, sie war etwas böse auf mich. Am schlimmsten für mich ist, dass ich mich überhaupt nicht an die Details des Gesprächs erinnern kann! Ging es um Schuhe, die ich für sie von der Reparatur hätte abholen sollen, oder um Kartoffeln oder Kohle – das waren keine unwichtigen Themen, wie es heute scheint – oder um etwas, was mit ihrer Arznei gegen Kopfschmerzen zu tun hatte? Sie hatte schreckliche Kopfschmerzen. Ich weiß nur, dass ich etwas für sie hätte besorgen sollen und es nicht getan hatte. Ich rechtfertigte mich, sie wies mir nach, dass ich im Unrecht war, ihre Stimme wurde schrill, eine Oktave höher, so dass sie mich irritierte. Danach hörte ich ein Geräusch, das ich noch heute höre. Während ich in den Hörer sprach, hörte ich von der anderen Seite ein dumpfes Geräusch, wie wenn etwas Schweres auf einen Holzboden fällt. Maman, Maman, antworte mir, schrie ich, aber sie antwortete nicht. Sie ist wegen des Streits böse auf mich, dachte ich. Nicht zum ersten und nicht zum letzten Mal.

Noch elender fühle ich mich, wenn ich mich an dieses Geräusch erinnere, wie ein fernes leises Röcheln, und dass es sicherlich ihr letzter Atemzug war. Ich weiß, ich habe darüber bereits geschrieben, aber in mir steigen immer wieder aufs Neue Zweifel auf, ob ich in gewisser Weise für ihren Tod verantwortlich bin. Als ich das Jacques gegenüber erwähnte, sagte er: Was meinst du mit du bist – verantwortlich? Kannst du beschreiben, was du empfindest? Aber ich wich der Frage aus. Ich weiß genau, wie es war. Als Julie in den Hörer schrie, empfand ich einzig Wut.

Wie lange noch werde ich mir ihre Befehle anhören müssen?, dachte ich. Natürlich war ich erleichtert, als sie verstummte. Nein, ich wagte ihm nicht zu sagen, dass ich aufgeatmet hatte, als sie verstummt war, und ich mich deswegen noch heute gräme. Und das brachte mich auf den Gedanken, dass meine Besuche bei ihm nicht allzu viel Sinn hätten.

Vater verließ uns, und bald darauf starb überraschend Julie. Max Jacob kam um, auch Nusch verstarb. Wie mit all den Verlusten fertig werden? Ich spürte, wie sich der Schmerz in meiner Brust zusammenballte. Ein merkwürdiger Schmerz, als würde mein Herz von einem Dornenkranz eingeschnürt, der immer stärker ins Fleisch stäche, und Blut flösse aus meinem Herzen, wodurch ich immer ohnmächtiger würde. Auf den Bildchen, die die Armen in Buenos Aires vor den katholischen Kirchen für Kleingeld verkauft hatten, umrankten Dornen die Herzen von Jesus und Maria. Und auf einmal wurden diese Bildchen, die ich als Kind voller Angst angeschaut hatte, weil ich mir das Leiden vorgestellt hatte, vor meinen Augen wieder lebendig. Vielleicht auch wegen Frida und der Dornen auf ihren Bildern. Auf einige von diesen Bildchen waren Blutstropfen gezeichnet, wie auf kirchliche Kruzifixe. Ich blutete innerlich. Der Schmerz war zeitweise so stark, dass ich aus mir fliehen musste, um mich zu retten.

Nachbarn trafen mich einmal sitzend auf der Treppe in meinem Haus an. Das hätte nicht verwundert, wäre ich nicht völlig nackt und verloren gewesen. Ich saß zusammengekauert da, zitterte vor Kälte, ohne zu wissen, wo ich war. Ich erinnere mich, um mich herum das aufgeregte Flüstern vieler Leute, fröhliche Musik war zu hören. Jemand bedeckte mich und brachte mich in meine Wohnung. Im ersten Moment wusste ich nicht, wer ich bin, und hatte keine Ahnung, wie ich in diese Situation geraten war. Ich weiß lediglich, dass mir das momentane Vergessen Ruhe und Erleichterung verschafft hat. Denn solange ich nur die Kälte spürte, war der Schmerz für einen Augenblick verschwunden.

Ein zweites Mal verwirrten sich meine Sinne. Oder vielleicht nicht? Vielleicht war es ein unbewusster Schutz, eine Flucht vor der Wirklichkeit. Ich fand mich in einer unbekannten Straße wieder, durchnässt. Ich weiß nur, dass ich aus dem Haus gegangen bin und mich aufs Fahrrad gesetzt habe, um zum Boulevard Saint-Germain zu fahren, und es am späten Nachmittag geschehen ist. Bin ich gefallen? Bin ich in einen Laden gegangen, und währenddessen hat mir jemand das Fahrrad gestohlen? Schmerz spürte ich nicht, ich war nur für einen Moment verwirrt. Ich fragte den ersten Passanten, wo die Rue de Savoie sei, und ging zu Fuß auf Straßen, die ich plötzlich nicht wiedererkannte, dorthin. Ich kam an, aber der Weg schien mir ungewöhnlich lang und verschlungen. Und während ich so durch die unbekannten Straßen in meiner nächsten Nachbarschaft irrte, empfand ich wieder dieselbe Art Erleichterung. Es ging mir gut, solange ich nicht wusste, wer noch wo ich war.

Später stellte ich fest, dass ich mich in der Nähe des Hauses befand und mein Fahrrad ordentlich vor der Bäckerei parkte.

Ich fühlte schon eine Weile, dass zwischen mir und meiner Umwelt eine Disharmonie bestand und diese Disharmonie immer größer wurde. Manchmal, wenn ich durch eine bekannte Straße schritt, kam es mir so vor, als öffnete sich vor mir eine Kluft, eine tiefe Erdspalte, ein Loch, Schwärze. In Panik blieb ich hastig atmend stehen, die Hände schweißnass. Bestimmt sah ich aus wie eine Wahnsinnige, so mitten auf dem Bürgersteig stehend, starr wie eine Holzskulptur, die Arme am Körper, die Schultern hochgezogen, die Augen fixiert auf die Schwärze, während die Passanten mich anstießen oder um mich herumgingen. Eine derartige Paralyse dauerte gewöhnlich eine Weile, ich weiß nicht sicher, wie lang, und anschließend setzte ich meinen Weg fort.

***

Seltsam, dass banale Kleinigkeiten manchmal schicksalhaft werden. Erst lange nach meinem Krankenhausaufenthalt begriff ich, dass der Tropfen, der das Fass zum Überlaufen gebracht hatte, ein gewöhnlicher Haarschnitt war! Drei Tage vor meinem Zusammenbruch hatte Picasso endlich seine Strähne abschneiden lassen, die er jahrelang über seine Glatze gekämmt hatte. Er erzählte es stolz Malraux, als ihn dieser im Atelier besuchte. Der arme Mann verstand nichts. Von was für einer Strähne redete er denn? Und warum hätte eine Haarsträhne dem größten Maler der Gegenwart überhaupt wichtig sein sollen?

Als ich das hörte, wusste ich, begriff ich, dass es zwischen uns aus war. Das Abschneiden der Strähne wirkte auf mich wie ein Erdbeben! Es war undenkbar gewesen, solange wir zusammen waren, obwohl ich ihm als erste gesagt hatte, er solle sie abschneiden lassen, weil eine solche Frisur ein Zeichen von Eitelkeit sei. Aber er ließ sie sich wegen Françoise abschneiden, einer jungen Kunststudentin, die vom Alter her fast seine Enkelin hätte sein können und die, wie man so schön sagt, seine neue Muse wurde. Picasso hatte diesen für ihn radikalen Schritt nicht unternommen, um sich wichtig zu machen, das Abschneiden der Strähne stellte einen symbolischen Akt der Veränderung dar.

Mir wurde klar, dass meine Welt, die Beziehung mit Picasso, die Regeln, an die wir uns hielten – und die er aufgestellt hatte –, dass all das zusammengebrochen war. Deshalb kam ich drei Tage später mürrisch und schlecht gelaunt zum Mittagessen. Warum hatte er mich überhaupt eingeladen? Und wie dachte er, würde ich reagieren? Das Abschneiden der Strähne erlebte ich als großen Verrat an mir, und ich geriet aus dem Gleichgewicht. Ich hatte von Paul gehört, dass er sich die Haare hatte schneiden lassen, und war wohl nur gekommen, um mich zu vergewissern, ob es stimmte. Ich wollte ihm etwas Beleidigendes sagen und ersann im Innern boshafte Bemerkungen.

An diesem Maitag erwarteten mich Picasso, Paul, Nusch, Brassaï und noch ein paar Freunde im Restaurant *Le Catalan*. Der Krieg war zu Ende, und das war auf Schritt und Tritt zu spüren. Die Passanten grüßten sich, unbekannte Leute winkten oder nickten Ihnen in unbändiger Freude zu.

Als ich im Restaurant eintraf, saßen schon alle beim Essen. Picasso ohne Baskenmütze, glatzköpfig, ohne Strähne. Wie gewöhnlich aß er ein Chateaubriand, wobei er gestikulierte und redete, während die anderen untertänig über seine Witze lachten. Ich setzte mich, missmutig – wie mir Paul später sagte, war ich bereits mit einem solchen Gesichtsausdruck gekommen –, sah wortlos zu, wie er mit einem scharfen Messer ein großes Stück fast rohen Fleisches schnitt. Mit jedem Messerschnitt blutete das Fleisch stärker – das ist Saft, kein Blut, hatte er mir hundert Mal lachend gesagt. Der Boden des weißen Tellers färbte sich rosa, dann rot.

Nach einigen Augenblicken stand ich auf und ging.

Es war nichts Besonderes passiert. Ich hatte die Leute um den Tisch angeschaut, ihre auf Picasso gerichteten Gesichter. Sie sahen ihn an, als wäre er die Sonne, als hinge ihr Leben von ihm ab. Etwas an diesem Anblick ekelte mich, ein unfassbares Fluidum strömte durch die Luft. Ich sah ihn an und bemerkte, dass er sich der Vergötterung, die die Leute um ihn herum ausstrahlten, bewusst war, dass er sich in seinen Worten, seiner Macht sonnte. Er war der König, sie die Höflinge, Diener, abhängig von ihm, von jeder Bewegung und jedem Wort. Vielleicht sah ich in ihnen mich – meine Erwartungen, meine eigene Abhängigkeit. Vielleicht sah ich als echte Surrealistin in dem Stück Fleisch mein Herz, das auf dem Teller blutete! Und begriff, ja, begriff, dass ich das nicht mehr ertragen konnte. Keinen Augenblick!

Es war ein durch und durch physisches Übelkeitsgefühl. Als müsste ich mich, wenn ich nicht aufstand und auf der Stelle ging, vor ihnen allen auf den Tisch erbrechen. Auf sie alle.

Mich entsetzten die Unterwürfigkeit einerseits und die Selbstzufriedenheit andererseits, die ich auf den Gesichtern um mich herum deutlicher denn je sah. Natürlich kannte ich das alles von früher, die Hierarchien der Beziehungen in der Gruppe waren mir durchaus bewusst. Doch dieses Mal sah ich sowohl ihn als auch die Gruppe irgendwie von außen, als wäre ich in diesem Kreis eine Fremde, was ich in der Zwischenzeit wohl auch geworden war. Als kennte ich sie überhaupt nicht, zumindest nicht in diesem

Moment. Ich denke, dieser Blick von außen löste in meinem Kopf einen Kurzschluss aus. Mir wurde klar, kristallklar, dass ich nicht mehr zu ihm, zu ihnen, zu diesem Machtspiel gehörte. Und ich musste mich physisch von ihnen trennen. Ich stand auf und rannte auf die Straße.

Ich fühlte mich, als risse mir jemand Stücke rohen Fleisches vom Leib. Picasso zerschnitt auf dem weißen Teller wie auf einem Altar, auf dem man Opfer darbringt, mich und nicht das Rindfleisch. Zerkleinerte mich langsam mit einem stumpfen Messer, und deshalb schmerzte es noch mehr. Er schnitt mich in kleine Stückchen, um mich besser kauen und schlucken zu können, während meine Freunde lachend zusahen, wie er mich mit Genuss fraß und wie ich in seinem Minotaurusmaul verschwand. Keiner von ihnen, am wenigsten Picasso, beachtete mein merkwürdiges Verhalten, meinen offensichtlichen Hilfeschrei. Falls er ihn gehört haben sollte, klang er für ihn wahrscheinlich wie das Wiehern eines Pferdes, das beim Stierkampf mit aufgeschlitztem Leib, die Därme im Staub der Arena verstreut, krepiert, während der Stier mit blutigen Hörnern über ihm steht und siegreich schnaubt. Ja, wie beim Stierkampf, aber beim Stierkampf sind Tier und Mensch gleichberechtigter, weil der Stier stark und der Mensch schlau ist, manchmal siegt der eine, manchmal der andere.

Ich spürte jeden Biss seiner Zähne! Verschwand, zerfiel, ich war da, aber in Gedanken bereits auf der Flucht. Es war nicht mehr auszuhalten, ich musste fliehen, bevor er dieses Chateaubriand vollends aufgegessen, bevor er mir den Garaus gemacht hätte wie dem Fleisch vor ihm.

***

Paul fand mich im Schrank. Ich wollte mich verstecken wie früher, als ich ganz klein war und genug von meinen Eltern und ihren Streitereien hatte. Auch damals verkroch ich mich manchmal im Schrank. Ich stellte mir vor, ich sei verschwunden, und es ging mir gut. Deshalb rannte ich an diesem Tag in die Wohnung und schloss mich im Schlafzimmerschrank ein. Im Schwarzen. Während ich in den Spalt fiel, der sich wieder und wieder in mir auftat, fühlte ich einen seltsamen Schwindel.

Ich erinnere mich, dass ich im Krankenhaus* aufwachte und mich eine neue Art Schmerz überfiel. Ich nahm den Geruch von Alkohol wahr. Kalte Finger berühren meine Schläfen, dann ein Schmerz, der meine Schläfen wie Stricknadeln durchsticht. Ein paar scharfe, blitzartige Stiche in schneller Folge. Ich spüre, wie sich mein Körper auf dem Bett herumwirft, aber feste Hände halten mich, damit ich nicht falle. Als steckte in mir ein gefährliches Tier, das sich vom Körper befreien will, Krämpfe zerreißen mir Haut und Knochen, schließlich befreit es sich, schließlich geht es aus mir hinaus.

Erneut liege ich hinter einer weißen wogenden Gardine, hinter einer ähnlichen Abtrennung wie in meinem Kinderzimmer in Buenos Aires. Im Augenblick des Erwachens fühle ich mich von neuem wie ein Kind, verloren,

* Hier ist der Name des Krankenhauses energisch durchgestrichen. Über Doras Aufenthalt im Sainte-Anne-Krankenhaus gibt es verschiedene Versionen. Ortiz führt zum Beispiel an, sie sei in den Patientenlisten als Lucienne Tecta, Patientin von Doktor Lacan, aufgeführt gewesen. Françoise Gilot behauptet in ihrem Buch jedoch, es sei gerade Lacan gewesen, der ihr die Elektroschocks verabreicht habe, während andere Autoren meinen, er habe sie vor dieser Therapie gerettet und in eine Privatklinik verlegt. Verlässliche Daten fehlen. (Anm. d. Hrsg.)

schwach, matt, unter Aufsicht. Ich nehme die Schwester wahr, die auf mich Acht geben soll, höre ihren Atem, das Knarren des Stuhls, das Rascheln von Papier, das gedämpfte Gespräch mit dem Arzt, das bedrohliche Klappern von Instrumenten auf einem Metallteller und die Schritte, mit denen sie sich mir nähert, um mir eine weitere Spritze zu verabreichen, nach der ich in den Schlaf sinken werde. Mein Gehirn ist wie Eischnee, porös und leicht. Die Wirklichkeit hinter dem Fußteil des Bettes scheint mir so nah, aber ich kann sie doch nicht greifen. Ich kann weder den Arm heben noch einen Laut von mir geben.

Ich spüre Blicke auf mir. Sie beobachten mich. Ich schließe die Augen und sinke erneut in den Schlaf hinter dem Schlaf, wo mich niemand zu fassen bekommt.

Später erzählt mir die Schwester, sie hätten mich zusammengekauert unter dem Krankenhausbett gefunden, ich hätte in einer ihnen unverständlichen Sprache gesprochen, und mein Arzt, Dr. Lacan, sei nach einigen Elektroschockbehandlungen zum ersten Mal beunruhigt gewesen. Die Schocks sind zu stark für sie, habe er gesagt und mich in ein anderes Krankenhaus verlegen lassen.

Oh, wie gut erinnere ich mich an das Gefühl unermesslicher Einsamkeit, das ich damals erlebt habe! Als sie mich im Krankenhaus unterbrachten, überflutete mich ein Gefühl der Einsamkeit, als wäre ich allein in einer eisigen Welt und als wäre es mein Ende. Ich hatte das Gefühl zu sterben. Ich lag auf dem Bett in einem großen leeren Zimmer ohne Fenster. Konnte mich nicht rühren. War ich fixiert? Ich weiß nicht. Ich lag nackt unter einem steifen Betttuch, als wäre ich bereits eine Leiche. Das Einzige, was mich wärmte, waren die warmen Tränen, die meine

Wangen und meinen Hals hinunterrannen. Von draußen drang kein einziges Geräusch zu mir durch. Eingegraben im Bauch des Krankenhauses, vielleicht in der Leichenhalle, wartete ich auf den Tod. Ich war allein, und es war schrecklich für mich, dass ich von allen verlassen, vergessen war.

Ich weiß nicht, warum es so ist, aber später hörte ich es auch von anderen, die eine ähnliche Erfahrung gemacht hatten: Im Moment, wo du glaubst, du gehst, ist es dir am wichtigsten, nicht allein zu sein. Das Einzige, was du willst, ist, dass ein anderes menschliches Wesen deine Hand hält. Vielleicht scheint das seltsam, aber dieses Bedürfnis nach Berührung, nach Wärme war so stark, dass es mir völlig einerlei war, wer die betreffende Person wäre – die Krankenschwester, der Arzt, ein zufällig Vorbeigekommener, ein Patient. Mein einziger Wunsch war, dass jemand bei mir wäre. Aber es war niemand da … Brauchte ich die menschliche Berührung, das Gefühl einer Berührung als Zeichen, dass ich noch am Leben war? Oder wollte ich, dass mich jemand begleitete, damit ich weniger Angst hätte? Das Gefühl der Einsamkeit im Moment, wo du stirbst oder zu sterben glaubst, ist so schrecklich, dass dich eine Panik befällt wie vor einem Abgrund, von dem du weißt, dass du hineinspringen musst. Plötzlich verlierst du jeden Halt und schwebst in der Luft, bevor du kopfüber hinunterstürzt und Bewusstsein und Körper in tausend Stückchen zerstieben.

So hatte ich mich gefühlt, bevor man mich den Schocks unterzog. Das veränderte mich. Ein Teil von mir blieb in diesem Raum, vor Kälte erstarrt, vergessen, eingegraben.

***

Aber nachdem ich die grauenhafte Einsamkeit am Rande des Wahnsinns überlebt hatte, wusste ich, dass ich da herauskommen würde. Im Übrigen kann man auch ohne Emotionen ganz normal leben. Wenn sie dir das Herz herausreißen, nehmen sie dir die Fähigkeit zu leiden. Jahre danach fühle ich mich besser, sehe ich meine Situation gelassener. Noch immer habe ich Freunde, gehe ich aus, erfreue ich mich an Gesprächen und Ausstellungen. Ich bin ruhig, weil Picasso mit mir zusammen ist, da in meinem Innern, wie ein Dorn, der sich zu tief ins Fleisch gebohrt hat, als dass man ihn herausziehen könnte.

Jetzt sehen wir uns nur noch selten, meist zufällig. Nach all den Jahren habe ich begriffen, dass es gar nicht anders sein konnte. Eine Eigenschaft von ihm überwog alle anderen, der Künstler dominierte den Ehemann, Vater, Liebhaber, Freund, Verwandten, sogar den Sohn. Meine Unterordnung und Eitelkeit waren der Grund, warum ich mich verlor. Nicht nur Picassos Destruktivität vernichtete mich. Mich vernichteten meine Erwartungen. Ich kann nicht die ganze Verantwortung für meinen Geisteszustand auf ihn abwälzen. Ich bin nicht nur bloßes Opfer, das würde bedeuten, die Verantwortung für mein eigenes Leben abzugeben.

Manchmal bin ich euphorisch, voller Energie. Dann wieder verfalle ich in eine schlechte Stimmung. Noch immer bin ich nicht ganz zu mir gekommen. Ich verfalle in düstere Gedanken, frage mich, ob dieser psychische Zusammenbruch ein Wendepunkt ist, das Ende der Dora Maar. Ein Ende ist es gewiss, das spüre ich deutlich. Ich weiß, je eher ich mich fasse, desto besser. Ich kann nicht zwischen Extremen leben, brauche Struktur und Autorität. Wie soll ich sonst funktionieren? Wer wird mir dabei helfen? Die Wohnung ist dunkel und leer, Maman tot, Picasso weit weg und fremd.

Aber ich bin am Leben, ich fühle mich dank ihm lebendig! Selbst wenn er mich zwingt, mich aufzugeben. Mir ist nicht zu helfen. Es gibt Tage, an denen er mir schrecklich fehlt! Mir fehlt sein Blick unter seinen erhobenen Augenbrauen: Dora, was ist los, was hat dich wieder verärgert? Meine Wutanfälle, wenn jemand eine Dummheit beging, amüsierten ihn manchmal, ich konnte ihn zum Lachen bringen. Ab und an hörte er mir aufmerksam zu, besonders wenn ich über Politik sprach. Dabei sah er mich mit einem neugierigen, gutmütigen Blick an. Nicht mit dem bösen, finsteren, mit dem er mir folgte, als ich im *Le Catalan* plötzlich vom Tisch aufgestanden war.

Und so kehre ich zum Anfang zurück.

Ich verspüre das Bedürfnis, mich mit all meinen Verlusten auseinanderzusetzen: mit der Amputation der Fotografie, der Amputation meines Status als offizieller Geliebten, mit Mutters Tod, der Unfruchtbarkeit, der psychischen Krise und, als wäre das alles nicht genug, dem Tod von Nusch. Und wie ist meine arme schöne Freundin gestorben? Sie brach nach einem Gehirnschlag plötzlich zusammen, wie eine Schaufensterpuppe, die jemand versehentlich gestoßen hat. Wie hätte es auch anders sein können? Eine Zirkusartistin, die ohne Netz auf einem über einem Abgrund gespannten Seil balanciert, Nusch ist nie etwas anderes gewesen. Unsicherheit hat sie gequält. Von der Straße weg war sie in Pauls Armen gelandet, aber er vermittelte ihr nicht das Gefühl von Sicherheit. Was hat sie nicht alles getan, um ihn glücklich zu machen! Ich habe es ihr nicht einmal übel genommen, als Paul sie Picasso wie ein Kuppler anbot. Sie wusste sich nicht gegen Stärkere zu wehren, deshalb war sie auch ein Püppchen. Habe ich die Kraft gehabt, etwas zu ihrem Schutz zu sagen, wenigstens zu Paul, wenn schon nicht zu Picasso? Habe ich mich mit meinem mürrischen Schweigen besser, edler verhalten? Ich habe mich verhalten wie eine dumme Gans, die ihre Freundin verrät, nur um von ihren Freunden für einen Freigeist gehalten zu werden. Aber jetzt sehe ich, dass ich genau das geblieben bin, wovor ich mein ganzes Leben lang floh: eine gewöhnliche Kleinbürgerin wie Maman, genau das!

Wenigstens bin ich nicht mehr von modischen Ideen und Männern geblendet. Vielleicht bin ich es auch leid, mich zu verstellen, ich weiß nicht. Oder ist dies eine Gelegenheit, mir mich selbst zu erklären?

***

Noch lange nach dem Bruch und nachdem Françoise meinen Platz eingenommen hatte, lud mich Picasso jeden Tag zum gemeinsamen Mittagessen ein. O ja, ich konnte mich davon überzeugen, dass er Frauen nicht loslässt. Ich bereitete mich psychisch auf diese Begegnung vor, für mich war sie der Höhepunkt des Tages. Immer wieder aufs Neue. Weil ich wusste, dass ich, solange ich so ungeduldig auf ihn warten würde, nicht endgültig mit ihm gebrochen hätte, wenn auch er mit mir gebrochen hatte.

Er brachte Françoise zu mir nach Hause, damit ich ihr sagte, dass ich ihm ihre Beziehung nicht verübelte. Wenn das keine Erniedrigung war, weiß ich nicht, was eine ist. Sogar ihr fiel es auf, und es war ihr unangenehm. Françoise war nicht schuld an meinem plötzlichen Zusammenbruch. An dem Tag war sie gar nicht im Restaurant. Sie ging mir auch sonst aus dem Weg und zeigte auf diese

Art, ein wenig rührend, Zeichen des Mitleids mit mir, der Verliererin.

Françoise ahnte vielleicht schon, was ich lange nicht hatte wahrhaben wollen: dass er Beziehungen nicht abbricht, den Frauen nicht erlaubt, ihn zu verlassen, selbst wenn sie inzwischen seine Ehemaligen sind. Als bliebe ein Teil von ihm auf seltsame Weise für immer mit der Frau verbunden, mit der er eine Zeitlang zusammen war. Er sammelt Menschen, wie er Dinge sammelt. Die Besucher seines Ateliers in der Rue des Grands-Augustins sind gewöhnlich überrascht, wenn sie wie auf einem Flohmarkt Berge aufeinander geworfener Dinge sehen. Es handelt sich nicht nur um Farben, Leinwand, Pinsel, Pappe und anderen Malerbedarf, sondern auch um Gegenstände, deren Zweck sich nicht erahnen lässt, angefangen von Maschinenteilen und Drähten bis hin zu alten Schuhen. Nichts darf weggeworfen werden. Von diesen Dingen, die er unentwegt anhäuft, sagt Picasso, er müsse sie aufheben, wo sie schon einmal in seine Hände geraten seien. Als hätte sie seine Berührung geheiligt. Er glaubt, es gibt einen tieferen Grund, weshalb er die Hand nach einem Ding ausstreckt, das ihn reizt. Tatsächlich hat er viele solche seltsamen Gegenstände später in Teile von Skulpturen verwandelt. Warum sollte es mit Personen, vor allem Frauen, anders sein? Einmal von seinem Auge erfasst, dann von der Hand berührt, waren sie auserwählt, »geheiligt«. Nichts hinderte ihn daran, sich gegenüber Lebewesen mit Gefühlen wie ein Sammler zu verhalten.

Auch ich war Teil seiner Kollektion. Mir wurde immer klarer, dass ich mich nicht aus seiner Umarmung reißen konnte, wenn ich keinen Ersatz für ihn fand. Aber gibt es Ersatz für Picasso? Ich kenne ihn als Mann und als Künstler gut, und meine Gefühle ihm gegenüber sind gemischt. So sehr ich ihn liebe, so sehr verachte ich ihn auch. Als Mann ist er elend, unmoralisch, geizig, böse. Als Künstler ein Genie, das ich bewundere. Dank seiner Kunst ist Picasso keine Person wie jede andere. Er ist mehr als das. Das Wesen von Picasso ist die Kunst. Und das Wesen der Kunst ist der Geist. Kann ich etwa nur das Beste in diesem Mann sehen? Bin ich nur dazu fähig?

Ja, endlich habe ich begriffen, dass Picassos Kunst er selbst, dass er mir durch seine Werke am nächsten ist. Unendlich bewundere ich seine Kreativität, Kraft, Begeisterung, mit der er schafft, und nicht nur ihn als physische Person.

Meine Wohnung sieht heute aus wie ein Museum. Seine Werke umgeben mich, von den Bildern, die an den Wänden hängen, bis zur Zeichnung einer Spinne an der Wand und den Kleinigkeiten, die er beim Mittagessen aus Blechstöpseln, Papier, Streichhölzern und Draht hergestellt hat. Er ist überall um mich herum. Ich kann ihn weiterhin lieben. Es ist kein Museum der Erinnerungen, sondern ein authentischer Ort des Genies. Weil sein Genie in seinem Werk steckt. Deshalb bedeutet, mit seinen Bildern, dem besten Teil von ihm, zusammen zu sein, eigentlich, mit ihm zusammen zu sein! Ich bin nicht mehr mit dem unangenehmen Menschen zusammen, und doch genieße ich seine Gesellschaft. Ich finde, es ist eine paradoxe Situation: Er selbst hilft mir dabei, über ihn hinwegzukommen! Seine Kunst hilft mir dabei.

Reicht es mir denn nicht, über seine Kunst Umgang mit ihm zu pflegen? Nein, weil ich eine Invalidin bin, deren beide Beine gelähmt sind, so dass ich noch eine Krücke brauche, die mir Sicherheit bieten könnte. Verzweifelten wie mir muss man verzeihen, dass sie sich an einen Strohhalm klammern. Ja, ich habe meine Malerei, wie ich früher meine Fotografie gehabt habe. Stärkeren als mir würde das reichen. Für Picasso ist sein Schaffen doch das ganze Universum! Aber meine Kunst ist das für mich nicht. Und was bleibt mir übrig? Von einer Brücke in die Seine zu springen? Im Irrenhaus mit dem Kopf gegen die Wand zu rennen? Mir im Sainte-Anne Strom durchs Gehirn jagen zu lassen?

***

Aus meinen Träumen erwache ich schweißgebadet, aber morgens kann ich mich meist nicht mehr an sie erinnern. Nur an ein Gefühl der Beklemmung entsinne ich mich. Mir bleibt die Luft weg, ich sehe nicht gut, im ersten Moment, wenn ich die Augen öffne, liegt alles um mich herum im Nebel, und ich bin nicht sicher, ob ich überhaupt wach bin.

Unlängst habe ich geträumt, wie eine Frau in der Tracht einer Ordensschwester auf mich zukommt und mir die Hand reicht, als wollte sie mich berühren. Oder irgendwo hinführen. Ich betrachte ihre Hand mit Ehering und frage mich, wie es kommt, dass eine Ordensschwester einen Ring am Finger hat. Wer ist ihr Ehemann, hat sie denn nicht ein Gelübde gegenüber Gott abgelegt? Das Zimmer ist dunkel, ich kann ihr Gesicht nicht deutlich sehen. Als ich es für einen Moment doch gewahre, erkenne ich Julie. Sie hat ein lachendes Gesicht, so wie ich es in Wirklichkeit selten gesehen habe. Julie sagt nichts, aber ich sehe, dass sie glücklich ist. Ich strecke die Hand nach ihr aus, aber es gelingt mir nicht, sie zu berühren.

In letzter Zeit frage ich mich, ob es einen Grund gibt, warum mir Julie im Traum erscheint. Ich fange an zu glauben, dass sie mir vielleicht helfen möchte. Sie weist mich auf etwas hin, was ihr geholfen hat. Doch ihr Glück tröstet mich nicht. Ich empfinde etwas ganz anderes … Neid. Auch als ich aufgewacht bin, habe ich noch Neid empfunden. Das ist kein neues Gefühl im Zusammenhang mit Maman. Manchmal, wenn ich sie mit gefalteten Händen und geschlossenen Augen neben dem Bett knien sah, empfand ich das Gleiche. Wie einfach war doch ihre Welt! Indem sie ihr Leben einem anderen in die Hände legte, befreite sie sich von der Last der Verantwortung. Es war nicht mehr ihre Aufgabe nachzudenken, zu entscheiden, sich um sich zu kümmern, solange sie die Autorität, der sie sich hingab, nicht in Frage stellte. Wie schön muss es sein, an Gott zu glauben, dachte ich oft. Du bleibst ein Kind, solange du nicht zweifelst, denn der Zweifel tötet Gott. Der Glaube muss blind sein.

So blind glaubte ich allein an Picasso. Deshalb dachte ich ja auch, dass wir zwei gar nicht so verschieden sind, wie ich geglaubt hatte und es mein ganzes Leben lang sein wollte. Auf einmal, nach diesem Traum, wurde mir klar: Während sie Gott anbetete, betete ich Picasso an. Mit der gleichen Hingabe, mit dem gleichen leidenschaftlichen Glauben. Womöglich war ich sogar noch gläubiger als Julie.

Offensichtlich steckt es auch in mir – ich denke nicht an den Glauben an Gott, sondern an das Verhaltensmuster, das man wahrscheinlich nicht erbt, sondern erlernt. Mein ganzes Leben lang hatte ich dieses Verhaltensmodell vor Augen, aber ich bildete mir arrogant ein, ich hätte mich von der primitiven, armen Julie emanzipiert. Mein

Problem ist, dass ich keine Religion annehmen konnte, weil ich wusste, dass ich mich selbst aufgeben müsste. Ich versuchte es. Ich studierte den Buddhismus, Esoterik, verschiedene Arten von Mystizismus – das war in Mode. Heute ist es, als wiesen mich die Träume von Julie auf ihre Religiosität hin, wobei ich nicht so sehr an den Glauben an Gott denke als vielmehr an den Glauben als psychologischen Halt. Habe ich so einen Halt in Picasso gesucht, auch wenn es mir nicht bewusst war?

Ich erinnere mich an Max Jacob und seine Religiosität. Inzwischen war er nach Saint-Benoît-sur-Loire gezogen. Dort wohnte er in der Nähe des Benediktiner-Klosters. Als wir ihn einmal an Neujahr besuchten, sagte er uns, er schöpfe seine Schaffenskraft aus der Religion. Damals dachte ich, er habe eigentlich sagen wollen, die Kunst genüge ihm nicht, um ein erfülltes Leben zu führen, und das wunderte mich. Wie ist es möglich, dass es manchen Menschen nicht genügt, Talent zu haben? Es war offensichtlich, dass Max neben seinem Talent noch etwas Festes brauchte, auf das er sich stützen konnte. Er brauchte den Glauben.

Aber Picasso hasste es, wenn ich die Religion erwähnte. Nicht nur einmal kam ich ihm und Paul mit der Idee, auch sie sollten sich zum Katholizismus bekehren. Einmal bat ich sie sogar verzweifelt, ihre Seele zu retten. Sie lachten mich aus. Das hätte ich erwarten müssen, aber es fiel mir wirklich schwer mitanzusehen, wie sie sich in ihrer Selbstzufriedenheit sonnten. Ich tat das Einzige, was ich in dem Moment konnte, und bot ihnen eine Autorität an, der sie sich unterwerfen sollten. Aber die beiden brauchten keine Autorität. Was für eine Beleidigung für

Leute, die Autoritäten für andere darstellten! Beide lachten mich unbarmherzig aus. Ich glaube, sie deuteten meine Hinwendung zu Gott als direkte Folge der Elektroschocks!

Aber eigentlich hat mich gerade Picasso, obwohl ich weiß, dass er es nicht gern hören würde, mit seiner Überzeugung, dass im Menschen etwas Unerklärliches und Unbegreifliches existiert, was wir Talent, Inspiration, Gottesgabe nennen, dem Glauben nähergebracht.

***

Wenn Gott der Schöpfer ist, ist dann in gewisser Weise nicht auch der Künstler ein Gott? Dank Picasso habe ich gelernt, dass es vom Wesen der Kunst zum Wesen aller Existenz, zum Geist, nur ein kleiner Schritt ist. Oder zu Gott, wie ihn die Gläubigen nennen. Ist Gott etwa keine gute Gesellschaft, wenn du niemanden und nichts mehr hast? Wenn sich dein Leben in eine Einöde verwandelt? Selbst wenn wir, wie in meinem Fall, nur einen Glauben durch den anderen ersetzen, um zu überleben.

Diese Frage stellte ich Jacques auf einer unserer Sitzungen, aber er antwortete nicht, wie auch nicht auf irgendetwas anderes, was ich ihn fragte. Seine Arbeit bestand nicht darin, auf meine Fragen zu antworten, sondern mich zum Reden zu ermuntern und dazu, selbst darauf zu antworten. Aber ich wusste, dass er mich unterstützte. Er hatte selbst eine Jesuitenschule besucht und sagte, er sei ein »Priesterkind« – er wusste, wovon ich redete. Er scheute sich nicht, die Religion zu therapeutischen Zwecken zu nutzen. Ich hörte, dass er einmal jemandem, der sich nach mir erkundigt hatte, erklärt hatte, in meinem Fall habe es sich um die

Wahl zwischen Wahnsinn und Religion gehandelt. Hätte sie nicht die Religion gewählt, wäre sie im Irrenhaus gelandet, soll er gesagt haben. Eine so einfache Dichotomie! Aus meiner heutigen Perspektive beinahe zu einfach. Aber nicht aus der Perspektive eines Spezialisten für alle Formen weiblichen Wahns: Ich war eine Frau, und ich war verrückt.

Das heißt nicht, dass er mir nicht geholfen hätte. In unseren Gesprächen lenkte er mich zart, aber entschlossen auf ebendiesen Weg. Nach zwei Jahren wurden unsere Sitzungen seltener, mir lag immer weniger an ihnen. Ich spürte, dass wir einigen Themen auswichen, vor allem meinem Verhältnis mit seinem Freund und Nachbarn Bataille. Obwohl ich, wenn ich zu ihm in die Rue de Lille kam, am Haus mit der Nummer 3 vorbeimusste, in dem Bataille wohnte, vermied ich es, ihm etwas über unser Verhältnis zu erzählen. Ich glaube, vor allem wegen Sylvia, weil ich nicht wusste, was sie ihm gesagt hatte, und nicht wollte, dass Jacques sie ausfragte, weil er von mir gewisse Details erfahren hatte. In der psychoanalytischen Praxis wurde die Analyse nahestehender Personen erst später eingeschränkt.

Dieses Dreieck er-ich-Bataille oder sogar Viereck, wenn ich Sylvia dazurechne, begann ich zunehmend als zu eng, beinahe als inzestuös zu erleben. Wahrscheinlich weil ich schon damals anfing, die Beziehungen zwischen Freunden mit den Augen einer Gläubigen aus der Perspektive der religiösen Moral zu betrachten. Um die Wahrheit zu sagen, waren diese Beziehungen verwickelt, schliefen alle mit allen, mischten sich ehemalige verwandtschaftliche Beziehungen mit Freundschaften und Feindschaften. Lacan war eifersüchtig auf Bataille, weil er der erste Mann von Sylvia war, den sie auf Beharren ihrer Eltern geheiratet hatte, denn der Mann ihrer Schwester Bianca, Theodore Frankel, hatte sich in sie verliebt. Simone Khan, die Schwester von Bretons erster Frau, war mit Raymond Queneau zusammen. Und die erste Frau von Paul Éluard, Gala, wurde die Frau von Dalí. Das war nur ein kleiner Teil des Netzes von Freunden, derart verwickelt und verworren, dass du dein ganzes Leben darin gefangen bliebst. Daher verwunderte es mich auch nicht, als Paul mir nach Nuschs Tod einen Heiratsantrag machte. So wäre alles in der Familie geblieben. Nur hatte ich mich schon von ihm entfernt. Ich hatte nicht vergessen, dass er, solange Nusch noch lebte, immer wieder gesagt hatte, er würde es nicht verwinden, wenn ihr irgendetwas zustieße.

Ich war mir bei dieser Entscheidung keineswegs unschlüssig. Paul war weiterhin mein liebster Freund, meine Stütze, aber sein Antrag war in gewisser Weise verzweifelt. Paul war ein Mann, der einen Rettungsring brauchte. Diese Rolle konnte ich nicht auf mich nehmen. Ich zerbrach ja selbst und schaffte es mit Jacques Hilfe, gerade noch, langsam die Scherben aufzusammeln und zusammenzukleben. Eine weitere Ehe im Kreis der »Familie« hätte keinem von uns geholfen. Er brauchte nicht lange, um Dominique Laure einen Antrag zu machen. Ich nahm es ihm nicht übel, Paul konnte nicht alleine leben.

Noch ein Problem zwischen Jacques Lacan und mir blieb ungelöst. Ich frage mich, auch heute nach so vielen Jahren, warum er mich nach meinem Zusammenbruch nicht ermuntert hat, meine künstlerische Arbeit fortzusetzen, intensiver zu malen oder mich wieder der Fotografie zuzuwenden und nicht Gott. Immerhin ahnte ich, dass er mich als zu schwach einschätzte, um allein ohne feste Stütze leben zu können. Ohne Glaswand, durch die mich eine Autorität beaufsichtigte. Wahrscheinlich war das der Grund. Aber vielleicht nahm er auch an, ich würde, wenn ich genug Kraft hätte, von selbst herauskommen und zu dem zurückkehren, worin ich mich am sichersten fühlte – zur Fotografie. Ich brachte nicht die Kraft auf, ihn das zu fragen, weil ich Angst vor der Antwort hatte.

Allerdings sah er vielleicht, was ich damals nicht so deutlich begriff wie heute: dass meine Sicherheit bis in die Grundfesten erschüttert war. Die zerbrechliche Identität, zusammengesetzt aus dem Kind, der Künstlerin, der *Francesa*, der französischen Geliebten, der Frau mit kroatischer Abstammung und argentinischer Vergangenheit, der Linken und dem Modell, der Frau, die denkt, und der Frau, die sich ihren Gefühlen hingibt, der Verliererin, der Wahnsinnigen mit Hut – all das konnte nicht mehr zusammen existieren, ohne völlig zu zerstieben, ohne Gitter, ohne Käfig, denselben, in den mich Picasso auf einem seiner Bilder gesperrt hatte.

Und schließlich, warum nahm er, solange ich noch zu ihm zur Therapie ging, mich nicht als Künstlerin ernst und sah sich meine Fotos aufmerksam an? Wahrscheinlich konnte auch er nicht aus dem vorgegebenen Rahmen fallen, der die Tatsache in den Vordergrund stellt, dass ich eine Frau bin. Mein Problem bestand darin, dass ich eine besondere beziehungsweise eine besonders anziehende, ungewöhnliche, geheimnisvolle Frau wie eine *Francesa* sein wollte, aber gleichzeitig eine Künstlerin, frei vom männlichen Blick. Offensichtlich schätzte er mich als zu schwach dafür ein. Aber ich glaube, er hätte, wenn er meine Fotos angeschaut hätte, mehr über mich erfahren. Ich glaube nicht, dass es genügte, mir zuzuhören, obwohl ich zugegebenermaßen von mir ausgehe. Mir selbst genügen Worte nicht. Es ist mir bewusst, weil ich selbst, nach so vielen Jahren, zu meinen Fotos zurückkehre, um sie mir bewusst zu machen. Denn früher, als ich sie aufnahm, fotografierte ich »nur«, ohne mir bewusst zu sein, was meine Fotos eigentlich darstellen. Sie sind aus dem Unterbewusstsein entstanden, das ich gar nicht ergründen wollte. Meine erotischen Fotos aus der Zeit stellten eine Transgression ins Verborgene, Dunkle, Perverse dar. Am besten hat das Bataille begriffen, weil er in seinen Texten das Gleiche machte. Und gerade ihn zog das Verständnis meiner Fotos zu mir hin: Er war sich über meine Fotos besser im Klaren als ich. In mir, Dora, der Frau, suchte er ihre Spur, jenes Ich, das sie aufgenommen hatte. Er brauchte nicht lange, um zum Schluss zu kommen, dass ich die Transgression nur in der Kunst erfolgreich verwirklichen konnte, nicht aber im Leben. Dennoch wusste er – und auch ich weiß es, erst jetzt –, dass in mir trotz allem etwas existierte, aus dem ich meine merkwürdigen, beunruhigenden Bilder zog.

Ich betrachte meine Fotografie *Verbotene Spiele* von 1935 und sehe darauf alles, mein ganzes Leben, meine Eltern, Liebhaber, mich selbst, wie ich sie betrachte. Ich sehe meinen Voyeurismus, der Bataille und Picasso angezogen hat. Hätte er das Foto angeschaut, hätte Lacan (mir fällt auf, dass ich nur den Nachnamen geschrieben habe, Jacques ist verschwunden!) darauf das Auge sehen können, von dem er später so viel in seinen Geschichten über das Auge schrieb. Auf dieser Fotografie beziehungsweise Fotomontage herrscht Unordnung, der meines Vaters in Buenos

Aires sehr ähnlich. Im Vordergrund steht ein gebückter Mann in einem formellen schwarzen Anzug, den eine halbnackte Frau bestiegen hat. Vielleicht wäre zu erwarten, dass die Frau, die ihn in einem sexuellen Spiel reitet, aufreizend schön ist. Aber die Frau ist nicht besonders schön, sondern ganz gewöhnlich, so dass ihr bebrilltes Gesicht schon auf den ersten Blick deutlich von ihrer Nacktheit absticht. Als handelte es sich um eine strenge Lehrerin, um eine von denen, die bis zum Hals zugeknöpfte Blusen tragen und die man sich schwer mit nackten Brüsten vorstellen kann. Das bürgerliche Büro, der Anzug, das strenge Gesicht der nackten Frau – wessen Auge betrachtet das alles? In der Ecke unter dem Tisch versteckt sich ein kleiner Junge, der etwas betrachtet, was ihm verboten ist, weil es zur Welt der Erwachsenen gehört. Gäbe es seinen verborgenen Blick, den Blick eines Voyeurs nicht, wäre die Fotomontage eine satirische Darstellung kleinbürgerlichen Anstands und dessen, was sich dahinter verbirgt. Doch der Blick des Jungen beunruhigt den Betrachter, weil er die Perspektive wechselt. Offensichtlich ist den Erwachsenen nicht bewusst, dass das Kind sie beobachtet.

Den Jungen und die vom Spiel entzückten Erwachsenen trennt eine gläserne Wand, unsichtbar auf dem Foto, aber für mich damals wie heute sehr wohl sichtbar. Die strenge Lehrerin könnte Maman sein. Auch Maman ist eine *Francesa*, aber das darf das Kind – das kleine Mädchen Dora – auf keinen Fall zu früh erfahren.

Denn wenn sie es erfährt, wird sie begreifen, dass es ihre einzige Chance ist, den Mann zu beherrschen. Nicht einmal der kleine Junge sollte die für Erwachsene bestimmte Szene sehen, weil er hinter dem Schein des geordneten bürgerlichen Lebens die subversive Welt der Erotik und ihre Macht aufdecken würde.*

***

James Lord traf ich zum ersten Mal, als Paris befreit war. Der große junge amerikanische Soldat hatte etwas Kindliches an sich. Oder wäre es vielleicht genauer zu sagen, es sei amerikanische Naivität gewesen? Er war beispielsweise frech genug, in Picassos Atelier aufzutauchen, ihm vorzulügen, er sei verwundet, und von Picasso zu verlangen, dass er ihn porträtiere! Und natürlich ließ sich Picasso gerade deshalb darauf ein. Ich erinnere mich, wir saßen im Restaurant, James hatte Papier und einen Stift mitgebracht, und Picasso fertigte innerhalb von drei Minuten ein Porträt an. Aber dann war, was noch komischer ist, der junge James Lord nicht zufrieden mit dem Gekritzel, das der berühmte Künstler mit einigen Strichen gezeichnet hatte. Was sollte man dazu sagen? Er hätte die Zeichnung im selben Moment für ich weiß nicht wie viel tausend Francs an einen Sammler verkaufen können. Aber nein! Der junge Mann wünschte sich als Andenken ein richtiges Porträt. Als wäre Picasso einer der Porträtmaler vom Montmartre, die auf der Straße sitzen und für wenig Geld genau das taten. Doch James Lord war so unverschämt zu sagen, er wolle ein weiteres Porträt, aber – ein besseres. Solches Benehmen amüsierte Picasso, Sonderlinge genossen stets seine Achtung – und deshalb kam er der Forderung auch

* Auch an dieser Stelle des Manuskripts folgt eine große Lücke, als hätte die Autorin so kennzeichnen wollen, dass der nachfolgende Text zu einem neuen Kapitel gehört, aber das ist freilich nur eine Annahme. (Anm. d. Hrsg.)

nach. James war von Picasso fasziniert, vor allem von seiner Persönlichkeit und nicht so sehr von seiner Malerei, die für seinen Geschmack wohl zu abstrakt war. Ja, er war begeistert vom Erfolg des Malers, was zu erwarten war, zumal James aus Amerika kam und Erfolg in Amerika schon damals außerordentlich hoch im Kurs stand. James war nicht sonderlich gebildet, stammte auch nicht aus kultivierten Kreisen, aber ihn interessierte die Welt der Kunst – Paris, Europa –, vielleicht weil er in diesen Jahren in Paris seine Homosexualität nicht zu verstecken brauchte, als handelte es sich um eine Krankheit.

Er war in unserem Leben eine ganz unbedeutende Nebenperson, bis er erneut aufkreuzte und an meiner Tür klingelte. James suchte einen Weg, Picasso näherzukommen, ihn interessierte alles, was mit ihm zu tun hatte, Geschichten über ihn, Leute, die er kannte. Unter ihnen war auch ich, nicht so sehr als Dora Maar, die Fotografin und Malerin, denn als Dora Maar, die ehemalige Geliebte Picassos. Jemand, der sein Idol berührt hatte, jemand, den das Idol besessen hatte. Ich spielte also die Rolle des Bindeglieds zu Picasso.

Es ergab sich, dass James zu einer der wenigen Personen wurde, mit denen ich eine Zeitlang Umgang pflegte, nachdem ich ganz aufgehört hatte, mich mit Picasso zu treffen. Oft gingen wir zusammen abendessen und auf Ausstellungen, ins Kino, Theater, zu meinen Freunden, bevor ich beschloss, mich ganz aus dem öffentlichen Leben zurückzuziehen und die Tür hinter mir für alle, auch für James, zu schließen. Die innere Emigration bedeutete für mich, das Leben auf ein Minimum, auf das Wesentliche zu reduzieren. Wie wenn es dir zu heiß wird und du deine Kleidung ablegst, Stück für Stück, Schicht für

Schicht, entledigte ich mich alter Gewohnheiten, moderner Beziehungen, überflüssiger Menschen.

Ich weiß nicht, in welchem Moment mir meine öffentliche Rolle als geheimnisvolle Märtyrerin, verlassene Geliebte und nicht anerkannte Malerin zu anstrengend wurde. War es, als ich begriff, dass ich in den Augen der Galeristen immer noch nur die Geliebte von Picasso war und sie mich nicht als ernsthafte Malerin akzeptieren konnten? Oder war es mir lästig, dass mich unbekannte Leute auf Veranstaltungen mit der Frage überfielen: Und was arbeiten Sie jetzt? – Als wäre das Leben mit Picasso Arbeit für mich gewesen. Als Person des öffentlichen Lebens war ich auf mein ehemaliges Leben reduziert. Niemanden außer einem engen Kreis von Freunden wie Lise und Marie-Laure interessierte meine Gegenwart. Nicht einmal James, obwohl sich seine Beziehung zu mir änderte und er sehr anhänglich wurde. Für ihn war ich, denke ich, am Anfang kalt und unzugänglich, und er teilte auch nicht meinen Sinn für Ironie. Aber ich faszinierte ihn, vielleicht verliebte er sich sogar ein wenig, wie sich bisweilen ein Student in seine Professorin verliebt. Ich wusste, dass James homosexuell war, hatte sogar seinen Pariser Freund Bernard kennengelernt. Doch er war jung, und es machte mir Spaß, gelegentlich mit ihm auszugehen. Vielleicht auch deshalb, weil Picasso fast unser einziges Gesprächsthema war.

Besessenheit – dafür gibt es kein anderes Wort. Ihn quälte die Neugier, eine krankhafte würde ich sagen, und mich noch immer Verbitterung. An langen, gemeinsam verbrachten Abenden konnten wir bei einem Glas Wein unsere geheime Leidenschaft teilen.

***

Einmal fuhren wir mit seinem Auto in die Provence, in das Haus, das mir Picasso 1945 zum Abschied geschenkt hatte. Es hatte ihm nichts bedeutet, er hatte es von einem Bekannten für ein Bild bekommen. Das Haus in Ménerbes ist groß, an einer herrlichen Stelle oben auf dem Berg gelegen, mit Blick auf das Tal und Weingärten. Aber in einem schlechten Zustand und überhaupt nicht eingerichtet. Ich lud ihn ein, weil er ein Auto hatte und für mich die Einsamkeit zu der Zeit schwer zu ertragen war. Mir war nicht ganz bewusst, dass ich ihn mitnahm, weil er die einzige Person war, mit der ich wieder und wieder in meiner jüngeren Vergangenheit wühlen konnte. Noch immer brauchte ich jemanden zum Zuhören, vor allem weil ich schon lange mit der Therapie bei Jacques aufgehört hatte.

Das Haus enttäuschte ihn, ich sah es ihm am Gesicht an. Obwohl es von einer Mauer umgeben war und eine imposante Tür hatte, sah es schon von außen baufällig, aber auch irgendwie romantisch aus. Wahrscheinlich hatte er sich vorgestellt, drinnen würden ihn bequeme alte Sessel, ein Kamin, in dem ein Feuerchen prasselt, weiche Teppiche, Bilder und Tassen mit heißem Tee erwarten. Aber uns erwarteten Kälte, Skorpione, Zug und leere, verwahrloste Zimmer. Ich war bereits daran gewöhnt, so dass mir gar nicht auffiel, wie bescheiden das Haus war. Ohne Heizung, mit beinahe asketischem Mobiliar in den paar Zimmern, die man nutzen konnte, war es aus seiner Perspektive sicher ungemütlich. Allerdings meuterte er nicht, um nicht als Weichling dazustehen. Ich bin eine schlechte Gastgeberin, aber warmen Tee bekam er doch, und ich brachte auch ein paar einfache provenzalische Gerichte zustande.

Ich wusste, dass die Nachbarn klatschen würden, es war noch nicht vorgekommen, dass ich mit einem Mann in diesem Haus aufgetaucht war, noch dazu einem jungen. Das machte mir keine Sorgen. Sorgen bereitete mir meine Reaktion auf James. Das wurde mir völlig unerwartet erst am Abend des ersten Tages bewusst, als die Schlafenszeit gekommen war. Mein Zimmer lag rechts, seins links von der Treppe. Wir blieben im Gang stehen. Unser Zögern dauerte nur einen Moment, als hätten wir darauf gewartet, dass der andere den ersten Schritt täte. Dann beugte sich James vor, küsste mich schnell auf die Wange und wünschte mir eine gute Nacht.

Ich ging in mein Zimmer und warf mich aufs Bett, entsetzt über mein Benehmen, über die Tatsache, dass ich stehengeblieben war, als hätte ich etwas von James erwartet. Was hatte ich denn erwartet? Dass er mich in sein Zimmer einlädt? Verärgert wischte ich den Kuss an der Bettdecke ab. Meine Wangen waren nass von Tränen. Wie war das möglich? Wollte ich mit James, fünfzehn Jahre jünger und obendrein homosexuell, zusammen sein? Obwohl ich James sexuell nicht anziehend fand? Falls er mich auch begehrt haben sollte, hatte ich nichts getan, was er als Aufforderung hätte deuten können.

Dennoch war an diesem Abend etwas zwischen uns passiert. Allein schon die physische Nähe unserer Körper, die Tatsache, dass ein Mann bei mir war, genügte, um vor der Zimmertür stehenzubleiben. Hätte ich nur die Hand ausgestreckt und ihn berührt, hätte er mich nur umarmt, ich weiß nicht, ob ich die Kraft aufgebracht hätte, dem Verlangen zu widerstehen. Denn in diesem Augenblick erkannte ich in mir sehr gut das lange unterdrückte Begehren wieder, die Sehnsucht, von einem Mann umarmt zu werden. Über zehn Jahre waren vergangen, seit ich das letzte Mal mit Picasso zusammen gewesen war, und das vergessene Gefühl kehrte unverhofft, in einer völlig anderen Situation, zu mir zurück. Ich denke, mich hat die Erkenntnis schockiert, dass ich meinen Körper nicht ganz unter Kontrolle habe und dass mein Körper so auf einen Mann reagiert – als hätte er einen unabhängigen Willen, den ich all die Jahre völlig vernachlässigt habe. So sehr, dass ich beinahe glaubte, er habe auch gar keine anderen Bedürfnisse als die elementarsten. Auf dem Weg zur guten Katholikin glaubte ich bereits, Sex sei kein Bedürfnis, sondern eine Versuchung. Wie oft habe ich nur mit Pater Jean gesprochen, aber nie über die Versuchungen des Fleisches. Ich spreche über Versuchungen, obwohl mir scheint, ich habe, so wie ich gelebt habe – und die Szene mit James hat das bestätigt –, nicht verdient, in religiösen Begriffen zu sprechen.

Ich war knapp siebenundvierzig Jahre alt in diesem Frühjahr, als mein Körper zu meinem Feind mutierte. Nicht nur weil ich mit dem Alter an Gewicht zugenommen und zwei senkrechte, gut sichtbare Falten im Gesicht bekommen hatte, sondern auch weil er meine Absicht durchkreuzte, das Verlangen in mir zu unterdrücken. Mein Stolz war dadurch, dass mich nichts an James reizte, noch mehr verletzt. Und trotzdem begehrte ich ihn. Er machte mir etwas bewusst, was ich längst verschwunden geglaubt hatte.

Die Nacht verbrachte ich im Fieber. Ich hatte geglaubt, wenn kein Objekt der Begierde existiere, werde diese von selbst verschwinden. James hatte mich, ohne es zu wollen, eines Besseren belehrt, und nun war es an mir, etwas mit dieser Erkenntnis anzufangen. Wie den Körper im Zaum halten? Ist unbewusste Begierde genau so sündig wie bewusste?

***

Ich fand keine Antwort. Diese muss ich nicht hartnäckig genug gesucht haben, weil sich die Situation bald darauf wiederholte. Genau genommen trafen wir uns erneut unter einem Dach, im Château de Castille bei den Coopers. Von Müdigkeit überwältigt, dämmerte ich an diesem Nachmittag auf meinem Bett ein. Die Tür stand wahrscheinlich einen Spalt offen, weil James ins Zimmer kam und sich wortlos neben mir ausstreckte. Er lag so da, überzeugt, dass ich schlafe. Dann nahm er meine Hand, legte sie auf seine Brust und bedeckte sie mit seiner Hand. In diesem Moment schien mir sein Benehmen so spontan, dass es keinen Sinn hatte, ihm eine Lektion über Anstand zu erteilen, was ich sonst getan hätte. Ich stellte mich weiter schlafend. Sein Herz klopfte schneller, die Haut seiner Handflächen war weich, wie die der Wangen. Ich spürte die Wärme seines Körpers. Mit geschlossenen Augen lauschte ich seinem Atem und atmete seinen Geruch ein. James roch nach jungem Mann, frisch und berauschend. Ich nahm den süßlichen Geruch von Schweiß, Tabak, Talg und Lavendelseife wahr. Das letzte Mal, als ein Mann neben mir gelegen hatte, hatte es ganz anders gerochen – nach Alter. Picasso war nicht ungepflegt, aber sein Körper hatte wegen Magenproblemen bereits einen säuerlichen Geruch angenommen, den keine Seife abzuwaschen vermochte.

Nie waren wir uns so nah. Dora, ich bewundere deine Stimme, deine Augen, deine Hände, hatte er oft zu mir gesagt. Aber seine Worte drangen nie zu mir durch, es waren die Worte eines Jungen, vielleicht sogar eines verliebten Jungen, der selbst nicht sicher weiß, ob er ein Junge ist. Gewöhnlich streichelte ich seine Wange oder fuhr ihm mit den Fingern durchs Haar. Manchmal umarmte er mich freundschaftlich, als tröstete er mich wegen irgendetwas. Ich erinnere mich, auf einer Fahrt hatte ich einmal meine Hand auf seinen Schenkel gelegt, sie dann aber schnell zurückgezogen, entsetzt über die Intimität meiner Geste. Ich lag mit geschlossenen Augen da, wagte nicht, mich zu rühren. Als hätte ich erst in diesem Augenblick begriffen, mit den Sinnen, nicht mit dem Gehirn, dass James ein großer, gut gebauter Mann mit hellem Haar war. Mein Körper brannte an jedem Punkt, an dem wir uns berührten. Seine Nähe empfand ich wie eine von Bataille persönlich ersonnene Pein. Ich fuhr mit der Hand über seinen Schenkel, ganz langsam. Ich wollte diese straffe Haut und starken Muskeln zu mir hinziehen. In dem Moment war es mir ganz einerlei, ob es James oder ein unbekannter junger Mann war. Mich zog der Geruch an, mich zog der junge Männerkörper neben mir an.

Aber James wagte nicht zu tun, was jeder andere Mann in seiner Situation wenigstens versucht hätte. Er fing an zu reden, und so überschritt er, ohne es zu wissen, die Grenze zwischen dem Körper, den ich begehrte, und der Person, die mich nicht interessierte.

***

Gemeinsam besuchten wir Lacan und Sylvia in ihrem Haus mit großem Garten in Guitrancourt. Ich wollte meine alte Freundin Sylvia sehen. Ich weiß nicht, warum ich James damals mitgenommen habe, vielleicht, damit er meinen ehemaligen Arzt kennenlernt, einen Mann von exzentrischem Geschmack und merkwürdigem Aussehen und Benehmen. Und tatsächlich empfing uns Jacques, als wollte er meine Beschreibung bestätigen, in gelben Schuhen und einer bunten Weste, in der er wie ein Papagei aussah. Wir hatten uns lange nicht gesehen, aber unsere Begegnung verlief nicht herzlich. Während des Mittagessens las er ein Buch und rauchte eine Zigarre, ohne seine Gäste zu beachten. James war, wie die anderen Besucher, frappiert von der Diskrepanz zwischen dem Aussehen eines Provinzdandys und dem, womit sich Lacan beschäftigte. Jacques war sich des Eindrucks, den er hinterließ, bewusst und machte sich gelegentlich über sich selbst lustig. In Anbetracht meines Berufs als eine Art Beichtvater erwarten die Leute wahrscheinlich, dass ich mich wie ein Geistlicher kleide, sagte er gern. Das war nicht weit von der Wahrheit, zumal er seine Jugend in einer katholischen Schule verbracht hatte.

Nach dem Mittagessen, bei dem er uns ignoriert hatte, lud uns Jacques, der den Eindruck korrigieren wollte, in sein Studio ein. Ich ahnte, weshalb, es war nicht das erste Mal, dass ich bei der Zeremonie zugegen war, mit der er die Besucher, die nichts ahnten und sich durch die Einladung geehrt fühlten, schockierte. An einer Wand hängt eine erotische Zeichnung seines Schwagers André Masson. Aber diese Zeichnung dient Lacan nur als Paravent – wenngleich mit demselben Motiv! –, hinter dem sich etwas anderes verbirgt. Buchstäblich, denn wenn er die Zeichnung nach links schiebt, erscheint vor den Augen des Betrachters *Der Ursprung der Welt,* das Bild von Gustave Courbet.

Während er mit der Hand die Zeichnung wegschiebt, antizipiert er die Reaktion der Betrachter. In seinen Augen sehe ich ein Fünkchen. Er erinnert mich an einen Jungen, der in der Schulbank unter dem Lehrbuch eine pornografische Zeitschrift liegen hat, und sie, wenn sich der Lehrer entfernt, wollüstig hervorzieht und dem Schüler in der Nachbarbank zeigt. Zeigte Jacques dieses Bild seinen männlichen Gästen mit einer bestimmten Absicht – um sie zu faszinieren, vielleicht auch aufzureizen? Oder demonstrierte er lediglich auf seine Art Macht, weil es an sich schon skandalös war, dieses provokative Bild zu besitzen, das verschwunden gewesen war und angeblich die öffentliche Moral verletzte, weswegen es zu einem Statussymbol geworden war. Ich wusste, dass er es unlängst* auf einer Auktion für viel Geld gekauft hatte, und glaube, diese Neuerwerbung war der Hauptgrund, warum er sie gern zeigte. Jacques sprach niemals über die Gründe, noch kommentierte er das Bild vor uns, aber er achtete ganz genau auf die Reaktionen. James war überrascht genug, um das auch zu zeigen, was der Eitelkeit des Besitzers schmeichelte. Nachdem er sein Ziel erreicht hatte, klappte er seine Zauberkiste zu und zog sich zurück. An der Wand hing wieder die Zeichnung von Masson.

Auf dem Heimweg versanken James und ich in Schweigen. Ihn hatte das Bild beeindruckt, aber, dachte ich, auf eine andere Art als mich. In Wirklichkeit hielten sich meine Gedanken zum ersten Mal mit diesem Bild auf, dessen dramatische Enthüllung ich schon einmal miterlebt hatte. Vielleicht weil mir da, unter dem Eindruck der neuen Beziehung zu James, die Weiblichkeit bewusster war. Courbet hatte den *Ursprung der Welt* für ein männ-

* Lacan kaufte Courbets Bild im Jahr 1955, was ein wichtiger Hinweis für die Datierung des Manuskripts ist. (Anm. d. Hrsg.)

liches Publikum gemalt. Er hatte das weibliche Geschlecht nämlich gemalt, wie es die Männer sehen, weil Frauen im Unterschied zu den Männern ihr Geschlecht gar nicht sehen. Was wir nicht sehen, erzielt auf uns nicht die gleiche Wirkung wie auf den, der es sieht. Es ist paradox, aber uns ist Courbets Blick auf das weibliche Geschlecht fremd, und deshalb dürften Frauen auf das Bild dramatischer reagieren als Männer.

Natürlich gibt es einen weiblichen und einen männlichen Blick auf das Bild. Aber was sieht ein Mann auf dem Bild? Ein zur Schau gestelltes Geschlechtsteil, das aus etwas größerer Entfernung wie ein Tierchen mit schwarzem Fell wirkt, das es sich zwischen den Frauenbeinen bequem gemacht hat. Aus der Nähe betrachtet, handelt es sich um ein haariges Gestrüpp, das einen unordentlichen, vielleicht auch abstoßenden Eindruck erweckt. Das männliche Auge sieht den Eingang, der gleichzeitig der Ausgang ist – den weiblichen Körper, in den der Mann eindringt, aber auch den, der ihn geboren hat. Und diese Ansicht beziehungsweise Erkenntnis schockiert ihn mehr als dass sie ihn erregt. Aber das Wichtigste, die Höhle, aus der er herausgekommen ist, der Ort, an dem er sich verlieren könnte, der ihn verschlingen könnte, an dem der Genuss verborgen ist – der geheimnisvolle dunkle Ort der Sehnsucht und Angst –, bleibt ihm auch weiterhin verborgen.

Der Mann sieht auf Courbets Bild, was er im Leben schon mehrmals zu sehen Gelegenheit gehabt hat. Die Überraschung liegt nicht in der Enthüllung eines unbekannten Anblicks. Ich würde auch nicht sagen, dass ihr Grund die Erotik sei. Ungeachtet der Vorwürfe, das Bild von Courbet bedrohe die öffentliche Moral, ist es wegen der Art, wie es gemalt ist, nicht in erster Linie erotisch, jedenfalls nicht nahezu hundert Jahre, nachdem es gemalt worden ist. Und gerade deshalb verweist es den Betrachter auf seine Bedeutung. Dem Betrachter wird auf einmal klar, dass *Der Ursprung der Welt* weder ein naiver noch ein ironischer Titel ist. Es fällt dem Mann schwer, vor diesem Bild nicht an die Macht der Frau zu denken, an die Tatsache, dass ihm dieser Körper Genuss und Leben schenkt, dass die Frau für ihn sowohl Geliebte als auch Mutter ist, dass er dank dieses Körpers überhaupt existiert. Diese Erkenntnis muss in gewisser Weise beängstigend auf ihn wirken. Obwohl Jacques' Interpretation eine ganz andere ist. Seiner Meinung nach geht es überhaupt nicht um das männliche Geschlechtsorgan, sondern um seine symbolische Bedeutung, gerade weil es sichtbar ist. Etwas Unsichtbares, Verborgenes kann keine symbolische Bedeutung haben, sagt er. Daher hat das weibliche Geschlechtsorgan den Charakter der Abwesenheit, der Leere, des Lochs.

Wenn ich ein Mann wäre und den *Ursprung der Welt* anschaute, würde ich denken: unterwerfen, bezwingen, kontrollieren. Und plötzlich sehe ich das Bild aus der Position des Minotaurus, der mit Gewalt die Beine der Frau auseinander zwingt, um genau das zu sehen. Courbet hat den *Ursprung der Welt* gemalt. Picasso hat *Dora und der Minotaurus* gemalt. Beide Bilder sprechen auf verschiedene Weise über das Gleiche. Das von Courbet präsentiert die Frau auf eine Art, die auf ihre verborgene Macht verweist. Picasso zeichnet die Urangst vor der Frau, die den Mann beim Betrachten von Courbets Bild befällt. Sein Minotaurus reagiert auf die Angst mit Gewalt. Erst als ich Courbets Bild betrachtete, verstand ich, warum das so ist.

***

Der Frau ist der Blick auf ihr Geschlechtsteil vorenthalten. Ich sehe meinen *Ursprung der Welt* nicht. Ich kann selbstverständlich eine andere Frau anschauen, aber das ist nicht das Gleiche. Sie interessiert mich nicht, weil sie lediglich eine Kopie von mir ist. Beide sind wir daran gewöhnt, dass man uns betrachtet. Mein Auge sieht dieses Bild nicht nur anders, sondern hat auch gar nicht das Bedürfnis, das eigene Bild zu betrachten, in den Ursprung, der in mir ist, zu schauen. Mich ängstigt etwas anderes: die Frau mit dem Schildkrötenkörper, mit dem harten Panzer, in dem sie gefangen ist. Ihr Körper ist das einzige, was sie hat, und Kreativität gesteht man ihr nur zu, wenn sie sich auf das Gebären kleiner Schildkröten oder Gürteltierföten beschränkt. Denn wenn die Männer sie als gleichberechtigte Künstlerin anerkennen würden, wäre sie zweifach kreativ.

Ich verwandelte mich in ein Auge, im Glauben, so vermeiden zu können, dass sie mich anschauen, aber »Courbets Blick« entkam ich dennoch nicht. Das, wovor ich Angst gehabt hatte, womit man mir Angst gemacht hatte, traf ein. Es stimmt nicht, wie Picasso sagt, dass eine Frau keine Frau ist, wenn sie keine Mutter ist. Nein, eine Frau ist keine Frau, wenn sie keine *Francesa* ist. Das männliche Auge liegt stets auf dir, es begleitet dich mit einem bestimmten Blick. Ungeachtet deiner Versuche, durch die Kunst oder Literatur aus deiner Rolle herauszutreten, sperrt er dich im Körper ein. Solange dir ein solcher Blick folgt, bist du auch nichts anderes als eine *Francesa*. Sogar wenn du das begreifst, wenn du Achtung für deine Arbeit verdienst, wenn du vor dem Vorurteil fliehst, das dich auf den »Ursprung der Welt« reduziert. Erst wenn sie altert, wird die Frau unsichtbar, weil sie keine Frau mehr ist.

***

Mir fiel auf, dass mich der Umgang mit James verändert hatte. Mein Körper, meine Koketterie, mein unbewusster Tanz an der Grenze zur Aufreizung wurden mir viel stärker bewusst. Ich hatte mich davon überzeugt, dass mir mein Körper immer noch wichtig war, ich mich den Gebeten und Gott nicht ganz hingegeben hatte. Genauso wie ich mich früher auch der Kunst nicht absolut hingegeben hatte. Noch immer bin ich zerrissen zwischen Abstinenz und Verlangen. Ich spüre, dass in mir nach wie vor die Verführerin Dora lebendig ist. Wenn ich dich lieben würde, sage ich zu James, wäre alles anders. Aber ich liebe dich nicht. Er akzeptiert meine Erklärung, vielleicht weil sie ihm einen Ausweg aus der Situation offenhält, in die er mit mir geraten ist. Aber ich weiß, es ist eine schwache Entschuldigung, weil ich auch Bataille nicht geliebt habe. Geliebt (ich verwende dieses Wort, obwohl ich weiß, dass es meinen Gefühlen überhaupt nicht gerecht wird, weil es nicht stark, schwer, dramatisch genug, sondern irgendwie allgemein und anwidernd allumfassend ist) habe ich vor Picasso niemanden, was mich freilich nicht daran gehindert hat, mit Männern zusammen zu sein, Beziehungen ohne moralische Schranken einzugehen. Wenigstens mir gegenüber muss ich ehrlich sein. Zwischen James und mir stand nicht seine Homosexualität – ich war schon mit solchen Männern zusammen gewesen –, sondern wieder – Picasso. Von ihm ist mir der Geschmack der Niederlage geblieben. Er hat mich als Künstlerin gebrochen, dann als Modell und Geliebte zurückgewiesen. Die *Francesa* in mir weiß, dass Picasso sie wegen einer jüngeren verlassen hat. Vor dieser Angst vor Zurückweisung weicht meine Intellektualität, meine Bildung, mein Talent, mein Erfolg, meine Unabhängigkeit, mein Selbstbewusstsein, weicht all das zurück. Wenn ich könnte, würde ich ihm gestehen: James, ich bin unsicher, weil ich zu eitel bin. Eine Frau ist sich immer unsicher über ihr Aussehen, über ihre Weiblichkeit, selbst die schönste und begehrteste. Die Kultur, in der wir leben, unterstützt diese Unsicherheit. Du als Homosexueller solltest der Erste sein, der es versteht, weil du dich in der gleichen Position befindest – auch deine Identität hängt von der Definition des Anderen und vom Verhältnis zum Anderen ab. Ich bin besiegt, noch immer verletzlich und zudem älter. Ich kann kein Risiko mehr eingehen. Ginge es um einen anderen Mann, ob jünger oder älter, empfände ich genau das Gleiche.

Mir ist bewusst, dass meine Selbstgewissheit schwindet, die der Künstlerin wie auch die der Frau. Aber nicht wegen James. Er stellt eine zu schwache Persönlichkeit in meinem Leben dar, ich habe ihm die Nebenrolle eines Begleiters und Schülers, Verehrers, vielleicht sogar eines Sohns zugeteilt. Allein Picasso hat es vermocht, mich zugrunde zu richten, nur er besitzt diese Art von Grausamkeit. Nur ihm habe ich eine solche göttliche Macht über mich verliehen.

Eine Zeitlang dachte ich, ich würde nicht mehr zu meinen Aufzeichnungen zurückkehren, ich hätte keine Kraft dazu. Aber mein Starrsinn siegt! Ich bin stolz auf mich.

***

Meine letzte Begegnung mit Picasso fand bei den Coopers statt. Dort waren bereits fünf Gäste versammelt. Ich kam zusammen mit James, ohne zu wissen, dass auch er zum Abendessen eingeladen war. Er benahm sich sehr herzlich, als hätte er es kaum erwarten können, mich zu sehen, aber das hinderte ihn nicht daran, sarkastisch zu sein. Er erkundigte sich, ob James und ich verheiratet seien, als wüsste er nicht, dass wir es nicht sind und dass James homosexuell ist, als wollte er ihn dem Spott preisgeben. Ich wusste, dass sein Sarkasmus auf mich zielte, dass er so auf seine seltsame und beleidigende Art Interesse an mir zeigte. Aber nein, mein Lieber, wir sind nur verlobt, antwortete ich lächelnd wie in den Tagen, als wir Eifersucht gespielt hatten. Wir hatten uns lange nicht gesehen, aber ein Außenstehender hätte den Eindruck gewinnen können, wir hätten uns gestern getroffen und setzten nun unseren alten Ehestreit fort.

Sein Gesicht war wie gegerbt, von der Sonne verbrannt, etwas ausgemergelt. Die Jahre hatten seine Falten vertieft. Françoise hatte ihn verlassen, und er beklagte sich, dass er schon lange ohne Frau lebe. Ich glaubte ihm nicht, ich wusste, dass ihn etwas anderes quälte, dass ihm in Wirklichkeit der Antrieb zum Malen fehlte. War dem Vampir in ihm das frische Blut, das frische Fleisch ausgegangen, das er auf dem Altar der Kunst opfern wollte?

Dennoch war ich aufgeregt, als ich ihn sah. Natürlich sprachen wir Spanisch, ich ließ zu, dass er meine Hände zwischen seinen drückte, meine Wangen streichelte, mich wie früher ansah, als hätte dieser Blick eine geheimnisvolle, nur uns beiden verständliche Bedeutung. Wenigstens einen Moment lang, vor den Augen der anderen Neugierigen, die seine Vorstellung genossen. Mir war bewusst, dass es sich um eine Darbietung handelte, trotzdem überließ ich mich seiner Regie mit dem Vergnügen einer Frau, die daran gewöhnt ist, im Zentrum der Aufmerksamkeit zu stehen.

Hatte ich selbst nach acht Jahren Einsamkeit kein bisschen Distanz zu ihm? Ich versuchte, vorsichtig zu sein, ein leises Stimmchen flüsterte mir zu aufzupassen, mich zurückzuhalten: Du kennst ihn doch, Dora, such das Weite, solange du noch lebst! Vergebens. Erneut zog mich jene Kraft zu ihm, die ich auch beim ersten Mal und jedes Mal, wenn wir zusammen waren, gespürt hatte. In jeder Situation, in jeder Gesellschaft dominiert Picasso, wird er zum Mittelpunkt, um den sich alles dreht. So war es auch an diesem Abend. Picasso ist nicht der Mann, der im Zentrum steht, er ist das Zentrum selbst, und jede Person im Zimmer gravitierte zu ihm hin. Manche Beziehungen sind einfach schwer abzubrechen, alles in dir stemmt sich dagegen, und jede neue Begegnung nährt die verrückte Hoffnung, dass etwas geschehen wird und dass ihr wieder zusammen sein werdet – wie früher. Mir war völlig bewusst, dass Picasso den Anwesenden zeigen wollte, dass er noch immer über meine Gefühle herrschte. Und trotz der Maske der Gleichgültigkeit und Ruhe, die ich so erfolgreich trug, erregte mich seine Nähe. Als er mich plötzlich auf die Seite rief, »ich muss dir etwas sagen, was nicht für fremde Ohren bestimmt ist«, stand ich auf, erzitterte, als wäre er das erste Mal auf mich zugekommen. Ich ließ zu, dass er mir den Arm um die Schulter legte und mich in eine abgelegene Zimmerecke führte, während uns die anderen verdutzt ansahen, lautlos.

Seine Hand war warm und kräftig, und ich folgte ihm wie einst, verliebt und gehorsam, in Erwartung einer Belohnung. Er würde mir sagen, dass er mich noch immer liebe, dass er nie aufgehört habe, es zu tun. Er würde mir schwören, dass ihm die anderen Frauen in seinem Leben nichts bedeutet hätten, dass allein ich der wahren Liebe würdig gewesen sei, weil wir beide aus demselben Holz geschnitzt seien. Meine Dora, würde er sagen, meine liebe Adora, genau so, wie ich es mir so viele Male bisher gewünscht hatte. Nur jetzt wären seine Worte Wirklichkeit.

Und wieder glitt ich auf dem Parkett auf ihn zu, als schwebte ich, trunken vor Erwartung.

Picasso blieb auf einmal stehen. Löste seinen Arm von meiner Schulter, drehte sich um und kehrte wortlos mit schnellem Schritt an den Tisch zurück. Als wäre dieses ganze Manöver ein Missverständnis gewesen, als hätte er einen Fehler begangen, eine unbekannte Frau umarmt, als wäre er betrunken gewesen und kehrte nun, ernüchtert, an seinen Platz am Tisch zurück. Oder als hätte es sich um die Probe eines Theaterstücks gehandelt, der Regisseur hätte »Stopp« gerufen und die Szene hätte noch einmal wiederholt werden müssen, während das Publikum verwirrt zugesehen hätte, ohne zu begreifen, was geschehen war.

In der verlegenen Stille hörte ich nur das Knarren des Parketts, das Rücken eines Stuhls, dann tiefes Schweigen. Stand ich lange vor der mit seinen Bildern bedeckten Wand? Ich erinnere mich, dass ich auf die dick aufgebrachte azurblaue Farbe in der Ecke eines Bildes starrte und bemerkte, dass die Tapete dahinter nicht einwandfrei angeklebt war. Ich musste Kraft schöpfen, mich umdrehen und allein zum Tisch zurückkehren, mich an meinen Platz setzen und mich weiter unterhalten, als wäre nichts geschehen. Wie stets zuvor in solchen Situationen.

Du hättest es wissen müssen, du hättest es wissen müssen, warf ich mir stumm vor, die Fingernägel unter dem Tisch in die Handflächen bohrend. Dieser Vorwurf gegen mich selbst brannte stärker als je zuvor. Was hatte ich erwartet? Ich hätte vorhersehen müssen, dass es eine Finte war – sein Verhalten war doch so vorhersehbar –, und in den letzten Jahren hatte es sich nicht im Geringsten geändert. Ich spürte, dass meine Wangen erröteten, und das machte mich verrückt. Die Tatsache, dass ich auch nach so vielen Jahren nicht die Kraft hatte, mich gegen seine Manöver zu wehren, die nur dazu dienten, seine Macht zu bestätigen, brachte mich zur Weißglut. Wenn ich allein war, war ich so mutig und klug! Ich konnte jede Tat und jedes Wort von ihm analysieren und vorhersehen. Lediglich seine Anwesenheit machte mich blind und taub. Da halfen weder Glaube noch Einsamkeit, noch Disziplin, und er wollte mir das offensichtlich beweisen. Er vergnügte sich mit mir wie mit einem Spielzeug, damit alle sähen, dass er stärker war als mein neuentdeckter Gott …

Zum Glück taten die anderen höflich, als hätten sie nichts gesehen, Douglas unterhielt sich mit Leymarie und Buckle mit James. Picasso sprach über Balthus, als wäre er gerade eben, als er aufgestanden war, nur auf die Toilette gegangen, um seine Blase zu erleichtern. Balthus, geht ihr etwa diesen Sonderling besuchen, der minderjährige Mädchen liebt? Da gehen wir mit, wir schließen uns euch an, was sagst du, Dora? Wehr- und kraftlos, irgendetwas zu sagen, wandte ich mich an James. Und, was meinst du? Aber allein das brachte Picasso in Rage. Hatte ich es gewagt, mich vor ihm James zuzuwenden, seinen Vorschlag in Frage zu stellen? Er forderte Paul zum Aufstehen auf, und sie rannten in die Nacht. Der arrogante, unverschämte Alte, der mich bloßgestellt hatte, benahm sich wie ein beleidigter kleiner Junge, der mit den Füßen stampft, weil er nicht bekommt, was er will, dachte ich verbittert, als sich die Tür hinter ihm schloss.

Und dann kam mir schlagartig die Erkenntnis, dass er

nicht Eifersucht spielte, es sich überhaupt nicht um Eifersucht handelte!

Hätte ein Picasso etwa wirklich auf meinen »Verlobten«, den homosexuellen James, eifersüchtig sein können? Nein, Picasso, hatte die ganze Vorstellung aufgeführt, weil er verärgert war und wollte, dass ich auf ihn und nicht auf so einen unbedeutenden jungen Mann höre. Mir wurde vollkommen klar, dass er Angst hat, dass dieser Alte in Todesangst lebt. Deshalb kann er keine jungen Männer ausstehen, weil sich der Vergleich zwangsweise aufdrängt. Es ist nicht wichtig, um wen es sich handelt, ob es ein Gast wie James ist oder sogar seine Kinder – er duldet nur junge Frauen neben sich, weil jede von ihnen sein potentielles Opfer ist. Mit ihnen kann er seine Virilität zeigen und sich so beweisen, dass er am Leben ist. Aber wenn eine Frau unglücklicherweise krank wird, verliert sie seine Gnade. Ich mag es nicht, wenn eine Frau krank ist, sagte er Françoise, die von der Geburt erschöpft war, ins Gesicht. Aus dem gleichen Grund mag er keine Kinder. Ihm gefällt lediglich die Idee neuen Lebens, aber nicht wenn ihm Kinder um die Beine streichen und Aufmerksamkeit verlangen, Lärm machen. Kinder stören ihn bei der Arbeit. Männer duldet er nicht, wenn sie sich ihm nicht ganz unterordnen, wenn er sie nicht beherrscht. Und wenn ihm die Macht aus den Händen gleitet, wie bei diesem kleinen Vorfall, überkommt ihn die Wut.

Schon immer hatte er Angst vor Krankheit und Tod. Er hasste Begräbnisse, Kliniken, Krankheiten, Gespräche darüber. Seine eigene Krankheit – als er beispielsweise einmal wegen Ischias einige Monate lang ans Bett gefesselt war – verursachte unermesslichen Zorn. Er hasste sich selbst, wenn er krank war, den kranken Körper, die Ohnmacht.

Den Patienten Pablo, der den Maler Picasso nicht malen lässt. Damals begriff er vielleicht zum ersten Mal, dass er einen Körper hat und dieser ein Instrument ist, das kaputtgehen kann. Aber das vergaß er rasch. Vollard und Max und meinem lieben Paul, dem Freund, der ihn mehr liebte als jede Frau, gab er das letzte Geleit. Doch er ging weder auf die Beerdigung seines Vaters noch auf die seiner Mutter. Auch nicht auf die von Olga, die, obwohl gegen Ende schon ganz verrückt, immerhin seine offizielle Ehefrau war. Auch nicht auf die von Matisse, dem einzigen Maler, den er gelten ließ. Nein, er konnte nichts ertragen, was ihn daran erinnerte, dass auch er ein sterbliches Wesen und daher sein Schaffen zur Endlichkeit verurteilt ist. Er war hysterisch produktiv. Geradeso als hätte er mit der Arbeit dem Schicksal zuvorkommen wollen. Er spürte es, gab es aber nicht zu, dass der Tod auch in ihm wohnt, selbst in einem Picasso.

All das kehrte in dem Moment, als die Tür vom Château de Castille hinter ihm zuschlug, in mein Gedächtnis zurück. Und als ahnte ich etwas, dachte ich: Was, wenn es das letzte Mal war, dass ich ihn gesehen habe? Obwohl ich mich in den letzten Jahren bei jeder Begegnung mit ihm das Gleiche gefragt hatte, rief dieser Gedanke dieses Mal wahren Schmerz hervor.

***

Gibt es ein Heilmittel gegen Picasso?, fragte ich mich nach dieser letzten Begegnung. Nein, nicht solange ich mich wie eine Abhängige fühle.

Es gab eine Million Gründe, endlich zu begreifen, dass ich etwas anderes nicht hätte erwarten sollen, dass ich lernen musste, Distanz zu wahren. Niemand blieb von seiner Grausamkeit verschont. Als sein Sohn Paul wegen einer Lungenembolie im Krankenhaus lag und die Ärzte nicht glaubten, dass er überleben würde, schickten sie dem Vater ein Telegramm, damit er ihn besuchte, sich von ihm verabschiedete. Picasso erhielt das Telegramm, besuchte ihn aber nicht. Während Paul noch genas, starb im Krankenhaus in Cannes Olga. Aber Picasso war ausgerechnet da mitten in der Arbeit, vollendete gerade ein Bild, und es fiel ihm nicht im Traum ein, auf die Beerdigung zu gehen. Er überließ es seinem kranken Sohn, sich um alles zu kümmern. Picasso war brutal und tyrannisch, vernachlässigte die Menschen, die ihm nahestanden, seine Kinder, Freunde. Auf Françoises Wange drückte er einmal eine Zigarette aus, mich ohrfeigte er ein paar Mal ... Trotzdem verziehen ihm alle und blieben in seiner Nähe, außer Françoise, die als Einzige die Kraft aufbrachte, ihn zu verlassen. Das Erdulden von Grobheiten und Erniedrigungen war der Preis für seine Gewogenheit. Er selbst litt niemandes wegen. Er tobte, litt aber nicht wirklich, dazu war er nicht fähig. Einmal, am Anfang seiner Beziehung mit Françoise, sagte ich zu ihm: Du hast im Leben nie jemanden geliebt. Du weißt nicht, was lieben heißt. Ich fügte nicht hinzu, hätte es aber tun sollen, dass lieben bedeutet, eines anderen wegen zu leiden.

Picasso hatte, lang bevor wir uns begegneten, die *Sitzende Frau am Strand* gemalt, ein Bild, auf dem mich die Frau an eine Gottesanbeterin erinnert. In jeder Frau steckt der Trieb zum Auffressen des Männchens, sagte er. An diesem Bild hätte mir vieles über sein Verhältnis zu Frauen klar werden müssen. Aber wir waren alle von ihm geblendet und verstanden nicht, dass er in gewisser Weise Angst vor den Frauen hatte und diese Angst manchmal in seine Bilder projizierte. Er behauptete, ein Opfer der Frauen zu sein. Und das war er auch, insofern als die Frauen Aufmerksamkeit von ihm forderten. Wie übrigens auch die anderen Leute aus seiner Umgebung. Doch Aufmerksamkeit konnte er ihnen nur schenken, solange sie sein Objekt, sein Modell waren. Sobald die Beziehung komplizierter wurde – wozu es fast immer kam, sobald die Frauen ihre Gefühle ihm gegenüber zeigten –, stellten sie eine Verpflichtung, eine Störung dar, der man sich schleunigst entledigen musste. »Man sollte seine ehemalige Frau verbrennen«, sagte er.

Wie blind muss ich nur gewesen sein, dass ich alle offensichtlichen Zeichen seiner Grausamkeit vernachlässigte? Heute würde ich sagen, es war eine Verbindung von blinder Liebe und Ambition. Ja, ich war bereit, um jeden Preis mit Picasso zusammen zu sein, auch um den Preis des Persönlichkeitsverlusts.

Beistand fand ich völlig unerwartet in einer Person, die ich kaum kannte, mit der ich außer der Beziehung zu Picasso keine Berührungspunkte hatte, die vom Alter her fast meine Tochter sein könnte. Sie ist so anders als ich, dass ich nie auf die Idee gekommen wäre, ausgerechnet Françoise Gilot werde mir einige der so notwendigen Antworten geben, und zwar nachdem sie ihn verlassen hatte. »Schließlich bin ich zu der Überzeugung gelangt, dass mein Leben mit Pablo wie eine Krankheit war. Ich wusste, dass ich mich von allem, was krank in mir ist, befreien muss«, las ich ihre Erklärung in einem Klatschblatt, als die Zeitungen voll mit Artikeln über ihre Trennung waren. Früher wäre meine natürliche Reaktion Eifersucht gewesen, aber als ich diesen Satz las, empfand ich Bewunderung. Sie nannte ihn Pablo, im Unterschied zu mir, die ich das heute noch für ein Sakrileg halte. Aber nachdem sie die Kraft aufgebracht hatte, ihn zu verlassen, klang ihr *Pablo* für mich ganz anders, weil es etwas darüber aussagte, inwieweit er für mich ein Gott und für sie ein normaler Mann war! Zudem zeigte sich, dass er nur einer ihrer Männer war! Die kleine Françoise hat genau das gesagt, was auch ich fühle, aber auszusprechen fürchte: Das Leben mit Picasso ist wie eine Krankheit. Sie hat alles getan, was ich nicht getan habe – das Problem erkannt, Picasso verlassen und beschlossen, sich mit Hilfe ihres Liebhabers, Kostas Axelos, zu kurieren. Aber auch ihn ließ sie bald sitzen und heiratete einen Studienfreund.

Das war Picasso nie zuvor passiert. Er fühlte sich alt, flehte sie an zurückzukommen, weinte. Sicherlich war es schwer für ihn. Es war undenkbar, dass ihn irgendjemand verließ, schon gar keine Frau, und zwar nicht wegen eines anderen Mannes – was er leichter verstanden, wenn auch nicht verziehen hätte –, sondern weil »niemand einen Mann wie mich verlässt«, wie er ihr zu sagen pflegte, als könnte das ein Grund sein, nicht zu gehen.

Ich wäre vielleicht zurückgegangen, dachte ich, als ich das hörte, abhängig, wie ich schon bin. Ich hätte ihm für eine einzige Träne seinerseits alles verziehen. Hätte ihm auch sein Benehmen bei den Coopers verziehen, wenn er mich nur nicht so stehenlassen hätte, wenn er sich nur nicht umgedreht hätte und gegangen wäre. Noch immer fühlte ich die Wärme seines Arms, den er um meine Schulter gelegt hatte, seinen Kuss auf meiner Wange. Aber genauso gut wusste ich, dass seine Reue und Einsamkeit nicht über den Augenblick hinaus andauern.

Françoise war anders. Mutiger. Und jünger. Die Jugend hat ihre Vorteile, einer davon ist die Kraft, von vorne anzufangen. Ein anderer der Glaube an die Zukunft. Seit sie ihn verlassen hatte, hörte ich nicht auf, die junge Frau zu bewundern. Auf einmal bedauerte ich sie nicht mehr, was lange mein einziger Schutz gewesen war. Ich erinnere mich, wie sie an jenem Tag mit ihm zu mir kam, gehorsam, gefügig. Er hielt sie an der Hand, zog sie fast vor mich, als wäre ich ein Richter, der die Macht hat, an Ort und Stelle ein Urteil über ihre Beziehung zu sprechen. Stimmt es, Dora, dass nichts mehr zwischen uns ist? Sag's ihr, sag du's ihr, mir glaubt sie nicht. Ich sah, dass es dem Mädchen unangenehm war, sie blickte irgendwie auf die Seite. Groß und schlank, mit langem braunem Haar, in einem Baumwollkleidchen von der Stange, schien sie noch jünger und gewöhnlicher. Einen Moment lang glaubte ich, ich hätte tatsächlich Macht über ihr Schicksal.

Ich erinnere mich, damals habe ich gedacht: Was würde passieren, wenn ich nein sagen würde, es ist nicht aus. Würde sich das Mädchen umdrehen und gehen? Würde Picasso den Kopf senken und traurig seufzen? Er heftete seine schwarzen Augen auf mich, sah mich streng, fast drohend an. Natürlich musste ich die dumme Lüge bestätigen. Meine Rache war schwach und pathetisch: Ich sagte ihm die Wahrheit, die er nicht vertrug, dass er nicht lieben kann. Françoise hörte mich, verstand mich damals aber noch nicht. Wie hätte sie es auch können? Sie war erst zwanzig Jahre alt, als sie ihn kennenlernte. Sie konnte nicht einmal ahnen, worauf sie sich einließ und was es bedeutet, mit diesem Mann zusammen zu sein. Wahrscheinlich dachte sie, Kinder würden sein Leben verändern. Von Olga, die ihm den Sohn Paul geboren hatte, wie auch von

Marie-Thérèse, die ihm die Tochter Maya geboren hatte, hätte sie lernen können, dass seine wahren Kinder seine Bilder sind und nicht lebendige Wesen.

Am Anfang ihrer Beziehung betrachtete ich Françoise als Rivalin, obwohl wir eigentlich nie Rivalinnen waren, denn ich war schon in den ersten Jahren ihres Verhältnisses auf eine pathetische Kreatur reduziert, die in ihrer Wohnung in der Rue de Savoie saß und auf einen Anruf von ihm wartete. Und bald darauf, nach den Elektroschocks, wurde eine arme Irre aus mir. Ich weiß, dass sie Mitleid mit dir gehabt hat, sagte Paul zu mir. Deswegen widerte sie mich an, ich brauche niemandes Mitleid, dachte ich, offensichtlich irrtümlich.

Nachdem sie ihn verlassen hatte, identifizierte ich mich mit Françoise. Ich stellte mir vor, wie sie Zugfahrkarten kauft und nach Paris reist, eine neue Wohnung sucht, die Kinder in die Schule bringt. Ich stellte mir vor, wie sie mit dem jungen und wunderschönen Kostas schläft. O ja, so weit bin ich gegangen. Das hat mir geholfen. Der Gedanke, dass Picasso Axelos kannte, dass er wusste, wie er aussieht und dass er erst dreißig Jahre alt ist, erfüllte mich mit unerwarteter Befriedigung. Indem sie Picasso verließ, zeigte Françoise ihm, dass er alt ist und es, was immer er auch glaubt, ein Leben nach ihm gibt. Sie war dem sadistischen Herrscher entronnen, und dafür beneidete ich sie. Wie selbstsüchtig und böse sie nur ist, sie versteht das Genie nicht, sagten ihre bisherigen Freunde. Dieselben, die auch nach meiner Episode im Irrenhaus keine tröstenden Worte für mich gefunden hatten. Sie wussten, dass mich Picasso in den Wahnsinn getrieben hatte, und zwar nicht nur dadurch, dass er mit einer neuen jungen Muse vor mir paradierte. Françoise fühlte sich ausgenutzt, wie ich vor ihr, wie auch Olga und Marie-Thérèse. Ich hatte das Gefühl, sie hat, indem sie ihn verließ, auch mich gerächt.

***

Picasso konnte es sich nicht erlauben, allzu lange zu trauern, und schon nach einigen Monaten stürzte er sich wieder mit einem Wahnsinnseifer auf die Arbeit und auf die Frauen.

Wie viel Zeit war vergangen? Die Lücke, die Françoise hinterlassen hatte, füllte sehr schnell und offiziell Jacqueline, eine siebenundzwanzigjährige ehemalige Verkäuferin im Keramikatelier *Madoura* in Vallauris, wo sie sich auch begegnet waren. Geschiedene Mutter eines kleinen Mädchens. An jenem Abend im Château de Castille, als er geklagt hatte, er sei allein und ohne Frau, war er in Wirklichkeit weder allein noch ohne Frau. Ja, Françoise hatte ihn verlassen, aber schon zuvor hatte der zweiundsiebzigjährige Picasso Zeit mit der Herstellung keramischer Gegenstände verbracht, wobei ihm die kleinwüchsige Verkäuferin half. Ganz zu schweigen von der jugendlichen Dichterin Geneviève Laporte, die sich für die einzige Liebe Picassos hielt. Jacqueline, die ein wenig Spanisch sprach und Picasso damit erheiterte, nutzte die Gelegenheit und war entschlossen – fest, wie sich zeigte –, den verwaisten Thron zu besteigen. Die Entschlossenheit dieser Frau ist interessant. Vielleicht verstand sie gerade dank ihrer Einfachheit die Bedürfnisse Picassos besser als die anderen. Er brauchte eine Frau, die seinen Wunsch, nicht allein zu sein, befriedigte und ihm diente. Dafür brauchte er keine intellektuelle Schönheit. Oder wie es seine langjährige Haushälterin Inès gern ausdrückte: Was mich betrifft, gibt es nur Picasso. Manchmal bekommst du auf die Nase, aber wenn du bei ihm sein willst, musst du alles hinnehmen.

Jacqueline schien alles hinzunehmen. Während er sich in einen Griesgram, einen immer anspruchsvolleren Greis verwandelte. Sehr schnell fand sie sich in der Rolle einer Dienerin wieder, aber wie es in den Komödien so kommt und wie es sich bald herausstellte, in der einer herrschenden Dienerin, von der Picasso immer abhängiger wurde. Sie isolierte ihn von seinen Freunden und Kindern, sicherte ihm Ruhe – aber auch Einsamkeit, die ihn unglücklich machte. Er wurde von ihren Entscheidungen abhängig. Am Ende wurde er selbst zum Sklaven, war er nicht mehr der Herr.

Mit Jacqueline bekam er, was er in diesem Alter auch verdiente, eine Pflegerin im Altenheim. Bin ich böse, weil ich so denke? Noch immer liegt mir etwas an Picasso, aber auf eine andere Art. Ich bewundere ihn weiterhin, bin aber nicht mehr wie früher an ihn gebunden. Heute, nach so vielen Jahren, spüre ich ihn wie eine tiefe, aber alte Wunde, die manchmal weh tut, gewöhnlich, wenn sich das Wetter ändert. Mir fällt auf, dass ich, wenn ich mit James über ihn spreche, in der Vergangenheit rede. Auch das Leben anderer Menschen interessiert mich nicht so wie früher, als Widerspiegelung meiner selbst und der Macht, die ich über sie habe.

***

Ich male, und das beruhigt mich. Auch meine Selbstgewissheit als Künstlerin kehrt allmählich zurück. Für die Rückkehr meiner Selbstgewissheit als Frau ist es bereits zu spät. Maman hat mir nichts davon erzählt. Sie hat mir nicht anvertraut, dass das Alter sowohl die Eitelkeit als auch das Verlangen tötet. Die Frauen hüten dieses Geheimnis voreinander. Doch jetzt, wo ich gerade die Fünfzig überschritten habe, ist es eine tröstende Erkenntnis für mich. Aber manchmal frage ich mich, ob ich mich wegen meines Aussehens von den Leuten zurückziehe. Wenn ich mich heute vor den Spiegel stelle, sehe ich zu viele Kilos, die ich vor allem um die Taille angesetzt habe. Ich sehe ein Gesicht, das die Frische eingebüßt hat. Und am schlimmsten von allem: Ich sehe, dass meine Krankheit die Wirbelsäule verbiegt und ich mich immer mehr nach vorn beuge, als trüge ich eine allzu schwere, aber unsichtbare Last. Vielleicht ist es ja auch so. Vielleicht handelt es sich nicht um eine physische Krankheit, die Folge der Elektroschocks oder etwas anderes, sondern um die Last in mir, derer ich mich nicht entledigen kann. Nicht einmal Jacques konnte mir helfen, sie ganz loszuwerden. Als trüge ich auf dem Rücken jenes andere, ehemalige Selbst, das mich niederdrückt und sich in eine schwere Last verwandelt hat. Tja, vor ein paar Tagen sagte ich im Gespräch mit einem Geistlichen aus dem Kloster in der Rue de la Source: Ich habe mit Picasso zusammengelebt. Diese Worte kamen völlig unerwartet aus mir heraus, als hätte ich einen Käfig mit gefangenen Vögeln geöffnet, die es kaum erwarten können wegzufliegen! Als wären meine Worte von den Lippen geflüchtet, weil sie ein eigenes, von mir unabhängiges Leben führen. Wie kommt es, dass schon sein Name das labile Gleichgewicht meiner Wirklichkeit stören kann?

Lacan würde mir natürlich gleich mit dem Unterbewusstsein kommen, dem Wort, das Freud in die Alltagssprache eingeführt hat. Dass ich mich dem Pater als Geliebte Picassos vorgestellt habe, hat mich überrascht und erschreckt. Offensichtlich ist er noch immer das Knochengerüst meines Lebens, nach ihm richte ich mich selbst jetzt, wo ich schon geglaubt habe, ich hätte unsere Trennung verwunden. Ich spüre, wie mich seine Adora bedrückt, wie sie mich nicht nur einfach Dora sein lässt.

***

Unlängst nach meiner Rückkehr aus Venedig* ließ ich meine Freunde wissen, dass ich mich in die Einsamkeit zurückziehen und nicht von ihnen angerufen und besucht werden wolle. Die Entscheidung, mich ganz abzukapseln, hatte ich in Venedig getroffen. Ich weiß selbst nicht, warum ich mir so sehr gewünscht habe, in diese Stadt zu reisen. Doch als ich dort ankam, begriff ich fast im selben Moment, es war, weil Venedig eine Stadt des Wassers ist. Und der Masken.

Ich brauchte ein paar Tage, um mich zu entspannen, allein durch die Gassen zu gehen und auf den Steinbrücken zu stehen, versunken in den Anblick des trüben grünen Wassers der Kanäle, wie eine Selbstmörderin, die sich zum Sprung entschließt.

An einem der Tage, die ich dort verbrachte, geriet ich auf einem Spaziergang vom *Peggy Guggenheim Museum* zur Universität in der Nähe der Ca'Macana vor das unansehnliche Schaufenster eines Maskengeschäfts. Es gibt viele solche Läden, aus deren Schaufenstern einen Gesichter aus Pappmaché mit hohlen Augen angrinsen. Aber dieser war anders, eigentlich war es eine alte Werkstatt. Im Schaufenster erkannte ich die üblichen Modelle der Karne-

* Anfang Mai 1958 hielt sich Dora zusammen mit James und Bernard ein paar Tage in Venedig auf. (Anm. d. Hrsg.)

valsmasken wie *Bauta* und *Moretta muta*, *Pantalone*, *Colombina*, *Medico della Peste* ... Durch die offene Tür – es war Mai – sah ich den *Mascheraio*, den Maskenmeister, der sich mit einer Schere in der Hand über einen Tisch beugte. Er wirkte ernst und nachdenklich auf mich. Geradeso als kreierte er beim Erschaffen der Masken das Schicksal als solches, dachte ich und blieb vor diesem symbolischen Anblick, der mich bezauberte, stehen.

Bitte, kommen Sie doch herein, sagte der *Mascheraio*, als ihm auffiel, dass ich länger als die anderen Passanten schaute. Er sprach mich auf Italienisch an, aber so viel verstand ich. Probieren Sie eine auf, möchten Sie? Hier, probieren Sie diese samtene *Moretta* auf. Kennen Sie sich aus mit venezianischen Masken? Bestimmt fällt Ihnen auf, dass sie keine Öffnung für den Mund besitzt – ihre Trägerin ist stumm, weil sie mit den Zähnen den Knopf hält. Genau so eine Maske können Sie auf dem Bild *Das Nashorn* von Pietro Longhi aus dem Jahr 1751 sehen.

Der Meister erwähnte zufällig das Bild, das ich erst gestern zusammen mit James im *Museo del Settecento* gesehen hatte. Genau davor war ich nicht nur wegen der Masken, die fast alle Personen auf dem Bild aufhatten, stehengeblieben: Die Männer im Vordergrund trugen *Bautas*, während sich die Dame im Hintergrund kokett durch eine schwarze *Moretta* mit kaum erkennbaren Schlitzen schützte. Und ich starrte wie diese Venezianer aus dem achtzehnten Jahrhundert auf das Nashorn. Der Führer erzählte uns, dass das Nashorn Clara geheißen und tatsächlich existiert hatte. Es war auf einem niederländischen Schiff herbeigeschafft worden, und der Kapitän hatte es jemandem verkauft, der Geld damit verdiente, dieses riesige, bis dahin nie gesehene Tier wie im Zirkus zu zeigen.

Ein ungewöhnliches Motiv, dieses pathetische, ungelenke gefangene Tier, das wie ein schwarzer Schatten im Kontrast zu der eleganten Dame im Hintergrund stand, die bei derlei Begebenheiten nicht ihr wahres Gesicht zeigte. Ich nickte, ich kenne Longhi, sagte ich zu ihm, Clara und die Dame mit der *Moretta* habe ich gesehen.

Der Meister strahlte. Haben Sie Zeit? Setzen Sie sich hierher. Stellen Sie sich vor, Sie wären eine Dame aus dieser Zeit und richteten sich für den Karneval her. Bestimmt möchten Sie diese Masken aufprobieren. Ja, es gibt nur ein paar Typen, aber sie sind so unterschiedlich gearbeitet, dass die Auswahl nicht leichtfällt! Denn obwohl sie das Gesicht verdeckt, verrät die Maske Ihren Status und vielleicht – manchmal geschieht auch das – enthüllt sie in Wirklichkeit Ihr wahres Gesicht. Die Maske verleiht dem Menschen so etwas wie Macht, nicht wahr? Ah, mit der *Colombina* sehen Sie noch geheimnisvoller aus, meine Liebe! Die andere, die *Volto*, wirkt auf ihrem Gesicht doch etwas grausam, aber diese, diese goldene feine *Bella Donna* macht Sie kalt. Obwohl diese hier eigentlich keine Karnevalsmaske ist, probieren Sie bitte die schwarze *Colombina* aus Seide auf, mit Feder und Spitze, die ich eben fertiggestellt habe. Sie wird Ihnen zusätzlichen Reiz verleihen, falls das überhaupt möglich ist. Aber Sie können natürlich sein, was immer Sie möchten, fügte er hinzu wie ein Echo von Picassos Worten über mich: Sie kann sein, was immer sie möchte. Ich würde heute sagen, ich war bereit zu sein, was immer er wollte, aber nur weil ich glaubte, es sei der einzige Weg, ihn zu halten.

Während ich in dieser Werkstatt die neuen Maskenmodelle, die mir der Meister brachte, ab- und anlegte, begriff ich plötzlich, dass ich in Wirklichkeit mein ganzes Leben lang eine einzige Maske trage, die der geheimnisvollen Etruskerin, der Frau ohne Lächeln. Niemand weiß, was sich hinter der Maske verbirgt und warum ich ausgerechnet diese ausgesucht habe. Hat mich mein Weg zufällig in dieses Sträßchen geführt, damit ich begreife, dass ich mich noch immer hinter ihr verstecke? Vielleicht, dachte ich. Vielleicht kann ich mir erst in dem Moment, wo ich so viele Wahlmöglichkeiten vor mir sehe, die Wahrheit eingestehen, dass meine Maske keine bewusste Wahl ist, sondern das Ergebnis meiner Unsicherheit. Auf einmal flog ein Foto an meinen Augen vorbei, auf dem ich kurzes Haar und ein fast jungenhaftes Gesicht habe wie auf dem ersten Porträt von Picasso, einem der ersten. Nein, das war ein offenes Gesicht, dort versteckte ich mich nicht. Wann war die Maske auf meinem Gesicht erstarrt? Wann hatte ich das Bedürfnis verspürt, mich durch sie zu schützen? Hatte mein Ausgeliefertsein gegenüber den grausamen urteilenden Blicken dazu beigetragen, dass ich mich hinter der Maske versteckte?

Ich stand in dem halbdunklen Raum mit dem Schatz, der sich mir unverhofft darbot, während der Meister seine beliebten Exemplare zum Aufprobieren herbrachte und sie auf dem Tisch nebeneinanderlegte. Die schönsten Masken befanden sich in der Werkstatt hinten, als versteckte er sie vor den Blicken, weil sie für auserwählte Kunden, *Cognoscenti*, bestimmt waren. Pfauenfedern, Samt, Vergoldungen, Spitze, falsche Steine und Pelzbesätze, Schleier und Schals, lange Umhänge und ungewöhnliche, elegante Hüte glitten durch meine Finger, während ich die Masken wechselte, jedes Mal überrascht, wenn im Spiegel gegenüber einen Moment lang meine alte, schon verschlissene und müde erschien. Beim Aufprobieren einer *Moretta* dachte ich, genau so hatte ich mich in den letzten Jahren gefühlt, als trüge ich eine solche Veloursmaske mit Schlitzen für die Augen, aber ohne Mund. Ich war eine Frau hinter einer *Moretta muta*, der nicht gegeben war zu sprechen, noch weniger zu schreien, und sei es auch nur aus Überraschung, weil sie ein Nashorn sieht. Es gab keine Möglichkeit, den Mund zu öffnen, denn um die Maske auf dem Gesicht zu behalten, musste sie den Griff mit den Zähnen festhalten.

Ich war eine Frau, die sich, um am Karneval, am öffentlichen Leben, teilnehmen zu können, die Stimme genommen hatte.

Der Meister verschwand für einen Moment. Als er wieder auftauchte, hielt er eine feine weiße Halbmaske aus Porzellan, ähnlich einer Katze mit schwarzen Ohren, in der Hand. Die hier ist etwas Besonderes, diese Maske entspricht ihrer Persönlichkeit am meisten. Wir Venezianer nennen sie *Gnaga* oder *Gatto*, sagte er und machte die Maske, die wegen der feinen Ausarbeitung oder ihres Alters offensichtlich wertvoll war, mit einem Band selbst an mir fest. Seine Hände rochen nach Klebstoff. Warum denken Sie, dass mir ausgerechnet die Katze entspricht, fragte ich ihn? Der magere Mann mit der Brille und der Lederschürze sah mich ernst an. Darf ich Ihnen sagen, warum? Ich nickte. Wissen Sie, durch meine Werkstatt (mir fiel auf, dass er nicht Laden sagte) gehen viele Menschen, hauptsächlich Touristen. Meistens kaufen sie die Masken als typisches venezianisches Souvenir, obwohl meine nicht billig sind, weil ich einer der wenigen bin, die sie noch selbst herstellen, in Handarbeit, jede einzelne. Kaum ein Kunde probiert die Masken aufmerksam auf und denkt darüber nach, welche ihm am ehesten entspricht. Es soll eine prächtige und bunte sein, die Entzückung und Bewunderung hervorruft. Sie bringen sie nicht mit ihrem Charakter in Einklang, noch versuchen sie es! Vielleicht weil sie sich selbst nicht richtig kennen, aber vielleicht, wer weiß, gerade weil sie sich verstecken möchten. Mich bitten sie nicht um Rat, und ich habe keine Zeit, mich mit ihren Gesichtern zu befassen, ich befasse mich mit der Herstellung. Doch obwohl es nur ein paar Maskentypen gibt, steht in Wirklichkeit nicht jeder Typ jedem. Sie zum Beispiel sind keine *Colombina*, Sie sind keine heitere Gestalt der *Commedia dell'arte*, es ist fraglich, ob Sie in dieser Rolle überzeugen könnten. Aber diese Maske, die *Gnaga*, ist auch deshalb etwas Besonderes, weil sie Teil eines Kostüms ist, das traditionell als Frau, das heißt als Katzenfrau, verkleidete Männer tragen. Und wenn sie sich so verkleiden, benehmen sie sich wie Kurtisanen, weil auch das zu ihrer Rolle gehört.

Ich schwieg, verblüfft über seine Worte. Der Meister sprach, als kennte er mich, obwohl wir uns nie zuvor begegnet waren. Ich blickte durch die Öffnungen für die Augen, durch die Katze, die sich meinem Gesicht perfekt anpasste, als wäre sie angeklebt, als wäre sie ein Teil von mir. Der untere, sichtbare Teil meines Gesichts enthüllte im Spiegel eine beinahe porzellanweiße Haut, einen festen Kiefer und Lippen ohne ein Lächeln. Und während ich den kleinen Laden und ihn, den Meister, betrachtete, der bei der Herstellung einer Maske die Persönlichkeit bestimmt, als die wir, wenigstens für kurze Zeit, solange wir sie aufhaben, erscheinen, fragte ich mich, ob er sah, dass meine alte Maske zu meinem Gesicht geworden war.

Ich hoffe, Signora, meine Wahl kränkt Sie nicht, äußerte er. Die *Gatta* steht Ihnen perfekt, denn ich sehe Sexualität in Ihnen, aber auch Männlichkeit. Und Hochmut, fügte er, einen Augenblick zögernd, hinzu. Da ich so frei war, Ihnen das zu sagen, erlauben Sie mir bitte, sie Ihnen zu schenken. Nebenbei gesagt, wissen Sie, dass die Venezianer strenge Vorschriften hatten, wann die Masken getragen werden durften? Sie durften nicht in der Kirche getragen werden. *Ma sua maschera e piu bella, propio perche non e maschera.* Ihre Maske ist die schönste, gerade weil sie keine Maske ist, fügte er hinzu, als läse er meine Gedanken.

Ich gebe zu, in diesem Augenblick zweifelte ich wirklich, dass es sich um einen *Mascheraio* handelte. Er kam mir vor wie ein Medium, eine Person, die meine unausgesprochenen Fragen beantwortete. Oder war ich es selbst, die Antworten in seinen Worten fand? Das war wirklich einerlei. Der Meister, der ein ganzes Leben lang Masken hergestellt hatte, ahnte meinen Hochmut. Ich hatte geglaubt, es handle sich um Stolz. Hochmut ist natürlich etwas anderes – Hochmut ist eine Todsünde. In Venedig, in der Maskenwerkstatt, aus dem Mund dieses Mannes klang das Wort wie ein Urteil. Ich erbebte, gab ihm die wunderschöne *Gatta* zurück und rannte weinend aus dem Laden.

***

Ist mein Glaube etwa vergeblich? Kann meine Reue meinen Hochmut überhaupt auf irgendeine Art besiegen? Meine erste Reaktion war, mich zu verteidigen: Ja, ich war hochmütig, und ich weiß, dass solche Frauen gewöhnlich Verliererinnen sind, vor allem, wenn sie so aussehen, dass sie Begehren erwecken. Ich hatte Lust, dem Mann, auf den ich zufällig gestoßen war, zu sagen: Ich wollte auch die andere Macht, die wahre, die mir meine Kunst gibt! Und ich weiß nicht, warum ich auf der weiblichen Macht bestanden habe, als ich sah, dass ich verlieren würde. Und noch etwas, wissen Sie, dass nur Frauen in die Situation kommen, wählen zu müssen, ob sie Frauen oder Künstlerinnen sein wollen? Weder Picasso noch sonst irgendein Mann in meinem Kreis hat sich in einem derartigen Dilemma befunden. Dem Mann kommt Macht zu, ob er Künstler ist oder nicht. Als ich versuchte, den Mann vom Künstler zu trennen, weil ich dachte, nur wenn mich der Mann liebe, komme alles in Ordnung – erwies es sich als Irrtum und unsere Beziehung als unmöglich.

Was ihn betraf, war ich unsicher, schwach und abhängig. Und das bedeutet, dass ich schwankte, an mir zweifelte, an jeder Wahl, die ich zu treffen hatte. Fotografin oder Malerin? Französin oder Kroatin? Argentinierin oder Etruskerin? Vielleicht doch Jüdin? Eine Frau, aber mit männlichen Eigenschaften. Politisch aktiv, dann völlig gleichgültig gegenüber Politik. Atheistin oder Gläubige? Fügsam und hysterisch. Eine Intellektuelle? Ja, aber auch eine Wahnsinnige. Auf naive Art ehrlich, aber auch eine Lügnerin, eine eifersüchtige, eitle Frau hinter einer kalten Maske. Eine stolze und hochmütige, aber eine, die nicht kämpft, sondern aufgibt und sich ihrer Schwäche überlässt. Eine *Femme fatale*, die zum Opfer ihrer eigenen Leidenschaft wird, hat Lacan mir einmal gesagt. Warum musste ich überhaupt wählen?

Auch Frida Kahlo war schwach. Und wegen ihrer Krankheit abhängig von Diego. Wie abhängig war sie nur, als sie monatelang im Gipskorsett lag und danach auf ihrem dünnen schwachen Bein voller Narben hinkte, die ihren Körper wie ein Schlachtfeld aussehen ließen? Dieser Körper war nicht schön und die Haut nicht zart und geschmeidig wie die ihrer Schwester, mit der ihr Mann sie betrog. Sie litt, weil sie keine Kinder bekommen konnte. Aber nie, nicht einen Augenblick hörte sie auf mit dem Malen. Sie war nicht unsicher, wusste genau, was sie wollte, und kämpfte dafür. Wählen wollte sie nicht.

Der venezianische Maskenmeister hatte mich wie ein vortrefflicher Psychologe auf meine wahre Natur hingewiesen – auf meinen aus Unsicherheit erwachsenen Hochmut.

***

Als ich aus Venedig zurückkehrte, beschloss ich: Von nun an verhalte ich mich anders. Das einzige Heilmittel gegen die Last meines Hochmuts sind Entsagungsübungen. Denn bei der Hingabe an den Glauben wie bei der Hingabe an die Kunst muss die Person auf ein Instrument reduziert werden.

Grundübung: sich möglichst wenig in Gesellschaft bewegen, möglichst wenige Menschen treffen und so die Möglichkeit ausschließen, sich vor Publikum zu zeigen. Den Freunden kündigte ich meinen Rückzug nicht an, weil ich sie nicht hätte sehen wollen. Ich wollte nicht, dass sie mich sehen. Ein wesentlicher Unterschied. Indem ich auf ihre Gesellschaft verzichte, entziehe ich meinem Hochmut, der offensichtlich größer ist als ich gedacht habe, die Gelegenheit, sich zu zeigen.

Es fällt mir schwer einzuschätzen, ob meine bisherigen Freunde und Verehrer so etwas von mir erwartet haben, weil ich mich bis jetzt ziemlich viel in Gesellschaft bewegt habe. Aber Tatsache ist, dass die Anrufe zurückgegangen sind. Von einigen Bekannten würde ich sagen, sie haben aufgeatmet. Die verrückte Dora geht ihnen auf die Nerven, sie ist anstrengend, weil sie die Märtyrerin und obendrein die Gerechte spielt. Sie verstehen meinen Rückzug in den Glauben nicht, sagen, es komme unerwartet, aber sie täuschen sich. Sie nennen es religiösen Wahn, obwohl ich mich bemühe, mich in dieser Hinsicht zurückzuhalten und mich anderen nicht aufzudrängen.

Wie leicht ist es doch, von dieser Welt zu verschwinden! Es dauerte nicht lange, vielleicht ein knappes Jahr – und sie hatten mich vergessen. Balthus, Leymarie, aber auch James riefen mich nicht mehr an. Manchmal traf ich mich noch mit Marie-Laure de Noailles und Lise Deharme. Ich fühle mich unsichtbar. Aber habe ich nicht gerade das gewollt? Ja, aber wenn ich mit Picasso zusammengeblieben wäre, würden sie weiterhin alle hinter mir herrennen, egal, was ich gesagt habe. Nicht nur sein übliches Gefolge, angeführt von Sabartés, der mit größerer Leidenschaft und Liebe als eine verliebte Frau oder Mutter seine Hefte mit Notizen über jedes Wort, über jede, selbst die kleinste Zeichnung von Picasso vollgeschrieben hat, sondern auch die, welche sich jetzt leichthin von mir abwenden, die ehemaligen Freunde, die mich verehrt haben, solange ich mit dem Genie zusammen war … Ach, alle verhalten sich wie eine Meute hungriger Hunde, die ihm folgen wie der Spur eines saftigen Happens. Denn wo Picasso ist, wird sich auch etwas für sie finden, ein Krümelchen Ruhm, eine Zeichnung von seinem Tisch … Wie Fliegen, die sich von seinem rohen Fleisch ernähren, doch ihn kümmert es nicht, solange sie um ihn herumschwirren und ihn bewundern, solange er im Zentrum ihrer Aufmerksamkeit steht. Was für ein widerliches Verhalten, und wie wenige Menschen sind es, die ihm nicht unterliegen. Ich verachtete sie, diese Meute von Kopfjägern, dieses Rudel von Hyänen, diese Heuchler und Schmeichler. Jetzt bin ich ein abgenagter Knochen für sie, an dem kein Fitzelchen Fleisch mehr hängt. Verlassen von Picasso, allein. Hüterin eines Schatzes. Ich verkaufe nur weniger wertvolle Zeichnungen, wenn ich unbedingt Geld brauche. Und die Porträts von mir, die ich hässlich finde, wobei mir bewusst ist, dass sich auch darin meine Eitelkeit widerspiegelt.

Manchmal überkommt mich eine unermessliche Trauer, und ich finde keinen Weg, mich zu fangen, außer vielleicht mit Hilfe dieser Aufzeichnungen. Auch die Gebete helfen mir nicht, und das quält mich. Heißt das, dass ich nicht genug glaube, dass auch mein Glaube so etwas wie eine Täuschung ist? Bin ich denn auch jetzt, da ich mich dem Glauben hingebe, nichts anderes als ein Gespenst, dem andere Inhalt verleihen? Noch immer?

***

Von meinem früheren Leben sind mir die Mittagessen mit Vater geblieben. Vater arbeitet jetzt für die jugoslawische Touristenagentur, was ihn ganz in Anspruch nimmt. Ich treffe ihn einmal in der Woche, gewöhnlich sonntags, im Restaurant des Hotels *Lutetia*. Schon im Vorhinein weiß ich, dass mir sein Benehmen auf die Nerven gehen wird. Wir betreten den Saal, unser alter Kellner Henri, die grauen Haare glatt zurückgekämmt, Schnurrbart, begrüßt uns. Vater lächelt freundlich und nickt, bedeutet ihm, dass er ihn erkennt, obwohl er, sobald wir essen, gerade ihn anfahren wird. Er wird schreien, das Essen sei alt und der Wein schlecht, das Tischtuch fleckig und die Stühle unbequem, ihre Küche verdiene nicht, so zu heißen, und er solle dem Koch ausrichten, es sei das letzte Mal, dass er ihm die Suppe lauwarm serviert habe! Daraufhin wird Henri nur nicken und antworten, beruhigen Sie sich doch, Monsieur Markovitch, ich bringe Ihnen gleich ein Glas besonderen Weißweins zum Probieren, Sie wissen ja selbst, wie sehr ich Ihre Meinung schätze. Regen Sie sich um Gottes willen nicht auf, es könnte Ihnen übel bekommen! Worüber sich Vater noch mehr aufregt, weil er überzeugt ist, dass er gesund ist und ihm, einem Markovitch, keine dumme Krankheit droht.

Je älter er wird, desto anspruchsvoller wird Vater. Ich verlange nur Achtung für mein Geld, sagt er mir zu seiner Rechtfertigung. In Wirklichkeit ist das Essen immer gleich gut, nur seine Laune ändert sich. Er ist unzufrieden, allein. Und seine Tochter Dorica ist ebenfalls allein, was ihn weit mehr bekümmert. Papi, ich bin doch nicht mehr so jung, ich finde mich schon zurecht. Es geht mir gut. Ich weiß, Dorica, aber wenn dieser Mann nicht gewesen wäre, an den du dich gebunden hast, hättest du reisen, Karriere machen können, verstehst du? Du hast einen allzu hohen Preis bezahlt, um die paar Jahre mit Picasso zu verbringen und jetzt die Wärterin seines Museums zu sein, eines Museums von Geistern, da du ja niemanden ins Haus lässt! Wenn du wenigstens seine Bilder verkaufen würdest! Reisen, dir die Welt ansehen, es dir gutgehen lassen würdest! Aber was machst du? Kniest in der Kirche wie die arme Julie, dafür bist du doch nicht zur Schule gegangen. Du hast im Unterschied zu ihr Talent. Aber obwohl du dich bewiesen hast, hast du mit diesem Talent nicht viel erreicht, meine Liebe. Du hast nicht auf mich gehört, hast nicht auf deinen Vater gehört, weil er alt und dumm ist, aber auf den anderen Alten – ja auf den hast du gehört. Warum? Weil du verliebt warst, sagst du? Nicht nur deshalb. Er ist jemand, beinahe ein Gott. Und ist immer noch jemand, nur macht er jetzt eine noch jüngere als dich verrückt … Meine arme Dorica.

Und so, mit diesen Worten, wenn wir nicht über Politik oder Argentinien reden, wofür er sich immer noch interessiert, stutzt mich Vater sonntags zurecht. Er sagt, ich sei, obwohl talentiert und schön, eigentlich nicht weit entfernt vom Schicksal meiner Mutter, der Hausfrau Julie Voisin, die früher gern Hüte gemacht und eine Begabung dafür hatte, aber nicht die Kraft, sich durchzusetzen. Auf seine Worte hin winke ich ab. Ich versuche, ihm nicht zuzuhören. Am Schmerz, den ich zeitweilig verspüre, erkenne ich, dass er den Finger auf die noch offene Wunde legt.

***

Absichtlich ziehe ich mich bescheiden an, trage formlose graue Kleider. Ich sehe dabei zu, wie mein Haar zunehmend ergraut, denke aber nicht daran, es zu färben. Ich hülle mich in einen Schal und begebe mich morgens in die nahe Kirche. Am liebsten gehe ich den Nachbarn aus dem Weg, deswegen verlasse ich früh das Haus, verschwinde um die Ecke, und im Nu bin ich in der Kirche, unter einem hohen Steingewölbe, auf der Kniebank, vertieft in ein Bußgebet. Ich bin keine Nonne, wäre aber gern eine. Unter dem Schleier des Habits würde ich mich sicherer vor der Welt fühlen. Die Kirche hat das Atelier in der Rue des Grands-Augustins abgelöst, und Picasso, der das Maß meines Aufstiegs und meines Falls bleibt, versuche ich immer noch beharrlich durch Gott zu ersetzen.

Die langen Sommermonate verbringe ich in dem baufälligen Haus in Ménerbes. Denn wie sollte ich dieses Haus mit den leeren Zimmern, durch das der Wind bläst, anders beschreiben? An einigen Stellen regnet es durch das Dach, und in meinem Zimmer stehen nur ein Bett, ein Tisch und ein Stuhl. Ich lasse es absichtlich so karg möbliert, als hätte ich nicht genug Mangel, Entbehrung, Unbequemlichkeit und körperliches Leiden. Ich bestrafe mich, obwohl ich damit nichts erreichen werde. So weiß ich wenigstens, dass ich noch lebe. Seltsamerweise habe ich an dem öden Haus sogar meine Freude, da ich weiß, dass ich die Ödnis um mich herum selbst geschaffen habe. Aber wenigstens gibt es in diesem Haus keine weißen Gardinen. Ich hasse weiße Gardinen.

Früh am Morgen rolle ich die Leinwand zusammen und verstaue Pinsel in der Tasche, setze mich auf ein altes Motorrad und fahre aufs Feld zum Malen. Ich liebe das weiche Licht und die Frische des Morgens. Mein Leben ist einfach: Ich esse Brot und Käse, Tomaten aus dem Garten, Eier, Oliven und was mir die Hausgehilfin aus den Läden im Ort mitbringt. Döse. Lese. Mache Aufzeichnungen. Bete, oft. Schlafe. Und doch gibt es Dinge, an denen mir etwas liegt. Wenn ich in Ménerbes bin, gehe ich nicht schlafen, bevor ich ein kleines, Picasso gewidmetes Ritual abgehalten habe. In der Dämmerung nach dem Abendbrot bleibe ich auf der Terrasse sitzen und fülle zwei Gläser mit Wein, *Cabernet de la Citadelle*. An meinem nippe ich, während ich das andere gegen Westen erhebe und zusehe, wie die rubinrote Sonne langsam darin ertrinkt. Ich proste Picasso zu, dem genialen Maler und unerträglichen Mann, der mein Leben bestimmt hat. Stoße mit seinem Glas an. Der Klang erinnert mich an eine Porzellanmaske, die auf den Boden fällt und in tausend Stückchen zerspringt. Bevor ich die Terrasse verlasse, gieße ich den Wein aus dem anderen Glas als Opfer für seine Seele auf die Erde. Wer weiß, ob er jemals an mich denkt.

Manchmal hebe ich, bevor ich ins Haus gehe, den Blick zum unendlichen schwarzen Himmel und wende mich an Gott: Lieber Gott, noch immer betrüge ich dich mit Picasso! Ich bin doch eine *Francesa* geblieben.

POST SCRIPTUM (Ménerbes, den 8. April 1973)*

In Mougins starb heute Picasso. Das Radio brachte die Nachricht in den Nachmittagsstunden und unterbrach dafür eine Sendung mit klassischer Musik, ich glaube, es war ein Klavierkonzert. Ich stand neben dem Herd mit dem Teekessel in der Hand und goss gerade heißes Wasser in eine Tasse.

Jahrelang hatte ich mir diesen Augenblick vorgestellt. Präzise, als hätte ich ein Drehbuch geschrieben. Ich würde das Radio einschalten, und eine ernste Männerstimme würde die Nachricht von seinem Tod melden. Oder ich würde, wenn ich vom Morgengebet in der Kirche im Ort käme, die Tageszeitung kaufen und auf der Titelseite ein Foto von seinem Gesicht erblicken: Meine Hände würden erzittern und die Zeitung würde auf das schmutzige Pflaster fallen. Oder das Telefon würde klingeln, und die Stimme einer Bekannten auf der anderen Seite, vielleicht

* Das P. S. ist datiert, und das ist zugleich der einzige datierte Abschnitt in diesem Manuskript. Die vorherigen Sätze von Dora vermitteln den Eindruck, dass sie die Absicht hatte, ihre Aufzeichnungen abzuschließen, doch Picassos Todestag war offensichtlich von ausnehmender Wichtigkeit, so dass sie das Datum notierte und ihre Gedanken aufschrieb. (Anm. d. Hrsg.)

verweint, würde melden: Dora, es ist aus! Ich würde es empfinden, als wäre mit der Verkündung seines Todes auch ein Teil von mir gestorben. Ich hatte mir auch meine Reaktion vorgestellt, fast könnte ich sagen, ich hatte sie geübt: Ich würde den Atem anhalten und einen Halt suchen. Würde schreien: Nein, nein! Und im leeren Zimmer kraftlos auf einen Stuhl sinken. Auf jeden Fall hatte ich dieses Ereignis dramatisiert, denn wie anders als dramatisch hätte ich mir meine Reaktion auf die Nachricht vom Abgang Picassos vorstellen können? Genauso wie mein Leben mit ihm war.

Aber nichts dergleichen! Ich hörte die Nachricht, ausgesprochen von einer gewöhnlichen Stimme und mit den üblichen Phrasen, die verwendet werden, wenn jemand Wichtiges geht: »Heute ist im Alter von einundneunzig Jahren Pablo Picasso gestorben, ein genialer Künstler des zwanzigsten Jahrhunderts …«, hielt mit beiden Händen die warme Tasse mit dem duftenden Tee, als wären meine Hände jäh kalt geworden und ich müsste sie wärmen. Dann stellte ich die Tasse vorsichtig auf den Fensterrahmen. Zum Teufel, dachte ich wütend, sie hätten sich einen besseren Text ausdenken können, das ist zu banal! Draußen, auf dem Baum im Hof, lockte die trügerische Aprilsonne die winzigen grünen Blättchen heraus. Ich trank einen Schluck. Der Tee schmeckte genau so, wie ich ihn mag. Picasso hätte, wenn ich ihm welchen angeboten hätte, gesagt, er trinke Tee nur, wenn er krank sei, und das hätte mir ein Lächeln entlockt. Ich wunderte mich: Picasso war gestorben, aber die Sonne schien weiter, ich trank Tee wie jeden Tag um diese Zeit. Weil der Tod banal ist, sogar seiner.

Mir ist nicht nach Weinen.
Von Tränen keine Spur.

Sieh an, du bist gestorben, und ich habe nichts, womit ich dich beweinen kann. All meine Tränen hast du mir geraubt und auf deinen Porträts verstreut. Vielleicht ist es ja auch dreißig Jahre, nachdem wir uns getrennt haben, zu spät für Tränen. Mein Lieber, erst jetzt sehe ich, dass du für mich an dem Tag gestorben bist, als ich im Krankenhaus lag, allein, verlassen, am Rand des Abgrunds. Eine Umarmung von dir, eine Berührung mit der Hand hätte mich gerettet. Stattdessen erwarteten mich Elektroschocks. Das Gefühl von Verlassenheit richtete mich für immer zugrunde. Dennoch lebte ich weiter, nicht mit dir, aber immer noch bezogen auf dich. Deshalb wird der Tod genau wie deine frühere Abwesenheit nichts an unserem Umgang ändern.

Ich frage mich, ob du gewusst hast, dass du sterben wirst. Ich denke, nein. Menschen wie du glauben, sie seien unsterblich. Sie gehen, ohne zu wissen, dass sie gehen, der Gedanke an den eigenen Tod kränkt sie. Vielleicht weil du den Druck seiner eisigen Finger die ganze Zeit, solange du geschaffen hast, gespürt hast und nur da das Gefühl gehabt hast, dir gelinge die Flucht vor ihm.

Du hast uns verlassen. Hätte mir jemand gesagt, dass dieser Tag so gewöhnlich sein würde, dass ich, wenn ich die Nachricht hörte, am Fenster stehen und sich nichts, aber auch gar nichts in meiner Umgebung ändern würde, wäre ich in Wut geraten. Jetzt empfinde ich nichts als milde Melancholie. Ich bin müde. Ich bin eine gleichgültige Greisin geworden. Gut, dass du mich nicht so gesehen hast, grau und gebeugt, geizig gegenüber mir selbst und anderen. Du hättest mich nicht wiedererkannt. Und gut ist auch, dass ich dich nicht gesehen habe, einen alten selbstsüchtigen Tyrannen, der einem eigensinnigen Kind immer ähnlicher wird. Und seine sechsundvierzig Jahre jüngere Frau »Mama« nennt.

Adieu, sage ich zu der Taube, die gerade vor meinem Fenster vorbeigeflogen ist. Einen Augenblick lang stelle ich mir vor, es sei deine Friedenstaube und du grüßest mich so.

Slavenka Draculić
Als gäbe es mich nicht
Roman
221 Seiten. Broschur
ISBN 978-3-7466-3280-3
Auch als E-Book erhältlich

Slavenka Drakulić' radikalstes und verstörendstes Buch

»Ein Roman, der weitererzählen will, wo das Erzählen anderer versagt.«
DER TAGESSPIEGEL

Die junge Lehrerin S. aus Bosnien bringt Anfang der neunziger Jahre in Schweden ein Kind zur Welt. Aber im Gegensatz zu den anderen Babys auf der Station hat dieses Neugeborene weder Sicherheit noch Heimat. Es hat keinen Namen und statt eines Vaters viele Väter: die gesichtslose Masse der Soldaten, die S. in einem serbischen Frauenkonzentrationslager immer wieder vergewaltigt haben. Im Wochenbett suchen sie die schrecklichen Ereignisse der letzten Monate heim.

»Das Buch, das vom Inferno erzählt, lässt sich als ein Plädoyer für Hoffnung und Versöhnung lesen.« F.A.Z.

Regelmäßige Informationen erhalten Sie über unseren Newsletter. Jetzt anmelden unter: www.aufbau-verlag.de/newsletter

atb aufbau taschenbuch